KSIĄŻĘ
W WIELKIM MIEŚCIE

EMMA CHASE

KSIĄŻĘ
W WIELKIM MIEŚCIE

przełożyła
Katarzyna Agnieszka Dyrek

FILIA

Tytuł oryginału: Royally Screwed

Copyright © 2016 by Emma Chase

Copyright for the Polish edition © 2018 by Wydawnictwo FILIA

Wszelkie prawa zastrzeżone

Żaden z fragmentów tej książki nie może być publikowany
w jakiejkolwiek formie bez wcześniejszej pisemnej zgody Wydawcy.
Dotyczy to także fotokopii i mikrofilmów oraz rozpowszechniania
za pośrednictwem nośników elektronicznych.

Wydanie I, Poznań 2018

Projekt okładki: By Hang Le
Zdjęcia na okładce: © ArtOfPhoto/bigstockphoto.com
© Maksim Shebeko/stock.adobe.com

Przekład: Katarzyna Agnieszka Dyrek
Redakcja, korekta, skład i łamanie: Editio

ISBN: 978-83-8075-412-6

Wydawnictwo FILIA
ul. Kleeberga 2
61-615 Poznań
wydawnictwofilia.pl
kontakt@wydawnictwofilia.pl

Druk i oprawa: Abedik SA

*Molly i Billy'emu
za każde zabawne i słodkie wspomnienie,
za każdą cudowną i okropną historię,
za śmiech i miłość,
za bycie najlepszą młodszą siostrą
i najlepszym starszym bratem na świecie*

PROLOG

Moje pierwsze wspomnienie nie różni się zbytnio od wspomnień innych osób. Miałem trzy latka i poszedłem do przedszkola. Z jakiegoś powodu mama zignorowała to, że byłem chłopcem, i ubrała mnie w okropne ogrodniczki, falbaniastą koszulę, i do tego w lakierki. Przy pierwszej nadarzającej się okazji postanowiłem wysmarować ten strój farbkami.

Nie to jednak najsilniej utkwiło w mojej głowie.

Do tego czasu wycelowane we mnie obiektywy kamer były tak powszechne jak ptaki na niebie. Powinienem był do nich przywyknąć – chyba nawet tak się stało, ale tamten dzień wydawał się inny.

Ponieważ kamer były setki.

Zajmowały cały chodnik i ulicę, zebrały się przed wejściem do przedszkola jak jakieś czekające w gotowości do ataku jednookie potwory morskie. Pamiętam, że mama uspokajała mnie pewnym głosem, trzymając za rękę, ale nie docierały do mnie jej słowa. Zatonęły w ryku klikających migawek i fotografów wołających mnie po imieniu.

– Nicholas! Tu! Uśmiechnij się! Podnieś głowę! Nicholasie, tutaj!

Po raz pierwszy zrozumiałem, że jestem – że jesteśmy – inni. W następnych latach miałem nauczyć się, jak bardzo wyróżnia się moja rodzina. Była znana i rozpoznawalna na całym świecie, każde zachowanie któregoś z jej członków stawało się tematem rozmów.

Sława jest czymś dziwnym. Potężnym. Zazwyczaj ma swoje przypływy i odpływy, jak fale na morzu. Ludzie się o czymś dowiadują i ekscytują się tym, ale w końcu rozgłos cichnie, a obiekt zainteresowania zostaje zapomniany.

Mnie nigdy to nie spotka. Byłem znany jeszcze przed narodzinami i moje imię pozostanie w historii na długo po tym, jak ziemia przysypie moje kości. Sława przemija, celebryci przychodzą i odchodzą, ale rodzina królewska… zawsze będzie na świeczniku.

ROZDZIAŁ 1

NICHOLAS

Można by pomyśleć, że skoro przywykłem do tego, że jestem obserwowany, nie będzie mi przeszkadzało, gdy ktoś zacznie się we mnie wpatrywać podczas snu.
Błąd.
Otwieram oczy i widzę, że kilka centymetrów od mojej twarzy znajduje się szorstka i pomarszczona twarz Fergusa.
– Do diabła!
To nie jest przyjemny widok.
Jedno zdrowe oko piorunuje mnie z dezaprobatą, podczas gdy drugie – zezowate, które, jak zakładaliśmy z bratem, nigdy nie było leniwe i miało dziwaczną zdolność widzenia wszystkiego naraz – zerka na drugą stronę pokoju.
Każdy stereotyp ma swoje podstawy, zaczyna się od jakiegoś ziarna prawdy. Zawsze podejrzewałem, że ten dotyczący wywyższającego się, kłótliwego lokaja wywodzi się od Fergusa.
Bóg jeden wie, że ten pomarszczony drań jest na to wystarczająco stary.
Staje prosto przy moim łóżku – na tyle, na ile pozwala mu krzywy, sędziwy kręgosłup.
– Za długa ta pobudka. Sądzisz, książę, że nie mam lepszych zajęć? Już chciałem cię kopnąć.
Przesadza. Jeśli chodzi o te lepsze rzeczy do roboty – nie z kopaniem.

Kocham swoje łóżeczko. Dostałem je na osiemnaste urodziny od króla Genovii. To dzieło sztuki z czterema kolumienkami, ręczna robota z szesnastego wieku, wyciosane z jednego kawałka brazylijskiego mahoniu. Materac został wykonany z najbardziej miękkich piór węgierskich gęsi, a pościel z egipskiej bawełny – ma tak wiele splotów, że w niektórych częściach świata to nielegalne, więc ogarnia mnie wielka ochota, by obrócić się i zakopać pod nią jak dziecko, które nie chce wstawać do szkoły.

Ochrypły głos Fergusa jest jednak niczym papier ścierny dla moich bębenków.

– Za dwadzieścia pięć minut powinieneś być w zielonym salonie.

Nie ma szans, bym zanurkował pod kołdrę – ona i tak nie uchroni przed mordercą z maczetą... ani napiętym harmonogramem.

***

Czasami wydaje mi się, że mam schizofrenię. Wieloraką osobowość. Nie byłoby to nic nadzwyczajnego. W naszym drzewie genealogicznym pojawiły się już wszelkie zaburzenia – hemofilia, bezsenność, choroby psychiczne... rude włosy. Chyba powinienem dziękować Bogu, że nic takiego mnie nie dotknęło.

Moim problemem są głosy. Tak naprawdę to bardziej moje reakcje zawarte w myślach. Odpowiedzi niepasujące do tego, co wychodzi z moich ust.

Prawie nigdy nie mówię tego, co myślę. Czasami to tak ze sobą sprzeczne, jak to tylko możliwe. I może tak jest lepiej.

Ponieważ większość ludzi mam za kretynów.

– I wracamy porozmawiać z Jego Wysokością, Księciem Nicholasem.

A mówiąc o idiotach...

Jasnowłosy, szczupły, wyelegantowany facecik siedzący naprzeciw mnie, przeprowadzający ten urzekający wywiad... to Teddy Littlecock. Nie, poważnie, to jego prawdziwe nazwisko – i z tego, co słyszałem, nie jest to oksymoron. Wyobrażacie sobie, co z takim nazwiskiem przeżywał w szkole? Prawie mi go żal. Prawie.

Littlecock jest dziennikarzem – a wybitnie ich nie lubię, ponieważ misją mediów od zawsze było torturowanie i chłostanie arystokratycznych tyłków. Co, w pewnym sensie, jest dobre – większość arystokratów to pierwszorzędne fiuty; wszyscy o tym wiedzą. Nie w każdym przypadku jest to jednak prawda i uważam, że nie wszyscy zasługują na takie traktowanie. Jeśli nie ma żadnych brudów, media potrafią je stworzyć. Oto oksymoron na dziś: dziennikarska rzetelność.

Stary Teddy jest nie tylko reporterem – ma pałacową akredytację, co oznacza, że w przeciwieństwie do kłamliwych, szantażujących, dających łapówki kolegów po fachu Littlecock ma do nas bezpośredni dostęp – jak w przypadku tego wywiadu – i może zadawać najgłupsze pytania na świecie. To się w głowie nie mieści.

Wybór pomiędzy nudnym a nieuczciwym jest jak pytanie: czy chcesz dostać nożem, czy też kulą?

– Co Wasza Książęca Mość porabia w wolnym czasie? Jakie są zainteresowania Waszej Książęcej Mości?

Widzicie, o co mi chodzi? To jak wywiady dla „Playboya": „Lubię kąpiele w pianie, wojny na poduszki i nagie spacery po plaży". Nie, wcale nie, ale w tych wywiadach nie chodzi o dociekanie prawdy, ale o wzmocnienie fantazji masturbujących się chłopców.

Tak samo jest w moim przypadku.
Uśmiecham się, ukazując dołeczki – kobiety lecą na dołeczki.
– Przeważnie wieczorami zajmuję się lekturą.
Lubię się pieprzyć.
Właśnie taką odpowiedź zapewne chcieliby usłyszeć moi fani, jednak pałac padłby trupem, gdybym powiedział coś takiego.
Tak czy inaczej, gdzie to ja skończyłem? A, tak – pieprzenie. Lubię długo, mocno i często. Lubię trzymać ręce na jędrnym, okrągłym tyłeczku, przyciągać go do siebie, słuchać uroczych jęków odbijających się echem od ścian, gdy kobieta szczytuje. Te wiekowe pomieszczenia mają genialną akustykę.
Choć niektórzy mężczyźni wybierają partnerki ze względu na ich zdolności trzymania nóg w górze, ja wolę te, które potrafią utrzymać zamknięte usta. Dyskrecja i podpisana klauzula poufności sprawiają, że większość prawdziwych historii nie trafia do gazet.
– Uwielbiam jazdę konną, polo i popołudniowe strzelanie do rzutków z królową.
*Uwielbiam wspinaczkę, bezwypadkową jazdę z ogromną prędkością, latanie, dobrą szkocką, filmy klasy B i zjadliwe, pasywno-
-agresywne wymiany zdań z królową.*
To ostatnie trzyma staruszkę w dobrej kondycji – mój charakter jest źródłem jej młodości. Poza tym to dobry trening dla nas obojga. W Wessco panuje monarchia konstytucyjna, więc w odróżnieniu od naszych sąsiadów z monarchią ceremonialną królowa ma równorzędną władzę z rządem i parlamentem. Zasadniczo czyni to z członków rodziny królewskiej polityków. Znajdujących się na szczycie łańcucha pokarmo-

wego, ale jednak polityków. A polityka jest podłym i brutalnym interesem. Każdy rozrabiaka dobrze wie, że jeśli zamierza przyjść na walkę wręcz z nożem, lepiej, by był on ostry.

Krzyżuję ręce na piersi, ukazując nagie, opalone przedramiona, ponieważ podwinąłem rękawy eleganckiej błękitnej koszuli. Powiedziano mi, że moje ręce – wraz z innymi częściami ciała – mają sporo obserwatorów na Twitterze. Opowiadam historię o pierwszym strzelaniu. To ulubiona anegdota – mógłbym wyrecytować ją we śnie i niemal czuję się, jakbym to robił. Teddy śmieje się pod koniec – z części, w której mój młodszy brat załadował wyrzutnię krowim plackiem.

Dziennikarz poważnieje nagle i poprawia okulary, dając znać, że nastąpi teraz smutniejsza część programu.

– W maju minie trzynaście lat od katastrofy lotniczej, w której zginęli książę i księżna Pembrook.

No i proszę.

Milcząc, kiwam głową.

– Wasza Książęca Mość często ich wspomina?

Rzeźbiona bransoletka z drewna tekowego ciąży mi na nadgarstku.

– Mam wiele szczęśliwych wspomnień z rodzicami, ale co ważniejsze, żyją oni dla mnie dzięki sprawom, których bronili, dzięki wspieranym przez nich organizacjom charytatywnym i fundacjom ich imienia. To ich spuścizna. Kontynuując dzieło rodziców, zapewniam ciągłość ich pamięci.

Słowa, słowa, słowa... Jestem w nich dobry. Mówię wiele, tak naprawdę nie mówiąc nic.

Każdego dnia myślę o rodzicach.

Nie powinniśmy okazywać emocji – głowa do góry, pierś do przodu, umarł król, niech żyje król – ale choć dla reszty świata byli książęcą parą, dla mnie i dla Henry'ego pozostaną po prostu mamą i tatą. Byli dobrzy, zabawni i prawdziwi. Często nas przytulali, dawali nam klapsa, gdy na to zasłużyliśmy – co zdarzało się dość często. Byli mądrzy i bardzo nas kochali – a to rzadkość w tych kręgach.

Zastanawiam się, co mieliby do powiedzenia w dzisiejszych czasach i jak wiele rzeczy byłoby zupełnie innych, gdyby nadal żyli.

Teddy ponownie zabiera głos. Nie słucham, ale nie muszę – pozwalam dotrzeć do siebie jedynie jego ostatnim słowom.

– …z lady Esmeraldą w zeszły weekend?

Znam Ezzy od czasów szkolnych w Briar House. Jest w porządku – głośna i niesforna.

– Przyjaźnię się z lady Esmeraldą od lat.

– Wasza Książęca Mość tylko się przyjaźni?

Nie, dziewczyna zdeklarowała się również jako lesbijka, jednak jej rodzina pragnie zataić ten fakt przed prasą. Stanowię ulubioną przykrywkę. Nasze „randki" organizowane są za pośrednictwem pałacowego sekretariatu.

Uśmiecham się uroczo.

– Staram się być dżentelmenem i nie plotkować.

Teddy pochyla się, węsząc temat. Dobry temat.

– Istnieje zatem możliwość, że rozwinie się między wami coś głębszego? Kraj czerpał wiele radości, obserwując zaloty rodziców Waszej Książęcej Mości. Naród czeka, aby Wasza Seksowna Mość, jak określany jest książę w mediach społecznościowych, znalazł wybrankę i się ustatkował.

Wzruszam ramionami.

– Wszystko jest możliwe.

Oczywiście poza tym. Nie zamierzam się wkrótce ustatkować, a on może postawić na to swojego małego fiuta.

***

Kiedy tylko gaśnie gorący reflektor i niknie czerwona lampka sygnalizująca nagrywanie, wstaję z fotela i odpinam mikrofon od kołnierzyka.

Teddy również wstaje.

– Dziękuję za poświęcony czas, Wasza Książęca Mość.

Kłania się – jak wymaga tego protokół. Kiwam mu głową.

– Cała przyjemność po mojej stronie, Littlecock.

Z pewnością nie powiedziała mu tak żadna kobieta. Nigdy.

Bridget, moja osobista asystentka – pulchna, dobrze zorganizowana kobieta w średnim wieku – pojawia się przy mnie z butelką wody.

– Dziękuję. – Odkręcam nakrętkę. – Kto następny?

Pałac uznał, że to dobra chwila na działania marketingowe – co oznacza dla mnie dni wywiadów, objazdów i sesji fotograficznych. Moje własne czwarte, piąte i szóste kręgi piekła.

– Ten był ostatni na dziś.

– Alleluja.

Kobieta podąża za mną długim, wyłożonym dywanem korytarzem prowadzącym do Guthrie House – moich prywatnych apartamentów w pałacu w Wessco.

– Lord Ellington przybędzie niedługo, zaproszenie na kolację w Bon Repas zostało potwierdzone.

Przyjaźń ze mną jest o wiele trudniejsza, niż mogłoby się zdawać. To znaczy świetny ze mnie przyjaciel, z drugiej jednak strony mój żywot jest jak wrzód na dupie. Nie mogę nagle wpaść do baru ani odwiedzić nowego klubu, szwendając się po mieście w piątkowy wieczór. Takie rzeczy muszą być wcześniej zaplanowane i zorganizowane. Spontaniczność to jedyny luksus, jaki nie jest mi dany.

– Dobrze.

Bridget odchodzi w kierunku biur pałacowych, a ja wchodzę do swoich prywatnych apartamentów. Trzy kondygnacje, w pełni wyposażona kuchnia, salon, biblioteka, dwa pokoje gościnne, pokoje dla służby, jak i ogromna sypialnia z przyległym do niej pomieszczeniem, łazienką i balkonami wychodzącymi na najpiękniejszy, zapierający dech, widok w całej posiadłości. Wszystko odremontowane i zmodernizowane – farby, tapety, sztukaterie i listwy – z zachowaniem ich historycznej integralności. Guthrie House stanowi oficjalną rezydencję spadkobiercy tronu. Przede mną apartament należał do mojego ojca, a wcześniej do babci, zanim została koronowana na królową.

Rodzina królewska ma gest.

Przechodzę do głównej sypialni, rozpinam koszulę, pragnąc znaleźć się pod gorącym, płynącym z ośmiu dysz strumieniem wody. Mam zajebisty prysznic.

Nie udaje mi się jednak do niego dotrzeć. Na szczycie schodów czeka na mnie Fergus.

– Chce się z księciem widzieć – skrzeczy.

Nie potrzebuję wyjaśnień kto taki.

Ocieram twarz, palcami natrafiając na niewielki zarost na policzkach.

– Kiedy?

– A jak myślisz, książę? – drwi lokaj. – Wczoraj, oczywiście.

Oczywiście.

***

W zamierzchłych czasach tron był symbolem władzy monarchy. Na obrazach przedstawiano go na tle zachodzącego słońca, z chmurami i gwiazdami ponad – jakby miał na nim zasiadać sam potomek Boga. Jeśli tron był symbolem władzy, sala tronowa była miejscem, w którym posługiwano się tą władzą. Miejscem, w którym wydawano dekrety, wymierzano kary, a rozkaz: „Przynieść mi jego głowę" odbijał się echem od kamiennych ścian.

Ale to było dawno temu.

W tej chwili tym wszystkim zajmuje się gabinet królewski – salę tronową udostępniono do zwiedzania. Wczorajszy tron to dzisiejsze biurko. Siedzę właśnie po jego drugiej stronie. Jest błyszczące, solidne, mahoniowe i absurdalnie wielkie. Gdyby babcia była mężczyzną, podejrzewam, że stanowiłoby swoistą rekompensatę pewnych kompleksów.

Christopher, osobisty sekretarz królowej, proponuje herbatę, ale zbywam go machnięciem ręki. Jest młody, w wieku dwudziestu trzech lat, wysoki oraz przystojny jak ja – wygląda nawet trochę jak gwiazda filmowa. Nie jest zły w swojej pracy, ale nie jest też w niej wybitny. Królowa trzyma go chyba dla wyglądu – stara zbereźnica lubi sobie na niego popatrzeć. W myślach nazywam go Igorem, ponieważ gdyby babcia nakazała mu, by do końca życia jadł tylko muchy, chłopak zapytałby, czy ze skrzydełkami.

W końcu drzwi do niebieskiego salonu otwierają się i staje w nich Jej Królewska Mość Królowa Lenora.

W kolumbijskim lesie deszczowym żyje pewien gatunek małpy, która jest najbardziej uroczym stworzeniem, jakie w życiu widzieliście – puchate chomiki i maleńkie pieski z Pinteresta mogą się schować. Małpki te mają jednak niewidoczne, ostre jak brzytwa zęby i apetyt na ludzkie gałki oczne.

Zwabieni cudownym wyglądem tych bestii skazani są na ich utratę.

Moja babcia bardzo przypomina te okrutne małpki. Wygląda jak poczciwa babunia, którą ma każdy z nas. Jest mała i urocza, ma natapirowaną fryzurę, niewielkie dłonie i nosi błyszczące perły. Posiada wąskie usta, które potrafią śmiać się ze świńskich dowcipów, i twarz naznaczoną mądrością. Zdradzają ją jednak oczy.

Stalowe, szare oczy.

Takie, które w zamierzchłych czasach sprawiłyby, że wroga armia rozpierzchłaby się w popłochu, ponieważ to oczy zwycięzcy... Niepokonane.

– Nicholasie.

Wstaję i kłaniam się.

– Babciu.

Przechodzi obok Christophera, nie zaszczycając go nawet spojrzeniem.

– Zostaw nas.

Siadam, gdy babcia zajmuje miejsce, zakładam nogę na nogę i rozsiadam się wygodnie w fotelu.

– Widziałam twój wywiad – mówi. – Powinieneś się więcej uśmiechać. Niegdyś uchodziłeś za wesołego chłopca.

– Postaram się zapamiętać, by częściej udawać wesołość.

Otwiera szufladę, wyciąga klawiaturę, następnie pisze z wprawą, której nikt nie spodziewałby się po osobie w jej wieku.

– Widziałeś wieczorne nagłówki?

– Nie.

Obraca ekran w moją stronę. Klika pospiesznie, przechodząc z jednej strony z wiadomościami na drugą.

Książęce imprezy w posiadłości playboya.
Henry, łamacz niewieścich serc.
Napalony książę.
Dziki, bogaty i mokry.

Pod ostatnim znajduje się zdjęcie mojego brata, który wskakuje do basenu nagusieńki, jak go Pan Bóg stworzył. Przysuwam się, mrużąc oczy.

– Henry będzie przerażony. Światło jest okropne, ledwo można zauważyć jego tatuaż.

Babcia zaciska usta.

– Uważasz, że to zabawne?

Głównie uważam to za irytujące. Henry jest niedojrzały, próżny i nie ma w nim żadnej motywacji. Przepływa przez życie jak piórko na wietrze, dając się porywać nawet najmniejszej bryzie.

Wzruszam ramionami.

– Ma dwadzieścia cztery lata, właśnie wyszedł z wojska... Odbył obowiązkową służbę. Każdy obywatel Wessco – mężczyzna, kobieta czy książę – musi odsłużyć dwa lata.

– Zwolniono go wiele miesięcy temu – przerywa mi. – Od tamtego czasu był widziany w różnych zakątkach świata przynajmniej z osiemdzicsięcioma dziwkami.

– Próbowałaś zadzwonić do niego na komórkę?

– Oczywiście, że tak! – krzyczy. – Odebrał, zaczął coś syczeć i stwierdził, że nic nie słyszy. Następnie powiedział, że mnie kocha i się rozłączył.

Uśmiecham się. Skurczybyk jest zabawny, muszę mu to przyznać.

Oczy królowej ciemnieją, jakby miała rozpętać się w nich burza.

– Jest w Stanach, w Las Vegas, niedługo wybiera się na Manhattan. Chcę, byś tam pojechał i sprowadził go do domu, Nicholasie. Nie dbam o to, czy będziesz musiał zdzielić go w głowę i wepchnąć do jutowego worka, chłopaka należy sprowadzić na właściwą drogę.

Odwiedziłem niemal każde większe miasto na świecie i spośród nich wszystkich Nowego Jorku nie lubię najbardziej.

– Mój harmonogram...
– Został zmieniony. Podczas pobytu w Ameryce zastąpisz mnie kilkukrotnie. Muszę zostać na miejscu.
– Zakładam, że popracujesz nad Izbą Gmin? Przekonasz tych dupków, by wzięli się w końcu do pracy?
– Cieszę się, że poruszyłeś ten temat. – Babcia krzyżuje ręce na piersiach. – Wiesz, co dzieje się z monarchią bez mocnej linii dziedziczenia, chłopcze?

Mrużę oczy.
– Studiowałem historię na uniwersytecie, oczywiście, że wiem.
– Oświeć mnie.

Siadam prosto.
– Bez oczywistego następcy w postaci niekwestionowanego dziedzica może dojść do przejęcia władzy. Niezgody. Może wybuchnąć wojna domowa pomiędzy rodami, które dostrzegą szansę na zdobycie panowania.

Stają mi włoski na karku. Dłonie zaczynają mi się pocić. To uczucie podobne do tego, gdy wjeżdża się na pierwsze wzniesienie na kolejce górskiej. Tik, tik, tik...

– O co ci chodzi? Mamy dziedziców. Gdybyśmy zginęli z Henrym w jakiejś katastrofie, zawsze pozostaje kuzyn Marcus.

– Kuzyn Marcus jest imbecylem. Poślubił imbecylkę. Jego dzieci są podwójnymi imbecylami. Nigdy nie zdołają rządzić tym krajem. – Poprawia perły i unosi głowę. – W parlamencie szepta się, by zrobić z nas monarchię ceremonialną.
– Tam się zawsze gada po kątach.
– Nie w taki sposób – mówi ostro. – To co innego. Mają przeciwko nam prawodawstwo handlowe, wzrost bezrobocia, spadek płac. – Stuka palcem w ekran. – A te nagłówki nie pomagają. Ludzie martwią się o zaspokojenie podstawowych potrzeb, podczas gdy ich książę wozi się od jednego luksusowego hotelu do drugiego. Musimy dać prasie coś pozytywnego. Musimy dać narodowi co świętować. I musimy pokazać parlamentowi, że silną ręką utrzymujemy kontrolę, by był grzeczny, bo w przeciwnym wypadku postąpimy z nim zupełnie inaczej.

Kiwam głową. Zgadzam się. Zachowuję się jak jakaś głupia ćma frunąca radośnie w kierunku płomienia.

– A co z Dniem Chluby Narodowej? Moglibyśmy otworzyć sale balowe dla gości, urządzić paradę? – sugeruję. – Ludzie uwielbiają takie rzeczy.

Królowa stuka się palcem w podbródek.

– Myślałam o czymś... lepszym. O czymś, co przykuje uwagę całego świata. Wydarzeniu na miarę naszych czasów. – Oczy zaczynają jej błyszczeć ekscytacją jak u kata tuż przed wykonaniem egzekucji. W końcu topór opada. – Ślubie stulecia.

ROZDZIAŁ 2

NICHOLAS

Cały się spinam. Moje narządy przestają działać. Głos ocieka bezsensowną, nielogiczną nadzieją.
– Czy stryjenka Miriam znowu wychodzi za mąż?
Królowa kładzie dłonie na biurku. To zły znak. Mówi przez to, że już postanowiła i nic nie zmieni jej decyzji.
– Kiedy byłeś mały, obiecałam twojej matce, że dam ci możliwość wybrania sobie żony, tak jak twój ojciec wybrał ją. Zakochania się. Przyglądałam się i czekałam, ale mam już dosyć. Rodzina cię potrzebuje, kraj cię potrzebuje. Dlatego ogłosisz imię wybranki na konferencji prasowej, która obędzie się… pod koniec wakacji.
Tą deklaracją zostaję wyrwany z oszołomienia i podrywam się z miejsca.
– To daje mi jakieś pięć miesięcy!
Wzrusza ramionami.
– Chciałam ci dać trzydzieści dni. Możesz podziękować dziadkowi, ponieważ mnie przekonał.
Ma na myśli portret wiszący na ścianie za nią. Dziadek nie żyje od dziesięciu lat.
– Może powinnaś przestać interesować się moim życiem osobistym, a zacząć uważać, by prasa nie dowiedziała się, że masz w zwyczaju rozmawiać z obrazami?
– To mnie uspokaja! – Również wstaje. Trzymając ręce na biurku, pochyla się ku mnie. – I to tylko jeden obraz, nie bądź niegrzeczny, Nicky.

– Nic nie mogę na to poradzić. – Patrzę na nią znacząco. – Uczyłem się od najlepszych.

Ignoruje mój przytyk i siada.

– Przygotowałam ci listę odpowiednich młodych panien, niektóre znasz, niektórych nie. Będzie to dla ciebie najlepsze rozwiązanie, no chyba że dasz mi powód, bym się jeszcze zastanowiła.

Nic nie przychodzi mi do głowy. Rozwaga opuszcza mnie tak szybko, że w głowie zostaje jedynie ślad kurzu, ponieważ pod względem politycznym i wizerunkowym babcia ma rację – królewski ślub byłby jak upieczenie dwóch pieczeni na jednym ogniu, jednakże w tym wypadku pieczenie wcale nie chcą znaleźć się w płomieniach.

– Nie mam ochoty się żenić.

Wzrusza ramionami.

– Nie winię cię za to. Nie chciałam wkładać tiary twojej praprababki królowej Belvidere w dwudzieste pierwsze urodziny, ponieważ była to ciężka, niemodna rzecz, ale wszyscy mamy swoje obowiązki. Wiesz o tym. Teraz twoja kolej, książę Nicholasie.

Istnieje powód, dla którego obowiązki są jednym wielkim utrapieniem.

Ona nie prosi mnie jako moja babcia – rozkazuje mi jako moja królowa. Wychowanie, jakie odebrałem, skupiające się na odpowiedzialności, pierworództwie, dziedziczeniu i honorze, uniemożliwia mi odmowę.

Potrzebuję alkoholu. Teraz.

– To wszystko, Wasza Królewska Mość?

Przygląda mi się przez dłuższą chwilę, po czym kiwa głową.

– Tak. Szczęśliwej podróży, porozmawiamy po twoim powrocie.

Wstaję, kłaniam się i obracam do wyjścia. Kiedy tylko drzwi się za mną zamykają, słyszę jej westchnienie.

– Och, Edwardzie, gdzie popełniliśmy błąd? Dlaczego to musi być takie trudne?

***

Godzinę później jestem z powrotem w Guthrie House, siedzę przy kominku w pokoju dziennym, podając Fergusowi pustą szklankę do napełnienia. Nie pierwszy raz tego dnia. To nie tak, że nie mam pojęcia, czego się ode mnie oczekuje – cały świat to wie. Mam jedno zadanie: przekazać błękitną krew następnemu pokoleniu. Spłodzić dziedzica, który zastąpi mnie pewnego dnia, tak jak ja zastąpię babkę, by rządzić krajem.

Mimo to do tej pory wszystko było tylko teoretyczne. Pewnego dnia, kiedyś… Królowa jest zdrowsza niż cała stadnina koni – nigdzie się w najbliższej przyszłości nie wybiera. Jednak… ślub… Cholera, zaczęło się robić poważnie.

– Tu jesteś!

Mogę liczyć na kilku zaufanych ludzi, a Simon Barrister, czwarty lord Ellington, jest jednym z nich. Wita mnie z promiennym uśmiechem i klepie po plecach. A kiedy mówię „promiennym", mam na myśli to, że dosłownie cała jego twarz jest czerwona niczym burak i marszczy się na krawędziach.

– Co ci się, u diabła, stało?

– Cholerne karaibskie słońce mnie nienawidzi. Bez względu na to, ile wtarłem w siebie kremu z filtrem, znalazło sposób, by mnie spiec! – Szturcha mnie łokciem. – Miałem całkiem ciekawą podróż poślubną, jeśli wiesz, o czym mówię. Smarowanie oparzeń słonecznych może być dość zmysłowe.

Simon ożenił się w zeszłym miesiącu. Stałem obok niego przy ołtarzu – choć cholernie się starałem, by sprzed niego uciekł.

Ma wielkie serce i genialny umysł, ale nigdy nie radził sobie z kobietami. Ma też miedziane włosy, mleczną cerę i okrągły brzuszek, który nie zniknął ani od tenisa, ani od jazdy na rowerze. W pewnym momencie poznał Frances Alcott.

Franny mnie nie lubi, uczucie to pozostaje odwzajemnione. Jest oszałamiająca, muszę to przyznać: ma ciemne włosy i oczy, twarz anioła, a skórę jak porcelanowa lalka. Taka, która wciągnie cię pod łóżko i udusi, jak tylko jej głowa obróci się o trzysta sześćdziesiąt stopni.

Fergus podaje Simonowi drinka i siadamy.

– Słyszałem, że babunia wbiła gwóźdź do twojej trumny.

Lód grzechocze w mojej szklance, gdy wychylam jej zawartość.

– Szybko się dowiedziałeś.

– Wiesz, jak jest. Ściany mają uszy i duże gęby. Co planujesz, Nick?

Unoszę szklankę.

– Popaść w alkoholizm. – Wzruszam ramionami. – A poza tym nie wiem. – Rzucam mu papiery. – Zrobiła mi listę potencjalnych kandydatek. Jakże to miłe z jej strony.

Simon przekłada kartki.

– Może być fajnie. Możesz przeprowadzić przesłuchanie, jak w *X Factorze*. Możesz prosić, by pokazały swoje talenty w rozmiarze podwójne D.

Unoszę głowę, próbując przełknąć ślinę, która zbiera się w ściśniętym gardle.

– A na dodatek musimy jechać do cholernego Nowego Jorku, by dopaść Henry'ego.

– Nie rozumiem, dlaczego nie lubisz Nowego Jorku, przecież mają tam dobre kluby, świetne jedzenie, długonogie modelki.

Rodzice wracali z Nowego Jorku, gdy rozbił się ich samolot. Wiem, że to dziecinne i głupie, ale cóż mogę rzec? Mam uraz.

Simon unosi dłoń.

– Chwileczkę, co masz na myśli, mówiąc: „Musimy jechać do cholernego Nowego Jorku"?

– Nieszczęścia chodzą parami. To oznacza wspólną podróż. Ponadto cenię sobie zdanie Simona, jak również jego osąd. Gdybyśmy byli w mafii, zostałby moim *consigliere**.

Wpatruje się w szklankę, jakby zawierała wszystkie tajemnice tego świata i kobiet.

– Franny nie będzie zachwycona.

– Daj jej jakąś błyskotkę. – Rodzina Simona posiada Barristera, największą sieć domów handlowych na świecie. – Poza tym spędziliście razem cały miesiąc, musisz mieć jej dość.

Sekretem długiej, udanej relacji małżeńskiej są częste rozłąki. Sprawiają, że wszystko jest świeże, fajne, nie ma czasu na nieuniknioną nudę i irytację.

– W małżeństwie nie ma żadnych przerw na odpoczynek, Nick. – Śmieje się. – Sam się niedługo przekonasz.

Pokazuję mu środkowy palec.

---

* *Consigliere* (wł. doradca) – stworzona przez Lucky'ego Luciana pozycja w strukturze mafijnej, w mediach, literaturze i filmach opisywana jako „prawa ręka", „główny doradca" (przyp. tłum.).

– Doceniam współczucie.
– Właśnie po to tu jestem.
Wychylam alkohol do dna. Ponownie.
– A tak przy okazji, odwołałem nasze plany dotyczące kolacji. Straciłem apetyt. Powiedziałem ochronie, że wieczór spędzimy w Koźle.

Jurny Kozioł mieści się w najstarszym drewnianym budynku w mieście, na terenie będącym niegdyś własnością rodziny królewskiej – stoi w wiosce otaczającej pałac, w której mieszka służba i żołnierze. W tamtych czasach Jurny Kozioł był burdelem, dziś to tylko bar. Ściany są krzywe, dach przecieka, ale według mnie to najlepszy lokal w kraju. Nie mam pojęcia, jak Macalister – właściciel – to robi, strasząc czy przekupując, ale po nocach spędzonych w tym lokalu do prasy nie wyciekła o mnie ani o moim bracie ani jedna historia.

A było kilka szalonych.

Jesteśmy z Simonem wstawieni, gdy samochód zatrzymuje się pod barem. Logan St. James, szef mojej ochrony osobistej, otwiera drzwi, rozglądając się jednocześnie wokół, szukając zagrożenia czy reporterów.

W środku śmierdzi piwem i papierosami, ale to kojąca woń, podobnie jak zapach pieczonych w piekarniku ciasteczek. Sufit jest nisko, podłoga się lepi, na tyłach znajduje się szafa do karaoke, przy której kołysze się jasnowłosa dziewczyna, próbując wykonać najnowszą piosenkę Adele. Siadamy z Simonem przy barze, a Meg – córka Macalistera – wyciera go ściereczką, uśmiechając się przy tym seksownie.

– Dobry wieczór, Wasza Książęca Mość – mówi, po czym zwraca się do Simona, oferując mu skinienie głową i nieco mniej seksowny uśmiech. – Lordzie Ellington. – Spojrzeniem

jasnobrązowych oczu wraca do mnie. – Widziałam dziś Waszą Książęcą Mość w telewizji. Świetny występ.
– Dziękuję.
Kręci nieznacznie głową.
– Nie wiedziałam, że Wasza Książęca Mość lubi czytać.
Zabawne, ilekroć byłam w książęcej sypialni, nie zauważyłam ani jednej książki.
Głos Meg oraz jej jęki odbijały się od moich ścian więcej niż raz, gdy ją pieprzyłem. Podpisana przez nią klauzula poufności spoczywa bezpiecznie w moim sejfie. Jestem prawie pewien, że nigdy nie okaże się potrzebna, ale pierwsza „rozmowa", jaką przeprowadził ze mną ojciec, nie była o kwiatkach i motylkach, ale o tym, że zawsze lepiej mieć umowę o niejawności, choćby miała się nigdy nie przydać, niż nie mieć żadnej.
Uśmiecham się.
– Musiałaś je przeoczyć, bo nie interesowały cię książki, gdy u mnie byłaś, zwierzaczku.
Kobiety, które żyją od wypłaty do wypłaty, lepiej znoszą jednorazową – lub trzykrotną – przygodę niż te z mojej klasy społecznej. Szacowne damy są rozpieszczone, wymagające, przyzwyczajone do spełniania ich zachcianek i stają się mściwe, gdy zostają odrzucone, ale dziewczyny jak ta ładna barmanka wiedzą, gdzie ich miejsce, i mają świadomość tego, że są w życiu rzeczy, które nigdy nie znajdą się w ich zasięgu.
Meg uśmiecha się ciepło i znacząco.
– Czego się dziś napijecie, panowie? Tego, co zwykle?
Nie wiem, czy to za sprawą dnia pełnego wywiadów, czy szkockiej, jaką już w siebie wlałem, ale nagle moimi żyłami płynie adrenalina, serce przyspiesza, a odpowiedź wydaje się być oczywista.

Królowa złapała mnie za jaja – będę musiał wybielić sobie umysł, by wymazać tę wizję z głowy. Ale poza tym wciąż mam czas.

– Nie, Meg. Chcę czegoś innego, czegoś, czego wcześniej nie próbowałem. Zaskocz mnie.

Gdyby powiedziano wam, że świat, jaki znacie – wasze życie – skończy się za pięć miesięcy, co byście zrobili?

Oczywiście wykorzystalibyście jak najlepiej pozostały wam czas. Zrobilibyście wszystko, czego od dawna pragnęliście, i robilibyście to aż po wyznaczony termin.

Wygląda na to, że mimo wszystko mam plan.

ROZDZIAŁ 3

OLIVIA

Dni zmieniające życie prawie nigdy nie przytrafiają się normalnym ludziom. No naprawdę, znacie kogoś, kto wygrał na loterii, został zauważony w sklepie przez agenta z Hollywood, odziedziczył wielki spadek bez podatku w postaci domu po zaginionej, zmarłej ciotce?

Ja też nie.

Ale chodzi o to, że nawet kiedy coś takiego przytrafia się nielicznym szczęściarzom, nikt tych chwil nie rozpoznaje. Nie wiemy, że to, co się właśnie dzieje, jest znaczące, doniosłe. Zmieniające życie.

Dopiero później, gdy wszystko jest idealne lub się rozpada, spoglądamy wstecz, oceniamy podjęte kroki i uświadamiamy sobie, w której chwili zmieniły się nasza historia i nasze serce – zauważamy punkt zwrotny.

W późniejszym czasie nie zmienia się jedynie nasze życie. My się zmieniamy. Na zawsze.

Powinnam była o tym wiedzieć. Dzień, w którym zmieniło się moje życie, był właśnie jednym z *tych* dni. Beznadziejnym.

Normalni ludzie mają ich całą masę.

Zaczyna się, gdy otwieram oczy – czterdzieści pięć minut później, niż powinnam. Głupi budzik. Powinien wiedzieć, że chodziło mi o ranną porę. Kto, u licha, nastawia to urządzenie na czwartą po południu? Nikt. Zapomnijcie o inteligentnych samochodach, Google musi spiąć pośladki i popracować nad inteligentnymi budzikami.

Mój dzień rozwija się w ten sam sposób, gdy wkładam jedyne ubranie, jakie ostatnio noszę, mój roboczy strój – białą bluzkę, wyblakłą, czarną spódnicę i naddarte rajstopy – następnie wiążę masę niesfornych czarnych loków w kok i z nadal zamkniętymi oczami idę do naszej małej kuchni. Szykuję sobie miskę płatków cynamonowych – najlepszych na świecie – ale kiedy odwracam się, by wziąć mleko, w trzy sekundy zostają pożarte przez naszego diabelskiego psa Bosca.

– Ty draniu! – szepczę ostro, nie chcąc obudzić siostry ani taty, którzy mogą pospać sobie jeszcze kilka godzin.

Bosco jest kundlem przybłędą i tak też wygląda. Ma ciało ratlerka, oczy szeroko rozstawione jak u mopsa i brązową, splątaną sierść jak u shih tzu. To jeden z tych psów, które są tak brzydkie, że aż urocze. Czasami zastanawiam się, czy jest jakimś dziwacznym wynikiem mieszanki genetycznej trzech istot. Mama znalazła go w uliczce za naszą kawiarnią, gdy był szczeniakiem. Był wtedy bardzo głodny, osiem lat później wciąż żre tyle, że mało nie pęknie.

Biorę opakowanie płatków, by powtórnie napełnić miskę. Okazuje się, że jest puste.

– Super – mówię paskudnemu złodziejaszkowi.

Patrzą na mnie smutne ślepia, gdy pies zeskakuje z blatu, na którym nie powinno go być. Kładzie się zaraz na podłodze, ze skruchą pokazując brzuszek.

Ja jednak nie daję się nabrać.

– Wstawaj. Miejże choć odrobinę godności.

Po alternatywnym śniadaniu składającym się z jabłka i grzanki biorę różową błyszczącą smycz, którą kupiła siostra – jakby to biedne stworzenie nie miało wystarczających powodów, by popaść w kompleksy – i przyczepiam jej koniec do obroży Bosca.

Nasz budynek powstał w tysiąc dziewięćset dwudziestym roku, była to kamienica mieszkalna aż za czasów prezydenta Kennedy'ego, parter wyremontowano i przekształcono w lokal gastronomiczny. Istnieją dodatkowe schody prowadzące do kawiarnianej kuchni, ale Boscowi nie wolno tam wchodzić, więc wyprowadzam go drzwiami frontowymi, schodzimy po wąskich, zielonych stopniach, które prowadzą na chodnik tuż obok wejścia do kawiarni.

I cholera, jest zimno.

To jeden z tych niespodziewanie mroźnych marcowych dni, które przychodzą po okresie względnie ciepłej pogody, dającej fałszywą nadzieję na koniec zimy. Właśnie spakowaliście swetry, kozaki i płaszcze do szafy, gdy matka natura mówi wam: „Sorry, frajerzy" i zarzuca zimnem.

Niebo jest szare, wiatr rozwiewa mi włosy. Bluzka, która ma tylko dwa guziki, nie ochroni mnie przed chłodem. Już po chwili się rozpina. Tuż przed Petem, zboczonym śmieciarzem. Na widoku pojawia się mój biały, koronkowy biustonosz, a sutki w całej swej sztywnej krasie dają znać o mroźnej aurze.

– Dobrze wyglądasz, kochana! – krzyczy mężczyzna z mocnym, brooklyńskim akcentem, po czym wystawia język. – Daj possać te perełki. Przydałoby mi się ciepłe mleczko do kawy.

Fuuuj!

Jedną ręką trzyma się paki swojego auta, drugą chwyta się za krocze. Jezu, faceci są obrzydliwi. Gdyby świat był sprawiedliwy, mężczyzna wpadłby do pojemnika na śmieci, a prasa w tajemniczy sposób sama by się włączyła, miażdżąc go i skazując na zapomnienie. Niestety moje życie tak nie działa.

Urodziłam się jednak i wychowałam w Nowym Jorku, więc pozostaje mi tylko jedyna reakcja.

– Pieprzę cię! – krzyczę na całe gardło, unosząc obydwie ręce nad głowę i dumnie prężąc oba środkowe palce.

– Kiedy tylko zapragniesz, złotko!

Gdy ciężarówka toczy się ulicą, pokazuję mu każdy obsceniczny gest, jaki tylko znam, wliczając w to założenie ręki na zgięty łokieć, znane jako gest Kozakiewicza, którego nauczyła mnie babcia Millie.

Problem powstaje jednak, gdy zakładając przedramię na drugą rękę, upuszczam koniec smyczy Bosca, a wtedy pies, korzystając z okazji, daje nogę.

Zapinam bluzkę, jednocześnie próbując go dogonić, i myślę: *Boże, co za podły dzień, a nie ma nawet piątej rano.*

Okazuje się jednak, że to tylko wierzchołek góry lodowej.

***

Dopiero trzy przecznice dalej łapię małego niewdzięcznika. Kiedy wracam do domu, z nieba padają małe płatki śniegu przypominające łupież.

Kiedyś lubiłam śnieg – właściwie uwielbiałam. To, jak pokrywał wszystko błyszczącą kołderką, sprawiając, że było lśniące i nowe. Zmieniał latarnie w rzeźby lodowe, a miasto w magiczną krainę lodu.

Ale to było kiedyś. Zanim przyszły rachunki do zapłacenia i interes do prowadzenia. Teraz na widok śniegu myślę jedynie, że zapowiada się kiepski dzień, bo zarobię mało pieniędzy, a jedyną magiczną rzeczą będzie zniknięcie klientów.

Trzepotanie papieru na wietrze sprawia, że obracam głowę i odkrywam, że do drzwi kawiarni przyklejono jakąś kartkę. Powiadomienie o planowanym zajęciu zadłużonej nieruchomości – drugie, które otrzymaliśmy, nie licząc kilkunastu telefonów i e-maili mówiących w skrócie: „Lepiej, żebyś oddała kasę, zdziro".

Cóż, ale zdzira jej nie ma.

Przez kilka miesięcy starałam się wysyłać do banku tyle, ile mogłam, nawet jeśli było tego niewiele, ale ponieważ musiałam wybierać pomiędzy zadłużeniem a wynagrodzeniem dla pracowników i dostawców, przestałam to robić.

Odrywam szkarłatny list od drzwi, wdzięczna, że zrobiłam to przed przyjściem pierwszego klienta. Wchodzę do budynku, zostawiam Bosca w mieszkaniu i schodzę do kuchni.

To prawdziwy początek mojego dnia. Uruchamiam prehistoryczny piec, ustawiając termostat na dwieście stopni. Wkładam do uszu słuchawki. Mama była wielką fanką muzyki i filmów z lat osiemdziesiątych. Mawiała, że później już tego tak nie robili. W dzieciństwie siedziałam w tej kuchni na wysokim stołku i przyglądałam się jej pracy. Była artystką, tworzyła dzieła sztuki, a pomagały jej w tym ballady od Heart, Scandal, Joan Jett, Pat Benatar i Lity Ford. Te same piosenki znajdują się teraz na mojej playliście i rozbrzmiewają w słuchawkach.

W Nowym Jorku jest ponad tysiąc takich kawiarenek. Aby utrzymać się mimo mocnej konkurencji, takiej jak Starbucks czy Coffee Beanery, rodzinne interesy muszą wpisać się w niszę, mieć do zaoferowania coś charakterystycznego, co je wyróżnia. Tutaj, w Amelii, tym czymś jest ciasto. Ręcznie robione od podstaw, codziennie świeże, wykonane według przepisów mamy, które pozyskała od swojej babci i swych ciotek ze „starego kraju".

Jaki to dokładnie kraj? Tego akurat nie wiem. Mama zwykła nazywać naszą narodowość Heinz 57[*] – po trochu wszystkiego. To jednak dzięki wypiekom tak długo przetrwaliśmy na rynku, choć z dnia na dzień jest coraz gorzej. Kiedy Vixen śpiewa o byciu na krawędzi złamanego serca, mieszam składniki w misce – tak naprawdę w miednicy – następnie ugniatam lepkie ciasto. To dość dobry trening dla przedramion – nigdy nie będę mieć wątłych rąk. Kiedy konsystencja jest gładka, a jej kolor jednolity, obracam wielką miskę do góry dnem i toczę gigantyczną kulę po sporym, pokrytym mąką blacie. Rozpłaszczam wszystko rękami, a następnie wałkiem, co jakiś czas przerywając zadanie, by posypać ciasto. Kiedy wszędzie ma równomierną grubość, wykrawam z niego sześć równych okręgów. Wystarczy na trzy podwójne spody – nim zjawi się tu pierwszy klient, będę musiała powtórzyć całą czynność jeszcze cztery razy. We wtorki, czwartki i niedziele mieszam jabłka, wiśnie, jagody i brzoskwinie z cytrynową bezą, czekoladą i kremem bananowym.

Po przygotowaniu polewy w sześciu różnych miskach myję ręce i podchodzę do lodówki. Wyjmuję z niej sześć ciast, które przygotowałam wczoraj, i wkładam je do piekarnika, by odzyskały temperaturę pokojową. To je dziś podam – ciasta zawsze lepiej smakują na drugi dzień. Dodatkowa doba daje im szansę na wchłonięcie soku słodzonego brązowym cukrem.

---

[*] Slogan z opakowań ketchupu Heinz: „57 odmian" (przyp. tłum.).

Kiedy wszystko się podgrzewa, obieram jabłka tak szybko, jak japońscy kucharze w restauracjach, w których pieką wszystko na wielkiej rozgrzanej płycie. Potrafię posługiwać się nożami, jednak sztuczka polega na tym, by ostrze było jak brzytwa. Nie ma nic bardziej niebezpiecznego niż tępy nóż. Polecam, jeśli nie kochacie swoich palców.

Zalewam pokrojone jabłka mieszanką wody, białego i brązowego cukru, dosypuję trochę cynamonu i gałki muszkatołowej, następnie przerzucam to wszystko do większego naczynia, by nakryć. Od lat nie czytałam przepisów – potrafię przygotować wszystko z zamkniętymi oczami.

Kiedyś nad tym medytowałam i pieściłam się z każdym kawałkiem, zawijając owoce w ciasto, dociskając brzegi i tworząc widelcem na nich idealne wzory, ale teraz się już przy tym nie relaksuję. W każdym moim ruchu objawia się zmartwienie – jakby w mojej głowie wyła syrena policyjna – ponieważ jeśli nie sprzedam tych wypieków, a terma do ciepłej wody się zepsuje, skończymy na ulicy.

Wydaje mi się, że czuję, jak na mojej twarzy pojawiają się zmarszczki. Wiem, że pieniądze szczęścia nie dają, ale możliwość kupna nieruchomości w jakiejś spokojnej okolicy byłaby w tej chwili całkiem przyjemna.

***

Kiedy nadzienie zaczyna wypływać z nacięcia pośrodku ciasta, wyjmuję je i stawiam na blacie.

W tej samej chwili do kuchni wpada moja siostra. Wszystko w niej aż podskakuje – długi jasny kucyk, osobowość... srebrne kolczyki z perłami.

– To moje kolczyki? – pytam, jak tylko potrafi siostra siostrę.

Bierze jagodę z miski, wyrzuca ją w górę i chwyta ustami.

– *Mi casa es su casa*. Ściśle rzecz biorąc, to nasze kolczyki.
– Leżały w mojej szkatułce na biżuterię, która stoi w moim pokoju! – To jedyne kolczyki niebarwiące płatków moich uszu na zielono.
– Pfff... Nawet ich nie nosisz. Nie chodzisz w takie miejsca, by móc je włożyć, Livvy. – Nie stara się być chamska. Ma siedemnaście lat, więc tego typu teksty są nieuniknione. – Perły lubią, gdy się je nosi, to niezaprzeczalny fakt. Jeśli za długo leżą w ciemnym pudełku, tracą blask.

Zawsze zarzuca mnie jakimiś nieistotnymi rzeczami, o których wiedziałby jedynie zawodnik w jakiejś grze telewizyjnej. Ellie jest mądralą – chodzi na zajęcia dodatkowe, udziela się po lekcjach, dostała wcześniejszą akceptację na Uniwersytet w Nowym Jorku, jednak wiedza podręcznikowa a zdrowy rozsądek to dwie różne rzeczy. Poza wiedzą, jak uruchomić pralkę, nie sądzę, by siostra miała pojęcie o działaniu prawdziwego świata.

Wkłada znoszony zimowy płaszcz i naciąga dzianinową czapkę na głowę.

– Muszę iść, na pierwszej lekcji mam sprawdzian z matematyki.

Ellie wybiega przez tylne drzwi, gdy Marty – nasz kelner, barman, ochroniarz i czasami złota rączka w jednym – przychodzi do pracy.

– Kto, do jasnej cholery, zapomniał powiedzieć zimie, że się skończyła? – Strzepuje nieco białego puchu ze swoich kręconych czarnych włosów, trzęsąc głową jak pies po kąpieli. Zaczęło naprawdę mocno sypać, za oknem jest biała ściana śniegu.

Marty wiesza kurtkę na haku, kiedy ja, dziś po raz pierwszy, napełniam filtr świeżo zmieloną kawą.

– Liv, wiesz, że kocham cię jak młodszą siostrę, którą chciałbym mieć...
– Przecież masz młodszą siostrę.
Właściwie ma je trzy – trojaczki: Bibbidy, Bobbidy i Boo.

Mama Marty'ego najwyraźniej nadal była na środkach znieczulających, gdy wypełniała wnioski rejestracyjne w urzędzie, choć zapewne namieszano w lekach przy porodzie. A tata Marty'ego, rabin z Queens, był na tyle mądry, by nie kłócić się z kobietą, z której wyjęto niedawno trzy arbuzy.

– Nie wkurzasz mnie jak one. I ponieważ cię kocham, mam prawo powiedzieć, że nie wyglądasz, jakbyś dopiero wstała z łóżka. Wyglądasz, jakbyś dopiero wstała ze śmietnika.

Każda dziewczyna pragnie usłyszeć takie słowa.

– Miałam ciężki ranek. Zaspałam.

– Potrzebne ci wakacje. A przynajmniej wolny dzień. Powinnaś była pójść wczoraj na drinka. Spędziliśmy wieczór w nowym barze w Chelsea, gdzie poznałem fantastycznego faceta. Ma oczy Matta Bomera i uśmiech Shemara Moore'a. – Porusza figlarnie brwiami. – Umówiliśmy się na dziś.

Podaję mu filtr do kawy, gdy w uliczce przy kawiarni zatrzymuje się ciężarówka z dostawą. Następne dwadzieścia minut spędzam na wykłócaniu się z mięśniakiem, dlaczego nie przyjmę spleśniałych drożdżówek, które próbuje mi wcisnąć, i nie zapłacę za nie.

Z godziny na godzinę ten dzień staje się coraz lepszy.

Włączam światła i o szóstej trzydzieści przekręcam tabliczkę na drzwiach, dając znać, że już otwarte. Z przyzwyczajenia odciągam rygiel zamka, choć zepsuł się wiele miesięcy temu i do tej pory nie miałam czasu go wymienić.

Początkowo nie wygląda na to, by śnieg spowodował całkowitą katastrofę – serwujemy kawę miejscowym zmierzającym do pracy oraz pani McGillacutty, niewielkiej dziewięćdziesięcioletniej staruszce, która mieszka dwie przecznice dalej, ale przychodzi do nas codziennie w ramach porannego treningu.

O dziewiątej jednak włączam telewizor stojący na końcu lady, by nasycić tło jakimiś dźwiękami, po czym gapimy się z Martym przez okno, podziwiając burzę śnieżną stulecia. Nie ma nawet słabego ruchu – nie przyszedł do nas ani jeden klient – więc pytam:

– Chciałbyś umyć ze mną lodówkę, wyczyścić spiżarnię i wyszorować piekarnik?
Równie dobrze możemy posprzątać.
Marty unosi kubek z kawą.
– Prowadź, dziewczyno.

***

W południe wysyłam Marty'ego do domu. O pierwszej podają informację o ogłoszeniu stanu wyjątkowego – po drogach mogą poruszać się wyłącznie pojazdy uprzywilejowane. O drugiej jak przeciąg do kawiarni wpada Ellie, ucieszona, że zamknięto wcześniej szkołę, następnie natychmiast znika, twierdząc, że przeczeka burzę śnieżną u koleżanki. Po południu przewija się paru klientów, zaopatrując się w kilka kawałków ciasta, by przetrwać śnieżycę.

O szóstej liczę rachunki – co oznacza, że rozkładam na stole wszystkie papiery i wpatruję się w nie. Cukier podrożał, kawa podrożała – cholera. Nie chcę nawet patrzeć na cenę owoców. Co tydzień wysyłam Marty'ego na farmę Maxwellów, ponieważ ich produkty są najlepsze w tym stanie.

O wpół do dziesiątej powieki zaczynają mi ciążyć, więc postanawiam zamknąć kawiarnię i iść spać.

Jestem w kuchni, wkładam ciasta do plastikowych pojemników, kiedy słyszę, że odzywa się zawieszony nad drzwiami dzwoneczek, a dwa donośne głosy kłócą się w sposób, w który potrafią to robić jedynie mężczyźni.

– Palce mi zamarzają, a nie mogę ich sobie odmrozić, gdyż Franny uważa, że to właśnie opuszki są jej trzecią z kolei ulubioną częścią mojego ciała.

– Pierwszą, drugą i trzecią częścią twojego ciała ulubioną przez Franny jest twoje konto w banku. I gadasz jak stara baba. Nie spacerowaliśmy aż tak długo.

Moją uwagę przykuwa głos drugiego z mężczyzn. Obaj mają akcent, ale głos tego drugiego jest głębszy, gładszy. Jego dźwięk odbieram jak ciepłą kąpiel po długim dniu, która mnie koi i wprawia w błogostan.

Staję w drzwiach i jęzor wypada mi na podłogę.

Ma na sobie garnitur, czarny krawat wisi mu niedbale na szyi, dwa górne guziki białej wykrochmalonej koszuli są rozpięte, przez co udaje mi się dostrzec nieco opalonego torsu. Marynarka opina jego sylwetkę, podpowiadając, że ukrywa pod nią twarde, wyrzeźbione mięśnie oraz napiętą skórę. Ma kwadratową szczękę – cholera, naprawdę – jakby wykutą z ciepłego marmuru. Mocny podbródek i kości policzkowe jak u modela. Prosty nos, pełne usta, zapewne doskonale szepczące sprośne słowa. Ma szarozielone oczy – dokładnie to butelkowa zieleń w słońcu – okolone gęstymi, długimi rzęsami oraz ciemne, gęste włosy – kilka pasm opadło mu na czoło, nadając jego wyglądowi nieco nonszalancji.

– Dobry wieczór.

– Witam. – Unosi się jeden kącik jego ust. I wygląda to... seksownie.

Mężczyzna stojący obok niego – rudowłosy, nieco tęższy i o błyszczących niebieskich oczach – mówi:

– Powiedz, że macie gorącą herbatę, a mój majątek jest twój.

– Tak, mamy herbatę, ale kosztuje jedynie dwa dolary i dwadzieścia pięć centów.

– Już cię uwielbiam.

Mężczyźni siadają przy stoliku pod ścianą, ciemnowłosy porusza się przy tym z pewnością siebie – jakby był właścicielem tego miejsca, jakby posiadał cały świat. Siada, opiera się, rozstawia kolana i mierzy mnie wzrokiem, jak gdyby miał rentgen w oczach.

– Wy również usiądziecie? – pytam dwóch mężczyzn w ciemnych garniturach, którzy stoją przy drzwiach. Mogę postawić słoik na napiwki, że to ochroniarze. Widziałam na mieście wystarczająco dużo bogatych, znanych ludzi, by wiedzieć, kim są, choć ci dwaj wyglądają na niesamowicie młodych.

– Nie, tylko my – odzywa się ciemnowłosy.

Zastanawiam się, kim jest. Być może to syn jakiegoś bogatego zagranicznego przedsiębiorcy. A może aktor – ma dobrą twarz i odpowiednie ciało. I... osobowość. Bije od niego wyraźny przekaz: „Przyglądaj się, bo z pewnością mnie zapamiętasz".

– Jesteście odważni, że wyszliście w taką pogodę. – Kładę na stoliku dwie karty.

– Albo głupi – dodaje rudzielec.

– Wyciągnąłem go – wyznaje ciemnowłosy, nieco bełkocząc. – Ulice są puste, więc mogliśmy pospacerować. – Ścisza konspiracyjnie głos. – Tylko kilka razy do roku pozwalają mi opuścić klatkę.

Nie mam pojęcia, co to oznacza, ale słowa te mogą być najbardziej ekscytującą rzeczą tego dnia. Cholera, ależ to żałosne.

Rudzielec czyta kartę.

– Co jest specjalnością dnia?
– Nasze ciasta.
– Ciasta?

Stukam ołówkiem w notatnik.

– Sama je piekę. Najlepsze w mieście.

Czarnowłosy mruczy:

– Opowiedz o swoich wspaniałych wypiekach. Są pyszne?
– Tak.
– Soczyste?

Przewracam oczami.

– Daruj sobie.
– Słucham?
– Możesz darować sobie te insynuacje. – Moduluję głos, rzucając tekstami, które już wielokrotnie słyszałam: – „Serwujecie ciasteczka z włosami? Przez całą noc lizałbym twoje ciacho, złotko".

Śmieje się, jego śmiech brzmi jeszcze lepiej niż głos.

– A co z twoimi ustami?

Piorunuję go wzrokiem.

– Co z nimi?
– Są najsłodszą rzeczą, jaką od dawna widziałem. Smakują równie dobrze, jak wyglądają? Założę się, że tak.

Zasycha mi w gardle, powracają do mnie wszystkie słabe riposty.

– Nie zwracaj uwagi na tego żałosnego gbura – wcina się rudy. – Od trzech dni nie trzeźwieje.

Żałosny gbur wyciąga srebrną piersiówkę.

– I nie zamierza w czwartym.

Widywałam już pijanych chłopaków z bractwa, którzy zgłodnieli po imprezie. Ten tutaj dobrze się krył.

Rudzielec zamyka menu.

– Poproszę herbatę i ciasto wiśniowe. I brzoskwiniowe. A co tam, i jagodowe również.

Jego towarzysz prycha głośno.

– Lubię ciasto.

Patrzę na niego.

– Jabłkowe – mówi cicho, sprawiając, że to krótkie słowo brzmi seksownie.

Moje trzewia omdlewają podobnie jak bohaterka jakiegoś romansu na widok Brada Pitta jako legendarnego bohatera jadącego ku niej na koniu.

Albo ma modulator głosu, albo naprawdę muszę znaleźć partnera do seksu. Kogo ja oszukuję? Oczywiście, że muszę się z kimś przespać. Straciłam dziewictwo w wieku siedemnastu lat z chłopakiem z liceum. Od Jacka nie miałam nikogo, więc całkiem możliwe, że odrosła mi błona dziewicza. Nie kręcą mnie jednonocne przygody, a któż by miał czas na związek? Z pewnością nie ja.

Odzywa się komórka rudego, więc po odebraniu i przekierowaniu na głośnik rozmowa towarzyszy mi, gdy idę do kuchni przygotować ich zamówienie.

– Cześć, kochanie! Nie mogłam się doczekać, aż w końcu zadzwonisz, i bałam się, że zasnę, więc dzwonię teraz – odzywa się kobieta posiadająca podobny akcent co tamci dwaj. Do tego mówi bardzo szybko, jakby była mocno pobudzona.

– Ile energy drinków wypiłaś, Franny?
– Trzy i czuję się niesamowicie! Idę do wanny, a wiem, jak uwielbiasz mnie w piane, więc moglibyśmy włączyć kamery!
– Proszę, nie – rzuca sarkastycznie zmysłowy głos.
– Simonie, czy to był Nicholas?
– Tak, jest tu ze mną. Wyszliśmy coś zjeść.
– Puchatku, myślałam, że jesteśmy sami. Pianka będzie musiała poczekać. O, uszyłam ci dwie nowe koszule, wyszły cudownie. Nie mogę się doczekać, aż je zobaczysz!

Simon wyjaśnia przyjacielowi ze wzruszeniem:
– Szycie to jej hobby. Lubi robić mi ubrania.

Nicholas odpowiada na to:
– A mogłaby uszyć sobie knebel?

Franny oczywiście to słyszy.
– Odwal się, Nicky!

Simon obiecuje wspólną kąpiel, gdy tylko wróci do hotelu, po czym się rozłącza, następnie mężczyźni rozmawiają ze sobą ściszonymi głosami. Słyszę końcówkę, gdy z herbatą i talerzykami z ciastem wracam z kuchni.

– ...nauczyłem się tego na własnej skórze. Wszystko jest na sprzedaż i każdy ma swoją cenę.

– Uroczy z ciebie promyczek, gdy jesteś wstawiony. Szkoda, że częściej nie pijesz – mówi Simon z silnym sarkazmem.

Kiedy stawiam na stole talerze, czuję na sobie wzrok tych szarozielonych oczu. Być może teraz, gdy znam jego imię, jest jeszcze seksowniejszy. Nicholas, ładnie.

– Jak sądzisz, gołąbeczku? – pyta mnie.

Kroję przed nim ciasto, Simon natychmiast próbuje jagodowego.

– O czym?

— Rozmawialiśmy o tym, że wszystko i wszystkich można kupić, trzeba tylko znać cenę. Co ty o tym sądzisz? Gdybym była młodsza i głupsza, a także życiowo naiwna — jak Ellie teraz — zaprzeczyłabym, ale w prawdziwym świecie idealizm umiera jako pierwszy.

— Zgadzam się. Pieniądze mają moc.

— Do diabła, teraz oboje mnie przygnębiacie — mówi Simon. — Potrzebuję kolejnego kawałka ciasta.

Nicholas uśmiecha się powoli. Sprawia tym, że kręci mi się w głowie i mięknąn mi kolana. I ma dołeczki — jak mogłam ich wcześniej nie zauważyć? Stanowią idealny dodatek do jego seksapilu, dodając chłopięcości temu pięknemu mężczyźnie.

— Cieszę się, że to powiedziałaś, cukiereczku.

Natychmiast przestaję szczerzyć zęby jak idiotka i zaczynam się wycofywać, aż głos, który mógłby mi czytać książkę telefoniczną, gdyby takowe jeszcze istniały, zatrzymuje mnie:

— Dziesięć tysięcy dolarów.

Obracam się i przechylam głowę na bok, więc wyjaśnia:

— Spędź ze mną noc, a zapłacę ci dziesięć tysięcy dolarów.

— I co niby miałabym robić? — Śmieję się, bo on z pewnością żartuje, prawda?

— Łóżko jest puste i duże. Zacznijmy od niego i zobaczmy, co się stanie.

Zerkam na Simona i na dwóch typów przy drzwiach.

— To żart?

Pociąga łyk z piersiówki.

— Nigdy nie żartuję na temat pieniędzy i seksu.

— Chcesz zapłacić dziesięć tysięcy za numerek ze mną?

— Więcej niż jeden i w kilku różnych pozycjach. Mógłbym — używając palców, zaznacza w powietrzu cudzysłów —

„się zalecać", ale potrzeba do tego czasu. – Klepie zegarek: rolex z brylantami i platyną, wart jakieś sto trzydzieści tysiaków. – A ostatnio nie mam go za wiele.

Prycham, wychodząc z szoku.

– Nie puszczam się za kasę.

– Dlaczego nie?

– Ponieważ nie jestem prostytutką.

– Oczywiście, że nie, ale jesteś młoda i piękna, a ja jestem przystojny i bogaty. Stosowniejsze pytanie brzmi więc: dlaczego się jeszcze nie bzykamy?

To mocny argument.

Chwila, nie, nie. To bardzo zły argument. Kiepski, obleśny, dziki... Cholera!

Nicholas wydaje się cieszyć, przyglądając mi się, gdy rozważam jego propozycję.

I Boże, naprawdę się zastanawiam. Po ich wyjściu przerobię w głowie najmniejszy, najdrobniejszy szczegół tej rozmowy, ale odsuwając fantazje na bok, nie jestem dziewczyną, która zrobiłaby coś takiego naprawdę.

– Nie.

– Nie? – Wygląda na poważnie zdziwionego. I rozczarowanego.

– Nie – powtarzam. – Byłoby to niewłaściwe.

Pociera palcem dolną wargę, oceniając mnie. A jeśli jesteśmy już przy ocenianiu, ma niezłe palce. Długie, niezbyt grube, z czystymi, przypiłowanymi paznokciami. W mojej głowie pojawia się myśl: *Och, co mógłby nimi zrobić!*

Ze mną naprawdę jest coś nie tak.

– Masz chłopaka?

– Nie.

– Jesteś lesbijką?
– Nie.
– Więc nie masz nic do stracenia.
Unoszę głowę i krzyżuję ręce na piersiach.
– Moja godność nie jest na sprzedaż.
Nicholas się przysuwa, pożerając mnie wzrokiem.
– Nie mam ochoty wkładać fiuta w twoją godność, złotko. Chcę go we wszystkich innych miejscach.
– Na wszystko masz odpowiedź?
– Odpowiedzią niech będzie dwadzieścia tysięcy.
Cholera! Szczęka mi opada. Gdyby latały tu jakieś muchy, połknęłabym je wszystkie.
Wspaniałe oczy wpatrują się w moje, więżąc mnie w miejscu.
– Nie pożałujesz, przyrzekam.
Myślę o tych pieniądzach – w gotówce – które dostałabym jako wynagrodzenie za seks. O rzeczach, które mogłabym zrobić z tą kasą... O wymianie termy, spłaceniu części hipoteki, opłaceniu drugiego semestru nauki Ellie. Jezu, propozycja jest kusząca.
Jednak gdy pieniądze się skończą – a stanie się to dość szybko – odbicie w lustrze pozostanie.
I będę musiała żyć z nim każdego dnia.
– Chyba oboje się myliliśmy. – Wzruszam ramionami. – Niektóre rzeczy nie są na sprzedaż za żadną cenę.
Simon klaszcze.
– Super, kochana. Optymizm zawsze wygrywa. A tak w ogóle, twoje ciasto jest fantastyczne. Mówiłaś, że sama je pieczesz? Powinnaś napisać książkę kucharską.
Nie odpowiadam. Nadal patrzę Nicholasowi w oczy, nie potrafię odwrócić spojrzenia.

– A może próbowałem kupić niewłaściwą rzecz. Czasami choć krowa nie jest na sprzedaż, mleko nie musi być za darmo. Dobra, teraz widzę, że jest pijany, ponieważ jego słowa są pozbawione sensu.

– Zechcesz wyjaśnić?

Śmieje się.

– A co z pocałunkiem?

Gwałtownie wypuszczam powietrze, a kolejna jego wypowiedź sprawia, że mam trudność z ponownym napełnieniem płuc.

– Oszaleję, jeśli wkrótce cię nie skosztuję.

Nigdy nie zastanawiałam się nad własnymi wargami. Przypuszczam, że są ładne, naturalnie pełne i różowe. W dodatku kilka razy dziennie używam malinowego błyszczyka, czasami tylko balsamu nawilżającego.

– Pięć tysięcy.

Pocałowałabym go za darmo, ale jest coś ekscytującego – w jakiś chory pokręcony sposób niemal pochlebnego – w tej ofercie, skoro tak wiele chce za nią zapłacić.

– Pięć tysięcy dolarów? Za pocałunek?

– Tak właśnie powiedziałem.

– Z języczkiem?

– Bez niego się nie liczy.

Waham się dłuższą chwilę. Na tyle długą, by Nicholas... wszystko zniszczył.

– Zgódź się, zwierzaczku. Najwyraźniej potrzebujesz pieniędzy.

Sapię, nim udaje mi się nad sobą zapanować. Nie sądziłam, że trzy słowa od nieznajomego mogą tak bardzo zaboleć. *Co za fiut.*

Tysiąc różnych rzeczy – upokorzenie rzucone w twarz, rozczarowanie tym przystojnym, uwodzicielskim mężczyzną, który się nade mną lituje, i wstyd przychodzący wraz z rozważaniami. W sekundę rozglądam się po kawiarni: odchodzącej farbie na ścianach, wyłamanym skoblu w zamku, zużytych krzesłach i wyblakłych zasłonach, które całe lata temu przestały być już eleganckie.

– Na miłość boską, Nicholasie – mówi Simon.

Jego towarzysz jednak nadal się we mnie wpatruje tymi swoimi aroganckimi zielonymi oczami. Daję mu więc to, na co tak niecierpliwie czeka.

– Ręce pod stół – nakazuję.

Uśmiecha się szerzej, chowa piersiówkę do kieszeni i spełnia polecenie.

– Zamknij oczy.

– Lubię kobiety, które nie boją się dyrygować.

– Koniec gadania. – Powiedział już wystarczająco wiele.

Pochylam się, nie spuszczając go z oka, zapamiętując szczegóły jego twarzy, czując jego ciepły oddech na policzku. Będąc tak blisko, widzę cień zarostu na podbródku i zastanawiam się, jakbym się czuła, gdyby drapał mnie po brzuchu, udach...

Następnie staję prosto, biorę talerz i rozsmarowuję szarlotkę na tym jego głupim, przystojnym obliczu.

– Pocałuj się z tym, dupku. – Rzucam rachunek na stół. – Należność zostawcie na blacie. Tam są drzwi, skorzystajcie z nich, zanim wrócę z pałką i pokażę, dlaczego nazywają mnie Małym Katem.

Nie oglądam się za siebie, idąc w stronę kuchni, ale słyszę mamrotanie:

– Dobry ten placek.

Gdybym jeszcze nie wiedziała, teraz mam pewność: mężczyźni są beznadziejni.

ROZDZIAŁ 4

NICHOLAS

W pałacu jest ściana, na której zawieszono broń przez stulecia wykorzystywaną przez rodzinę królewską. Miecze, szable, sztylety – na niektórych ostrzach wciąż znajduje się krew. Jedną z tych broni jest kiścień, powszechnie znany jako kij z kulą – składa się z drewnianego trzonka, do którego łańcuchem przymocowano ciężką, kolczastą bryłę. Broń ta jest w walce nieporęczna, ponieważ zagraża właścicielowi i potrzeba wiele czasu, by można ponownie się zamachnąć. Gdy jednak prawidłowo ją wykorzystać, potrafi zadać śmierć – kolce przebiją zbroję i wejdą w pierś lub w czaszkę.

Kiścień jest pierwszą rzeczą, o której myślę, gdy otwieram oczy, ponieważ czuję się, jakby ktoś wbił mi go w mózg. Jasne światło przebija się przez cienie, dlatego mam mroczki przed oczami. Jęczę, chwilę później drzwi otwierają się i z korytarza wyłania się sylwetka Simona.

– Więc jednak żyjesz? Przez chwilę nie byłem pewien.

– Dzięki za troskę – chrypię. Zbyt głośno. Nawet szept jest jak szrapnel przedzierający się przez moją czaszkę. Próbuję raz jeszcze, tym razem ciszej: – Coś ty, u licha, wczoraj wlał we mnie?

Simon śmieje się bez współczucia.

– Wlałem? Siorbałeś to samo co w Koźle. Wódkę. Czystą. Barbarzyńca.

Nigdy więcej. Przysięgam wątrobie, że jeśli jeszcze raz mi wybaczy, będę milszy i mądrzejszy.

Z przyprawiającą o mdłości świadomością przypominam sobie elegancką zbiórkę pieniędzy, na której byliśmy.
— Wygłupiłem się na balu?
— Nie, byłeś powściągliwy. Cichy i wycofany. Tylko ja wiedziałem, że miałeś szczęście, nadal potrafiąc ustać na nogach.
— Dobrze. Przynajmniej o to nie muszę się martwić. Pocieram skronie.
— Miałem w nocy dziwny sen.
— O latających różowych słoniach i Fergusie w spódniczce baleriny? Ten zawsze mnie niepokoi.
Śmieję się, co nie jest najmądrzejszym posunięciem, ponieważ ból przeszywa moje kości.
— Nie — przyznaję cicho. — Śniła mi się mama.
— Tak?
— Karciła mnie. Wykrzykiwała przeróżne rzeczy, pociągnęła mnie nawet za włoski na karku. Pamiętasz, jak to robiła, gdy zachowywałem się nieodpowiednio w miejscach publicznych?
— Przypominam sobie — mówi Simon z nostalgią. — Aż Henry ją tego oduczył, krzycząc przed dziennikarzami: „Dlaczego ciągniesz mnie za włosy, mamo?".
Pomimo bólu ponownie chichoczę.
— Za co była na ciebie zła? Pamiętasz?
— Powiedziała... Powiedziała, że doprowadziłem anioła do łez. — Zasłaniam ręką twarz.
— Cóż, wyglądała jak anioł, a jej ciasto było niebiańskie. Nie widziałem wprawdzie łez, ale z pewnością ją zraniłeś.
Zabieram rękę i walczę, by usiąść.
— O czym ty mówisz?

– O kelnerce – wyjaśnia. – W kawiarni, do której weszliśmy, gdy ciągnąłeś mnie przez miasto, bo nie śledziły cię żadne kamery i fanki. Pamiętasz?

Obrazy przewijają się przez moją głowę. Zatrzymuję jeden, to granatowe tęczówki w kolorze nieba o zmroku i towarzyszące im zirytowane sapnięcie.

– To... było prawdziwe?

– Tak, pieprzony dupku, prawdziwe. Zaoferowałeś tej dziewczynie dwadzieścia tysięcy za bara-bara. Spławiła cię. Mądra laska.

Głaszczę się po policzku, wyczuwając na nim resztki cukru. Na języku utrzymuje się smak jabłek. Wszystko nagle do mnie wraca – każde słowo.

– Cholera jasna, trafiło to już do sieci? Już widzę te nagłówki: *Książę dziwkarz podbija Nowy Jork!*

– Nie, ani słowa. – Simon spogląda na zegarek. – Jest wpół do trzeciej po południu, więc zapewne ci się upiekło. Gdyby ten mały ptaszek chciał śpiewać, byłoby już o czym czytać.

– Co za ulga.

Mimo to... Nie wiem, czy ze względu na sen, czy własne wyrzuty sumienia, czuję żal. Wpływa we mnie z każdym oddechem, zatykając mi płuca.

– Na zewnątrz wciąż pada, szaleje piekielna burza śnieżna. Możesz spać dalej, donikąd dziś nie pojedziemy.

– Dobry pomysł – mamroczę, zasypiając z wizją pysznych, pełnych ust i ciemnych włosów.

***

Następnego ranka czuję się niemal jak człowiek – choć głowa wciąż jest zamglona i boli. Mam spotkanie z szefostwem militarnej organizacji charytatywnej, więc musimy opuścić hotel jeszcze przed wschodem słońca. Im wcześniej dotrzemy do celu, tym mniej ludzi będzie nas witać. Na szczęście przeklęty śnieg przestał padać i jeśli cokolwiek lubię w tym mieście, to jego zdolność podniesienia się po dowolnej katastrofie. Choć drogi są w miarę przejezdne, Logan zamienia limuzynę na SUV-a. Siedząc z tyłu, poprawiam krawat i mankiety, podczas gdy Simon marudzi na temat herbaty i dwóch kawałków ciasta, które z chęcią zjadłby na śniadanie.

Szukałem powodu, by wrócić do tamtej kawiarni, choć tak naprawdę nie potrzebuję wymówek. Nie potrafię przestać myśleć o tej ładnej kelnerce i sposobie, w jaki ją potraktowałem. Kiwam głową, Simon przekazuje Loganowi wskazówki, więc chwilę później stajemy przed Amelią. Latarnie nadal się świecą, ulica jest pusta, ale drzwi nie są zamknięte, więc wchodzimy, a nad naszymi głowami odzywa się wkurzający dzwonek.

Jest cicho. Nie zajmuję stolika, zamiast tego stoję na środku pomieszczenia.

– Zamknięte – mówi dziewczyna, przechodząc przez drzwi wahadłowe. Kiedy unosi głowę, zamiera. – O, to ty.

Jest jeszcze ładniejsza, niż zapamiętałem, niż wyśniłem. Delikatne ciemne loki okalają twarz, która powinna znajdować się w galerii – ma oszałamiające szafirowe oczy. Należałoby je upamiętnić żywymi akwarelami. Helena Trojańska musiała być niczym w porównaniu z tą ślicznotką.

Sięga mi zaledwie do podbródka, ale ma fantastyczne kształty. Pełne piersi okryte pogniecioną białą bluzką, kształtne biodra w czarnej spódnicy, wąską talię, którą zdołałbym objąć, i jędrne nogi w czarnych rajstopach, które bardzo ładnie dopełniają całego obrazu.

Czuję wewnętrzny niepokój.

– Drzwi były otwarte – mówię.
– Zamek jest zepsuty. Logan przesuwa skobel. Bezpieczeństwo to jego życie, więc zepsuty zamek wkurza go jak układanka, w której brakuje jednego puzzla.
– Czego chcesz?

Nie ma pojęcia, kim jestem. Mówi o tym jej defensywna postawa i oskarżycielski ton. Niektóre kobiety próbują udawać, że mnie nie rozpoznają, ale nigdy nie daję się nabrać. Jej ignorancja jest raczej... ekscytująca. Nie ma żadnych oczekiwań, ukrytych motywów, powodów, by udawać – dostaje tylko to, co widzi, a widzi mnie.

Nagle mnie zatyka, trudno mi nawet przełknąć ślinę.
– On nalegał na ciasto. – Wskazuję na Simona. – A ja chciałem... przeprosić za tamten wieczór. Normalnie się tak nie zachowuję. Byłem nieco rozgoryczony...
– Z doświadczenia wiem, że po pijanemu ludzie nie robią rzeczy, których normalnie by nie zrobili.
– Tak, masz rację. Pomyślałbym o tym tylko, ale nie wypowiedziałbym tego na głos. – Przysuwam się powoli. – No i gdybym był trzeźwy... moje stawki byłyby większe.

Krzyżuje ręce na piersiach.
– Próbujesz być uroczy?
– Nie. Nie muszę próbować... Tak się po prostu dzieje.

Marszczy nieznacznie brwi, jakby nie mogła zdecydować, czy ją to złości, czy bawi. Sam się uśmiecham.
– Jak ci na imię? Nie pamiętam, czy pytałem wcześniej.
– Nie pytałeś. Liv.
– Dziwne imię. Urodziłaś się chora? To znaczy, rodzice cię nie lubili czy jak?

Zaciska usta, jakby chciała powstrzymać uśmiech. Rozbawiłem ją.
– Liv i Livvy to zdrobnienia od Olivia. Olivia Hammond.
– Ach. – Kiwam powoli głową. – To piękne imię. O wiele bardziej do ciebie pasuje. – Nie potrafię oderwać od niej spojrzenia. Nawet nie chcę. – Cóż, Olivio, żałuję tego, jak się zachowałem, gdy cię poznałem, i mam nadzieję, że przyjmiesz moje przeprosiny.

Jej wyraz twarzy zmienia się na sekundę, ale jest to zauważalne. Dziewczyna podchodzi do stolika, bawiąc się przezroczystym opakowaniem ciasta.

– Nieważne. Nic się nie stało. Nie powiedziałeś nic, co nie byłoby prawdą. To dość oczywiste, że potrzebuję pieniędzy.

Desperacja w jej głosie i wiedza, że ja się do niej przyczyniłem, sprawiają, że mówię ostrym tonem:

– Olivio.

Patrzy mi w twarz, a mój głos łagodnieje.

– Przepraszam. Naprawdę.

Ciemnoniebieskie oczy wpatrują się we mnie przez chwilę, nim ich właścicielka odzywa się cicho:

– W porządku.

– W porządku – powtarzam równie miękko.

Mruga i podaje ciasto Simonowi.

– Proszę. Ma dwa dni, i tak go nie sprzedam. Może być już nieco przyschnięte, ale jest za darmo.

Simon uśmiecha się jak wilk, któremu podano ranną owcę.

– Naprawdę jesteś aniołem, dziewczyno.

– Może wziąć ze sobą widelec? – pytam. – Żebym przez całą drogę nie musiał słuchać, jak burczy mu w brzuchu.

Uśmiechając się, podaje Simonowi widelec, a ja rzucam się do ataku i pytam:
– Napiłabyś się kawy, Olivio? Ze mną? Minęły lata, odkąd zaprosiłem kobietę na prawdziwą randkę. To dziwne uczucie – jednocześnie dobre, ale i stresujące.
– Nie lubię kawy. Nigdy jej nie piję.
Rozglądam się.
– Pracujesz w kawiarni.
– No właśnie.
Przytakuję.
– Hmm, rozumiem. To może w takim razie pójdziemy na kolację? Będziesz wolna wieczorem? Mógłbym przyjechać po ciebie w drodze powrotnej.
Parska śmiechem.
– Myślałam, że nie masz czasu na… – Zaznacza palcami cytat w powietrzu:
– „Zalecanie się".
– Na niektóre rzeczy warto go poświęcić.
To ją zaskakuje i sprawia, że się jąka.
– Ale… ja… Nie chodzę na randki.
– Dobry Boże, dlaczego? – pytam przerażony. – To grzech śmiertelny.
– Grzech?
– Jesteś piękna, bystra, powinnaś się często umawiać i to z facetami, którzy wiedzą, jak się to robi. – Kładę dłoń na swojej piersi. – Tak się składa, że jestem w tym fantastyczny. Cóż za koincydencja, nieprawdaż?

Ponownie się śmieje. Jest to krótki, lekki dźwięk, a słysząc go, czuję się, jakbym wdrapał się na szczyt górski. Jestem usatysfakcjonowany. Zwyciężyłem. Zanim jednak odpowia-

da, za jej nogami pojawia się futrzany łeb na czterech łapach, warcząc i charcząc.
– Ellie! – krzyczy Olivia przez ramię. – Bosco nie może tu schodzić!
– Co to jest? – pytam.
– Mój pies.
– Nie, nie, mam psy. Psy pochodzą od wilków. Ten tutaj pochodzi od szczura. – Spoglądam ponownie. – I to brzydkiego. Bierze małe paskudztwo na ręce.
– Nie obrażaj mojego pieska.
– Nie próbuję, mówię tylko prawdę. Chociaż raz. I to jest zajebiste.
Ale szczekanie musi ucichnąć. Patrzę prosto w małe ślepka i pstrykam, polecając:
– Cicho!
I zapada błogosławiona cisza.
Olivia spogląda to na zwierzaka, to na mnie.
– Jak... Jak to zrobiłeś?
– Psy są zwierzętami stadnymi, ustępują przywódcy. Ten tutaj jest na tyle bystry, by rozpoznać go we mnie. – Podchodzę bliżej, wyczuwając świeży, piękny zapach przypominający woń miodu. – Zobaczmy, czy zadziała na ciebie. – Pstrykam. – Kolacja.
Kładzie rękę na biodrze, zirytowana, a jednak wbrew swojej woli rozbawiona.
– Nie jestem psem.
Omiatam grzesznym spojrzeniem jej cudowną sylwetkę.
– Nie... Z pewnością nie jesteś psem.
Rumieni się, co sprawia, że jej tęczówki wydają się niemal fiołkowe. Urocze.

Do pomieszczenia wpada jednak kolejna kula – niewielka blondynka, owinięta puszystym turkusowym szlafrokiem w kapciach ze SpongeBobem Kanciastoportym.
– Taaak! Szkołę znów zamknęli. – Unosi dłoń. – Oł jea! – Zamiera, kiedy mnie zauważa. Ta dziewczyna z pewnością wie, kim jestem. – Heeej. Wow. – Wskazuje na Logana i piszczy: – Podoba mi się twój krawat.

Chłopak spogląda pytająco na swoją pierś, po czym kiwa głową.

Dziewczyna wydaje się zapadać pod ziemię, ale bierze „psa" z rąk Olivii i przyznaje szeptem:
– Zamknę się teraz w szafie.

Kiedy wychodzi, pytam:
– Żartowała?
– Ma siedemnaście lat, więc zależy od dnia. – Ociera niewielkie dłonie o bluzkę. – Cóż, było miło. Dzięki, że wpadliście. – Macha do Simona. – Smacznego.

Simon już je. Uśmiecha się z ustami pełnymi brzoskwiniowej pychoty.
– Do zobaczenia… Chyba – mówi do mnie.

Podchodzę, biorę jej ciepłą dłoń i składam pocałunek na jej grzbiecie.
– Możesz na to liczyć, kochana.

ROZDZIAŁ 5

OLIVIA

Możesz na to liczyć, kochana.
Wow. Co się, u diabła, właśnie stało? Wchodząc na górę, czuję się nieco jak martini Jamesa Bonda – wstrząśnięta, choć też lekko zmieszana.

Większość facetów, których znałam, wliczając w to Jacka, była niefrasobliwa i wesołkowata. Bierna. Na pytanie, co chcieliby robić, odpowiadali, że nie wiedzą. Ale Nicholas... jest inny. Wymagający. Męski. To człowiek, który przywykł do posłuchu. Gdy zobaczyłam go trzeźwego, spostrzegłam różnicę. Sposób, w jaki się prezentował – szerokie ramiona, proste plecy... Jego obecność była niczym grawitacja. Przyciągał wszystko na swoją orbitę, sprawiając, że każdy pragnął poddać się jego woli.

Rety, nawet Bosco go posłuchał, co czyni z tej małej bestii zdrajcę. Skłamałabym jednak, mówiąc, że tego nie rozumiem. To było cholernie seksowne. Wciąż czuję na ręce jego usta. Kto tak robi? Kto całuje kobietę w rękę? Z pewnością nikt, kogo znam. Miejsce, którego dotknął wargami, mrowi. Zostało oznakowane – choć nie za pomocą rozgrzanego żelaza, jak to się dzieje w filmach, lecz w dobrym tego słowa znaczeniu. Naznaczone.

– Wiesz, kto to był?! – piszczy Ellie, praktycznie powalając mnie, gdy wchodzę do salonu.

– Ciii! Tata śpi.

Pyta ponownie, tym razem scenicznym szeptem, na co odpowiadam:
– Ee, jakiś bogaty dupek z kumplem, który lubi ciasta. Niebieskie spojrzenie unosi się ku niebu.
– Jakim cudem jesteśmy spokrewnione? – Ciągnie mnie do swojego pokoju i uderza w twarz mającym już pół roku magazynem „People". – To był książę Nicholas!

I oto jest, na okładce – uśmiecha się idealnymi ustami, idealne ręce krzyżuje na szerokiej piersi, ubrany jest w ciemnoniebieski kaszmirowy sweter, a pod nim ma białą koszulę. Wygląda jak mokry sen Uniwersytetu Oxford.

– Nie gadaj! – Nie dowierzam, wyrywając gazetę z jej rąk.

To by wyjaśniało akcent, którego nie potrafiłam umiejscowić – nie brytyjski, nie szkocki, ale wessconski. I tę jego postawę – nie jest przywódcą stada, jest następcą tronu! W środku odnajduję kilka kolejnych zdjęć. Fotografia z wczesnego dzieciństwa; z pierwszego dnia w szkole – jest tu ubrany w koszulę z koronkowym kołnierzykiem; nastolatka pozującego do obiektywu i wyglądającego cholernie smętnie. Jest też kilka nowszych – jedno, gdy obejmuje olśniewającą, wysoką blondynkę w czerwonej sukience na jakimś przyjęciu; inne, gdy siedzi na wysokim drewnianym krześle podczas sesji parlamentu.

I cholera, jedno, które musiał pstryknąć jakiś paparazzi – jest ziarniste, wyraźnie przybliżone, ale z pewnością ukazuje Nicholasa przechadzającego się brzegiem turkusowego oceanu na Malediwach. Jego skóra błyszczy. Mężczyzna ma odgarnięte do tyłu włosy i jest... nagi. Klejnoty zamazano, ale ścieżka ciemnych włosów i wyrzeźbione V na brzuchu są dobrze widoczne.

Język mrowi mnie, ponieważ z ochotą powiodłabym nim po tym ciele. Cholera, chciałabym polizać to zdjęcie.

Tekst z boku dostarcza informacji o kraju i pochodzeniu Nicholasa. Jest bezpośrednim potomkiem Johna Williama Pembrooka, północnobrytyjskiego generała, który połączył siły z południową Szkocją w wojnie o jej niepodległość. Ożenił się z córką Roberta Bruce'a, króla Szkocji. Po klęsce tego kraju koalicja Pembrooka zerwała z obydwoma macierzystymi państwami i po latach walk utworzyła własny niezależny kraj – Wessco.

Czerwienię się, w głowie mi się kręci. Musi mieć mnie za idiotkę. Wiedział, że nie zdawałam sobie sprawy z tego, kim jest? Kogo ja oszukuję? Oczywiście, że wiedział. Rzuciłam mu ciastem w twarz.

Jezu.

Ellie bierze z łóżka swój schowany w błyszczący pokrowiec telefon.

– Opublikuję to na Snapchacie!

Moja reakcja jest natychmiastowa.

– Nie. – Chwytam ją za ręce. – Nie rób tego. Wszyscy tu przyjdą, szukając go, i zrobi się dom wariatów.

– No właśnie! – Podskakuje. – Interes się rozkręci. O, powinnyśmy nazwać ciasto jego imieniem! Pychota: królewskie ciacho!

Wiem, że byłoby to mądre, przecież nie chcę, by wyrzucono nas na ulicę, więc w mojej głowie krzyczy głosik: *Sprzedawaj! Sprzedawaj! Sprzedawaj!*

Ale wydaje mi się... że to złe.

Wciąż nie wiem, czy Nicholas nie jest palantem. Nie mam wobec niego długu, a mimo to sprzedanie go i wykorzystanie do rozkręcenia interesu, poinformowanie świata, że może się tu pokazać, wydaje się być... zdradą.

– Nie przyjdzie, jeśli napiszesz o tym w sieci, Ellie.

– Powiedział, że zamierza się pojawić? Że wróci? – Ta wizja wydaje się cieszyć ją bardziej niż milion polubień w mediach społecznościowych.

– Chyba... Chyba tak.

Przeszywa mnie prąd, bo bardzo bym chciała, by przyszedł.

***

Korzystamy z siostrą z rzadkiego wolnego dnia i rozkoszujemy się spa we własnym domu. Moczymy stopy, ścieramy pięty i malujemy sobie nawzajem paznokcie. Nakładamy maskę na dłonie i wkładamy na nie grube skarpetki, by nawilżyć skórę. Wmasowujemy mieszaninę oliwy z oliwek i surowych jaj we włosy, następnie okręcamy głowy folią, co oczywiście jest bardzo atrakcyjne. Gdyby tylko Instagram mógł nas zobaczyć...

Kładziemy plasterki ogórka na oczy i maseczki z płatków owsianych na twarze, a wszystko to przy dźwiękach składanki muzyki filmowej z lat osiemdziesiątych, z tytułów takich jak: *Pogromcy duchów*, *Ognie Świętego Elma*, *Wirujący seks*. Kończymy rytuał piękności, depilując sobie nawzajem brwi – to ostateczny test zaufania.

O czwartej do pokoju wchodzi tata. Ma przekrwione, zmęczone oczy, ale jest w dobrym nastroju. Rozgrywamy kilka partyjek w kierki – grę, której nauczył nas, gdy byłyśmy małe – następnie robi nam zupę pomidorową i grillowane kanapki z serem. To najlepszy obiad, jaki jadłam od dłuższego czasu – zapewne dlatego, że nie przygotowywałam go samodzielnie. Kiedy zachodzi słońce i mogę przejrzeć się w szybie okiennej, Ellie wkłada wysokie buty, zarzuca kurtkę na piżamę i idzie przecznicę dalej do koleżanki. Nasz tata wychodzi niedługo później, udając się do baru, by „obejrzeć mecz" z chłopakami.

Układając się samotnie w łóżku stojącym obok szafki nocnej z palącą się świecą o zapachu drzewa sandałowego i kokosa, czując się piękna, miękka i gładka, oddaję się zadaniu, o którym fantazjowałam przez cały dzień.

Szukam w Google Nicholasa Pembrooka.

Nie mam pojęcia, czy którakolwiek z tych informacji jest prawdziwa, a znajduję ich wiele. Wszystko – od jego ulubionego koloru (czarnego) po markę bielizny, jaką nosi (Calvina Kleina). Oczywiście poświęcono mu hasło w Wikipedii. Ma także oficjalną stronę i przynajmniej z dziesięć tysięcy fanowskich. Jego tyłek otrzymał swój własny hasztag na Twitterze – #KrólewskiZadek – i przyciągnął więcej obserwujących niż penis Jona Hamma i broda Chrisa Evansa razem wzięte.

Jak donoszą strony z plotkami, posuwał niemal wszystkie kobiety, z jakimi rozmawiał – od Taylor Swift, która napisała o nim cały album, po Betty White, która przeżyła z nim najlepszą noc swojego życia. Nicholas i jego brat Henry są zżyci, dzielą pasję do polo i filantropii. Książę uwielbia swoją babcię – królową, która wygląda na miłą, starszą panią – i wcale nie liczy dni, aż kopnie w kalendarz.

Po godzinach śledzenia go w sieci jestem pewna, że większość z tych wiadomości to brednie. Zanim wychodzę z internetu, moją uwagę przykuwa miniatura filmu – nagranie z pogrzebu księcia Thomasa i księżnej Calisty.

Klikam w miniaturę i zostaję przeniesiona do obrazu dwóch białych ozdobionych złotem trumien, wiezionych powozem konnym. Tłumy zapłakanych widzów stoją przy ulicach niczym czarna kurtyna. Kamera zmienia kąt i pokazuje czworo ludzi idących tuż za powozem: królową, jej męża, księcia Edwarda, a pomiędzy nimi chłopca z jasnymi lokami, księcia Henry'ego, i Nicholasa ubranych w takie same czarne garnitury.

W wieku czternastu lat Nicholas był wysoki. Nie miał tak ostrych kości policzkowych i wysuniętego podbródka, miał też mniejsze ramiona, ale to wciąż ten sam przystojny młody mężczyzna. Prezenter wyjaśnia, że w tradycji Wessco pozostaje, aby potomkowie, jak i obywatele przeszli za trumną członka rodziny królewskiej ulicami miasta, nim trafi ona do katedry na mszę pogrzebową.

Kilometry. Musieli przejść wiele kilometrów, nim mogli pochować rodziców.

Nagle Henry – miał wtedy dziesięć lat – zatrzymuje się, a jego kolana niemal się poddają. Oboma rękami nakrywa twarz i szlocha.

Czuję ucisk w gardle, ponieważ przypomina mi to o Ellie w dniu pogrzebu naszej mamy. Płakała mocno i nieprzerwanie, tę samą rozpacz oglądam teraz na ekranie komputera. Przez kilka strasznych sekund wszyscy stoją jak sparaliżowani. Nikt się nie rusza, nikt nie próbuje go pocieszyć. Wokół woda, a nie ma co pić.

Równie dobrze mógłby stać na tej ulicy całkiem sam.

Jednak w trzech szybkich krokach podchodzi do niego Nicholas, tuli brata, otaczając ramionami jego małe ciało jak tarczą. Henry sięga Nicholasowi zaledwie do brzucha, na którym opiera głowę, a brat głaszcze go czule po włosach. Unosi głowę, patrzy na zebranych i kamery, a w jego spojrzeniu płonie żal i gniew.

Po chwili Nicholas gestem przywołuje lokaja. Stacja telewizyjna musiała zatrudnić kogoś, kto czytał z ruchu ust, ponieważ pojawiają się napisy.

– Przyprowadź samochód.

Mężczyzna wydaje się wahać, widać, że chciałby spojrzeć na królową, ale ostre słowa Nicholasa go od tego powstrzymują.

– Nie patrz na nią. Jestem twoim księciem, zrobisz, co ci każę, i to teraz.

W tej chwili nie wygląda jak czternastoletni chłopiec, w ogóle nie przypomina dziecka. Wygląda jak król.

Mężczyzna przełyka ślinę, kłania się i kilka minut później czarny rolls-royce przedziera się powoli pomiędzy zebranymi.

Nicholas prowadzi brata na tylne siedzenie, następnie, przy wciąż otwartych drzwiach, klęka i chusteczką wyjętą z kieszeni ociera Henry'emu twarz.

– Mama będzie mną rozczarowana – mówi malec, szlochając boleśnie.

Nicholas kręci głową.

– Nie, Henry. Nigdy. – Odsuwa mu z czoła jasne włosy. – Pójdę za nas obu. Spotkamy się w katedrze i stamtąd udamy się razem. – Obejmuje jego niewielką twarz i próbuje się uśmiechnąć. – Poradzimy sobie, prawda?

Henry pociąga nosem i mocno stara się przytaknąć. Kiedy Nicholas wraca do królowej, procesja wznawia marsz.

Z ciężkim sercem zamykam laptopa, ponieważ żal mi ich. Henry był taki mały, a Nicholas – pomimo pieniędzy, władzy i przywilejów – tamtego dnia nie różnił się od innych. Nie różnił się ode mnie. Był chłopakiem, który mocno starał się pomóc pozostałej mu jeszcze rodzinie.

***

Następnego dnia słońce świeci, ale aura jest mroźna, więc zaspy nie stopnieją w najbliższej przyszłości. Po porannym zamieszaniu stoję przy kasie, rozwijając rolki z ćwierćdolarówkami, kiedy niski, melodyjny głos składa zamówienie:

– Proszę dużą kawę. Z mlekiem, bez cukru.

Unoszę głowę i patrzę w szarozielone oczy. Natychmiast mrowi mnie też skóra.

– Wróciłeś.

– W przeciwieństwie do dziwnych, choć bardzo ładnych osób, lubię kawę.

Ma na sobie luźne, wytarte jeansy i zapinany na guziki sweter. Do tego czapka z daszkiem nisko opuszczona na czoło. Z jakiegoś powodu mnie ona śmieszy. Podejrzewam, że dlatego, iż wygląda tak normalnie.

– Fajna czapka – mówię ze śmiechem.

Unosi rękę.

– Jankesi, do boju!

– Naprawdę uważasz, że to przebranie zda egzamin?

Wydaje się zaskoczony tym pytaniem. Rozgląda się – w lokalu jest tylko dwóch klientów, żaden nie zwraca na nas uwagi. Nicholas wzrusza ramionami.

– W przypadku Clarka Kenta okulary zawsze się sprawdzały.

Dziś do dwóch mężczyzn, którzy ochraniali wcześniej Nicholasa, dołączył trzeci. Wszyscy siadają przy stoliku przy drzwiach, są ubrani zwyczajnie i starają się nie rzucać w oczy, ale wciąż pozostają czujni i gotowi do działania.

– Kto ci powiedział? Sama do tego doszłaś czy... – Wskazuje na miejsce, gdzie wczoraj widział Ellie. – ...powiedziało ci to to małe tornado w kapciach ze SpongeBobem?

— Siostra uchyliła przede mną rąbka tajemnicy. Myślałam, że kiedy zobaczę go po tym, jak poznałam jego tożsamość, poczuję się w jego towarzystwie inaczej, ale tak nie jest, nie tak naprawdę. Czuję jedynie lekki wstyd, ponieważ go nie rozpoznałam, ale patrzenie na niego teraz wzbudza te same uczucia – magnetyczną fascynację i żarliwe pożądanie. Nie dlatego, że jest księciem, ale dlatego, że to on – piękny, seksowny, uwodzicielski mężczyzna.

Nicholas płaci gotówką wyciągniętą ze skórzanego portfela, więc podaję mu kawę.

— Musisz mieć mnie za idiotkę.
— Wcale nie.
— Powinnam dygnąć czy coś?
— Proszę, nie rób tego. — Na jego twarzy pojawiają się dołeczki. — No chyba że chcesz zrobić to nago, to proszę bardzo.

Flirtuje ze mną. To słodki, nerwowy taniec. Bardzo dawno tak dobrze się nie bawiłam.

— Nie wydajesz się być... — Ściszam głos do szeptu. — ...księciem.

Również szepcze:
— To być może najmilsze, co mi kiedykolwiek powiedziano. — Kładzie rękę na ladzie i pochyla się. — A teraz, gdy już wiesz, przemyślisz moją propozycję wspólnej kolacji?

Założę się, że taki facet jak on – pieprzony książę – przywykł do kobiet padających mu do stóp. Dosłownie. Ja nie znam się na uwodzeniu ani gierkach, ale pracując tu przez te wszystkie lata, wychowując się w tym mieście, jeśli chodzi o mężczyzn, wiem jedno. Muszę udawać trudno dostępną.

— Dlaczego miałabym to zrobić? — prycham. — Ponieważ władasz całym krajem? Niby miałoby mi to zaimponować?

– Większości ludzi imponuje.
No i się zaczyna.
– Najwyraźniej nie jestem jak większość.
Jego oczy błyszczą, usta rozciągają się w uśmiechu.
– Najwyraźniej nie. – Ruchem głowy wskazuje na stolik w kącie. – W takim razie będę tam siedzieć, gdybyś chciała do mnie dołączyć.
– To właśnie zamierzasz robić cały ranek? Siedzieć tam?
– Tak, taki mam plan.
– Nie masz… czegoś do roboty? Jakichś ważnych spraw?
– Pewnie mam.
– Więc dlaczego się nimi nie zajmiesz?
Wpatruje się w moją twarz, wzrok kieruje na moje usta, jakby nie mógł się powstrzymać.
– Lubię na ciebie patrzeć.
Żołądek mi się kurczy i kręci mi się w głowie.
Nicholas od niechcenia odchodzi do swojego stolika, wygląda przy tym na bardzo zadowolonego z siebie.
Chwilę później, stojąc za ladą, Marty przysuwa się do mnie z dzikim spojrzeniem.
– Nie patrz, ale mamy sławnego gościa. – Zaczynam się obracać, ale mnie chwyta. – Powiedziałem, byś nie patrzyła! Siedzi tam sam książę Nicholas, inaczej nie nazywam się Marty McFly Ginsberg.
Myślę, że mama Marty'ego była naćpana również wtedy, kiedy wymyślała imię i jemu.
Kładę mu ręce na ramionach, by go uspokoić.
– Tak, to on, przyszedł wczoraj rano i wcześniej wieczorem.
Mężczyzna piszczy jak nastolatka, która właśnie odebrała prawo jazdy.

– Dlaczego mi o tym nie powiedziałaś?!

Cytuję *Pulp Fiction* – jego najbardziej ukochany film – mając nadzieję, że zadziała i Marty nie zeświruje.

– Spokój, suko. Nie rób z tego afery.

– Spokój, suko? Nawet nie wiesz, o co prosisz! Zdjęcie tego chłoptasia od lat wisi na mojej ścianie. Zawsze liczyłem, że w sekrecie gra dla mojej drużyny.

Zerkam przez ramię, by zobaczyć, czy Nicholas nas obserwuje.

Tak. I macha.

Wracam spojrzeniem do Marty'ego.

– Z całą pewnością mogę stwierdzić, że nie.

Marty wzdycha.

– To wyjaśnia, dlaczego wpatruje się w twój tyłek jak kot uganiający się za kropką lasera. – Kręci głową. – Takie jest właśnie moje życie, ci fajni albo są heteroseksualni, albo zajęci.

ROZDZIAŁ 6

NICHOLAS

W obserwowaniu ruchów Olivii Hammond jest jakaś perwersyjna przyjemność. Nigdy nie kręciły mnie atrakcje typu *peep show*, ale w tej chwili zaczynam doceniać ten pomysł.

Z jednej strony to tortura – kuszące kołysanie bioder, gdy przechodzi między stolikami, rozkoszny tyłeczek, który chciałbym skubać zębami, masować palcami, pieścić. Z drugiej odczuwam również niegasnącą przyjemność, gdy uśmiecha się serdecznie, gdy słyszę jej melodyjny głos, gdy co rusz spogląda na mnie tymi egzotycznymi, ciemnoniebieskimi oczami.

Otwieram gazetę, bo przynajmniej staram się być uprzejmy, ale głównie wpatruję się w dziewczynę. Bezpardonowo. Do diabła, po chamsku się gapię. Nauczycielka etyki przewraca się w grobie. Mimo to zupełnie się tym nie przejmuję.

Pragnę Olivii. Pragnę ją pieprzyć na wszystkie sposoby. I chcę, by o tym wiedziała.

Przyglądając się ludziom, można się o nich wiele nauczyć. Olivia Hammond jest pracowita. Pociera kark i prostuje plecy, więc wiem, że czuje się zmęczona, ale się nie poddaje.

Olivia jest przyjacielska, co udowadnia, podchodząc do moich ochroniarzy, by się przywitać. Śmieję się, gdy chłopaki przedstawiają się niezręcznie, podając imiona: Logan, Tommy i James, ponieważ nie są przyzwyczajeni do poświęcania im uwagi. To przeciwieństwo ich pracy. Gdy jednak Tommy puszcza do niej oko, mój uśmiech gaśnie.

Bezczelny drań – będę musiał lepiej mu się przyjrzeć.

Olivia jest życzliwa. Widzę to, gdy odbiera recepty dla sąsiadki, pani McGillacutty, następnie odmawia przyjęcia zapłaty, kiedy starsza kobieta jej ją proponuje. Olivia jest również ufna – zbyt ufna. Zauważam to, gdy sprzecza się z nieprzyjemną, choć elegancko ubraną klientką, która najwyraźniej zamówiła pięćdziesiąt ciast, ale przez pogodę odwołała imprezę. Choć dziewczyna wylicza, że kupiła już składniki i upiekła trzydzieści ciast, kobieta szydzi, że to wyłącznie problem Olivii.

***

O drugiej po południu wchodzi klient o szerokich ramionach i karku, ale małej głowie. Można powiedzieć, że wygląda jak postać z horroru.

Ma na sobie getry kolarskie tak ciasne w kroku, że poprawiam własne klejnoty. Gość ma też podartą koszulkę bez rękawów. Wchodzi, jakby był tu częstym gościem, prowadząc tlenioną, żującą gumę blondynkę.

– Jack – wita go Olivia. – Cześć.

– Liv! Jak leci?

– Świetnie. – Dziewczyna opiera się o ladę.

Facet mierzy ją wzrokiem w sposób, że mam ochotę wydłubać mu oczy.

– Rety, ile to już minęło? Pięć lat? Nie sądziłem, że cię tu zastanę.

Olivia kiwa głową.

– Tak, nadal tu jestem. Co tam u ciebie?

– Wszystko spoko. W zeszłym roku skończyłem studia w Illinois i wróciłem, by otworzyć fitness klub. Z moją narzeczoną, Jade.

– Zwraca się do ściskającej jego rękę dziewczyny: – Jade, to Liv.

– Hej!
– Hej – odpowiada Olivia. – Wow. Cieszę się, Jack.
Podaje Olivii stos wizytówek.
– Dzięki. Rozdaję je w lokalnych punktach. Mógłbym zostawić je u ciebie na ladzie? Rozpowiedziałabyś, że otwieramy za kilka tygodni?
Olivia bierze wizytówki.
– Jasne, nie ma problemu.
– Dzięki, jesteś najlepsza, Liv. – Widać, że chce wyjść, ale dodaje: – Dobrze cię widzieć. Naprawdę sądziłem, że do tego czasu stąd uciekniesz, ale, hej, najwyraźniej niektóre rzeczy nigdy się nie zmienią, co?
Co za wstrętny dupek.
Uśmiech Olivii jest sztywny.
– Najwyraźniej. Uważaj na siebie.
Facet wychodzi.
Olivia kręci głową, następnie podchodzi do mnie z dzbankiem z kawą.
– Dolać?
Podaję kubek.
– Tak, dziękuję.
Opieram się, przechylając głowę na bok, gdy nalewa.
– Były chłopak?
Rumieni się nieznacznie. Moim zdaniem to urocza reakcja, mój fiut się ze mną zgadza.
– Tak. Spotykałam się z Jackiem w szkole średniej.
– Jeśli twoje doświadczenia ograniczają się tylko do tego faceta, rozumiem już, dlaczego nie chcesz się umawiać. Wyglądał na kretyna. – Patrzę w jej ładną twarz. – Stać cię na więcej.
– Na przykład na ciebie?

– Oczywiście. – Wskazuję na krzesło naprzeciw mnie. – Porozmawiajmy o tym. O tym, co mogłabyś ze mną zrobić.
Śmieje się.
– Okej, poważnie. Jak uchodzi ci na sucho wypowiadanie takich rzeczy?
– Nie mówię takich rzeczy. Nigdy.
– Ale do mnie powiedziałeś.
Przysuwa się, na co moje serce zaczyna dudnić tak głośno, że zastanawiam się, czy ona to słyszy.
– Tak. Lubię mówić ci o wszystkim.
Ta nowo odkryta swoboda, na którą sobie przy niej pozwalam, jest fajna i miła. Wiem, że Olivia widziała już mnie, gdy zachowywałem się jak ciołek. Dziesiątki nieprzyzwoitych komentarzy przelatują mi przez głowę, ale nim decyduję się któryś wypowiedzieć, Olivia odchrząkuje i siada prosto.
Patrzy na puste krzesło obok mnie.
– Gdzie podział się Simon?
– Wrócił do domu, interesy nagliły. Rano wsiadł do samolotu.
– A czym on się zajmuje?
Unoszę kubek i dmucham powoli na kawę. Widzę, że dziewczyna wpatruje się przy tym w moje usta.
– Jest właścicielem Barristera.
– Którego? Tego w Wessco? – pyta.
– Wszystkich trzydziestu siedmiu.
– Oczywiście. – Śmieje się. – Głupia jestem.

***

Jakiś czas później wstaję od stolika, by pójść do toalety – cztery kubki kawy i pół dnia zrobiły swoje. Po drodze mijam kelnera – Olivia chyba wołała na niego Marty – idącego z workiem ze śmieciami w kierunku tylnych drzwi. W przyjazny sposób kiwa mi głową, więc uśmiecham się w odpowiedzi.

Gdy drzwi się za nim zamykają, słyszę ogłuszający pisk, jakby kwiczało tysiąc świń naraz. To typowa reakcja... Mimo to za każdym razem czuję się niezręcznie.

Kiedy wychodzę z łazienki, pierwsze, co zauważam, to zasadnicza postawa moich ochroniarzy. Logan zaciska usta, Tommy trzyma się kurczowo stołu, James siedzi na skraju krzesła, gotowy do biegu.

Jedynie chwilę zajmuje mi zrozumienie, o co chodzi.

Lokal jest pusty z wyjątkiem jednego mężczyzny – małego faceta z wyłupiastymi oczami, w tanim garniturze, spryskanego zbyt dużą ilością wody kolońskiej. Stoi tuż przy Olivii w kącie na tyłach, praktycznie przypierając ją do ściany.

– To nie wystarczy, pani Hammond. Nie może pani ignorować wezwań.

– Rozumiem, ale musi pan rozmawiać z moim ojcem. A jego tu teraz nie ma.

Przysuwa się, na co Olivia niemal zderza się plecami z murem.

– Zmęczyłem się tą zabawą w kotka i myszkę. Jesteście mi winni sporo kasy, więc tak czy inaczej zapłacicie.

Olivia próbuje go wyminąć, ale facet chwyta ją za rękę i mocno ściska. Moje opanowanie strzela jak sucha gałązka.

– Zabieraj od niej łapy.

Nie krzyczę, nie muszę. W moim głosie pobrzmiewa władczość, co wynika z długoletniej konieczności podporządkowania się.

Mężczyzna unosi głowę – Olivia również – i puszcza rękę dziewczyny, gdy podchodzę. Otwiera usta, by się wykłócać, ale rozpoznaje mnie i słowa utykają mu w gardle.
– Jest pan… Jest…
– Nieważne, kim jestem – warczę. – Kim ty, u licha, jesteś?
– Stan Marksum z Willford Collections.
– Panuję nad… – zaczyna Olivia, ale jej przerywam:
– Cóż, panie Marksum, pani powiedziała, że jej ojca tu nie ma, więc sugeruję, by pan wyszedł. Teraz.
Nadyma pierś jak mała paskudna rybka w obliczu rekina.
– Mam z Hammondami niezałatwioną sprawę. To nie pański interes.
Wraca spojrzeniem do Olivii, ale zasłaniam ją własnym ciałem.
– Chyba jasno się wyraziłem.
Jak mówiłem wcześniej: większość ludzi to skończeni kretyni, a ten kutas jest tego idealnym przykładem.
– Nicholasie, nie…
To pierwszy raz, gdy zwróciła się do mnie po imieniu, i nawet nie mogę się tym cieszyć – nie mogę wsłuchać się w dźwięk jej głosu ani zobaczyć wyrazu jej twarzy. A wszystko przez tego palanta. Wkurzające.
Pstrykam palcami.
– Wizytówka.
– Słucham?
Przysuwam się do niego, przez co facet się cofa – zobaczmy, jak mu się to spodoba.
– Proszę dać mi swoją wizytówkę.
Wyjmuje kartonik z portfela. Wizytówka ma załamany róg.

– Przekażę ją panu Hammondowi. Pan już skończył. Tam są drzwi, proszę z nich skorzystać, inaczej pokażę panu, jak się to robi.

Po jego wyjściu obracam się do Olivii, by sprawdzić, czy nic jej się nie stało, i skłamałbym, gdybym powiedział, że nie oczekuję niewielkiego dowodu wdzięczności. Być może okazanego za pomocą ust, dłoni, a gdyby była naprawdę wdzięczna, mogłaby zainicjować jakąś rozpalającą krew w żyłach akcję.

Korzysta jednak z ust.

– Za kogo ty się niby masz?

Bierze się pod boki i czerwieni. Bije od niej wściekłość. Jest oszałamiająco piękna, ale niebywale wkurzona.

– Mam ci wymienić wszystkie moje tytuły?

– To nie była twoja sprawa! Nie możesz tak tu wchodzić i... się rządzić.

– Pomogłem ci.

– Nie prosiłam o pomoc! – Chodzi w kółko. – Radziłam sobie!

– Radziłaś? A było to przed tym czy po tym, jak przyszpilił cię do kąta i złapał za rękę? – Spoglądam na jej przedramię, gdzie zauważam czerwone ślady. Ślady po palcach. Zapewne zrobią się z nich sińce. – Sukinsyn. – Ostrożnie, acz zdecydowanie chwytam ją za nadgarstek, by przyjrzeć się uważniej śladom. – Powinienem był obić mu gębę, gdy miałem ku temu okazję.

Olivia zabiera rękę.

– Gdyby trzeba było dać mu w pysk, sama bym to zrobiła. Nie wiem, co sobie myślałeś, ale nie potrzebuję, byś wjeżdżał tu na swoim białym koniu. Potrafię się zatroszczyć o własne sprawy i o siebie. – Odsuwa włosy z twarzy i prycha. – Spełniłeś na dziś dobry uczynek, więc może już sobie pójdziesz?

Krztuszę się.

– Czy ty mnie stąd… wyrzucasz?

Niektóre kobiety oddałyby lewy jajnik, by mnie przy sobie zatrzymać – połowa naprawdę próbowała to zrobić – a ta wykopuje mnie na ulicę. I to bez powodu. Co się tu, do cholery, dzieje?

– Najwyraźniej.

Unoszę ręce.

– Dobra. Wychodzę. – Ale się nie ruszam, jeszcze nie. – Jesteś szalona. – Stukam się w skroń. – Odbiło ci, kochana. Być może powinnaś iść z tym do specjalisty.

Pokazuje mi środkowy palec.

– A ty jesteś królewskim fiutem. Zobacz, czy nie ma cię za drzwiami.

Niedługo później jestem.

***

Cholera jasna, co za schizofreniczka. Ta kobieta całkowicie postradała zmysły. Jasne, jest piękna, ale z pewnością ma problemy psychiczne. A wyznaję zasadę, by nie wkładać fiuta w dziewczynę, która może mi go odrąbać.

Siedzę w środkowym rzędzie SUV-a w drodze powrotnej do hotelu, kipiąc wściekłością.

– Książę, mógłbym doradzić? – pyta Tommy.

Być może bełkoczę coś pod nosem.

– Nie odzywaj się – mówi zza kierownicy Logan, napominając kolegę.

Fizyczna bliskość wiąże się z zacieśnieniem więzi, a chłopaki z ochrony pracują dla mnie od lat. Są młodzi, tuż po dwudziestce, ale niepoważny wygląd skrywa śmiercionośne umiejętności. Jak u szczeniaków owczarka niemieckiego: ich szczekanie nie jest groźne, ale ugryzienia mogą okazać się dość mocne.

– W porządku. – Patrzę Tommy'emu w jasnobrązowe oczy w lusterku wstecznym, ponieważ ochroniarz siedzi za mną. – Dawaj.

Drapie się po głowie.

– Uważam, że dziewczyna była zażenowana.

– Zażenowana?

– Tak. Jak w przypadku mojej młodszej siostry, Janey. Jest atrakcyjna, ale pewnego dnia wyrósł jej na czole tak wielki pryszcz, że wyglądał jak róg fiutorożca. A ponieważ miała iść...

Z przedniego fotela odzywa się James, który najwyraźniej czyta mi w myślach:

– Co to, u diabła, jest fiutorożec?

– Tak się mówi – wyjaśnia Tommy.

James obraca się, by na niego spojrzeć. Jego niebieskie oczy błyszczą rozbawieniem.

– Tak się mówi, ale na co?

– Na coś... co wyrosło na czole, coś tak wielkie, że wygląda jak fiut.

– A nie byłby to w takim razie jednofiutec? – duma James.

– Na litość boską – wcina się Logan – czy moglibyście dać spokój z zakichanym jednorożcem czy fiutorożcem, czy czym on tam, do licha, jest...

– Ale to bez sensu! – spiera się James.

– ...i moglibyście pozwolić Tommy'emu dokończyć historię? W takim tempie nigdy nie usłyszymy puenty.

James wyrzuca ręce w górę i mamrocze:
– Dobra, ale to i tak bez sensu. Tak dla porządku, głosuję na jednofiutca.

Tommy ciągnie:
– Tak więc Janey wracała ze szkoły z Brandonem, naszym sąsiadem, w którym durzyła się od tygodni. Tata wcześniej przyszedł do domu z pracy, siedział właśnie na sofie. Powiedział: „Hej, Janey, chcesz, żebym ci kupił jakąś maść w aptece na ten wulkan, który wyrósł ci na czole?". Na co siostra wpadła w szał, wrzeszczała jak opętana, że nigdy więcej się do taty nie odezwie, przez co poczuł się okropnie. A przecież biedulek chciał tylko pomóc. Nauczyłem się jednak przy okazji, że żadna dziewczyna nie potrzebuje tego, by wytykać jej problemy. Janey wiedziała, że wygląda jak fiutorożec, nikt nie musiał jej przypominać, a zwłaszcza przy chłopaku, w którym się podkochiwała. – Patrzy na mnie w lusterku wstecznym. – To kwestia dumy. Może nie chodziło o to, że panna Hammond nie chciała pomocy, ale o to, że wstydziła się, że jej potrzebuje.

**

Następnego ranka nie wracam do Amelii. Nie dlatego, że nie myślałem o Olivii, ale dlatego, że mam zobowiązania – muszę odwiedzić sierociniec dla chłopców w Bronksie, jedną z wielu instytucji finansowanych przez fundację charytatywną księcia i księżnej Pembrook. To prywatna placówka, która przyjmuje sieroty i stanowi alternatywę dla systemu opieki zastępczej.

Spotykam się z dyrektorem – entuzjastycznym mężczyzną w średnim wieku, który na twarzy ma wypisane zmęczenie. Oprowadza mnie po ośrodku, sali gimnastycznej i stołówce. Pracownicy robią, co mogą, by rozweselić to miejsce kolorami i pracami wychowanków na ścianach, mimo to ośrodek i tak przypomina poprawczak. Każdy mój ruch jest śledzony przez puste spojrzenia ciekawskich dzieci.

Wychodzimy na plac zabaw – ogrodzone betonowe podwórko z pojedynczym koszem do gry. Mówię dyrektorowi, by skontaktował się z moją asystentką, ponieważ każde dziecko zasługuje na huśtawkę.

Ojciec mawiał, że jeśli chodzi o dobroczynność, to choć pomaganie ludziom jest najłatwiejsze, to wybranie, komu pomóc i w jaki sposób, jest pracochłonne.

Po jednej stronie boiska grupa maluje kredą na asfalcie, po drugiej inna gra w kosza. Moją uwagę zwraca jednak maluch w czerwonej koszulce, wyglądający na jakieś siedem lat, który siedzi z boku. To znajomy widok. Kiedy byłem nastolatkiem, miałem rzeszę przyjaciół – każdy na coś liczył – ale wcześniej byłem wyrzutkiem.

A dzieci, podobnie jak matka natura, potrafią być okrutne.

Kiedy podchodzę do chłopca, Logan przypomina grupie za moimi plecami:

– Dziś żadnych zdjęć.

Brązowe oczy mówią, że widziały więcej, niż powinny były, gdy wpatrują się we mnie z zainteresowaniem, ponieważ siadam tuż obok.

– Cześć.

– Hej. – Wyciągam rękę. – Nicholas.

Ściska ją.

– Freddie.

– Fajne imię. Mam tak na drugie. Oznacza spokojnego władcę.

Czubkiem tenisówki wierci w asfalcie.

– Naprawdę jesteś księciem?
– Naprawdę.
– Nie wyglądasz jak książę.
Klepię kieszenie szarej marynarki.
– Musiałem zostawić koronę w innym garniturze. Zawsze ją gubię.
Zostaję nagrodzony uśmiechem i dźwięcznym chichotem.
– Nie chcesz się dziś bawić, Freddie?
Wzrusza ramionami.
– Podoba ci się tutaj?
Widziałem raporty – dane dotyczące zdrowia psychicznego, ukończenia studiów – ale jeśli ktokolwiek chciałby poznać prawdziwą historię takiego miejsca, powinien od razu udać się do źródła.
– Jest dobrze. – Odchyla nieco głowę. – Kiedyś mieszkałem z ciocią, była miła, ale umarła.
Przygniata mnie smutek zawarty w tych kilku słowach.
– Przykro mi.
Kiwa głową, ponieważ słyszał już wcześniej kondolencje, mimo to nie zmieniają one jego sytuacji.
– Nauczyciele tu są fajni, często się uśmiechają, ale ciocia piekła ciastka. Tutaj nie dają ciastek.
– Uśmiechy są dobre, ale ciastka są lepsze.
Na jego twarzy pojawia się iskra życia. Udało mi się do niego dotrzeć.
– Prawda? Wiesz, co dają tu na deser?
– Co takiego? – pytam z zaciekawieniem.
– Sałatkę owocową!
Krzywię się.
– O nie, tylko nie owoce.

– Tak! – wykrzykuje. – I nie ma na niej nawet bitej śmietany! Owoce nie są dobre na deser. – Macha na mnie palcem. – Powinieneś z kimś o tym porozmawiać. Wyprostować ich.
– Stanie się to moim priorytetem.
W tej samej chwili przychodzi mi do głowy pewna myśl. Dość śmiała.
– Freddie, a lubisz ciasta?
Patrzy zdziwiony, że w ogóle zapytałem o coś takiego.
– No tak, wszyscy je lubią. Są w nich owoce, ale to przecież ciasto.
Podchodzi do nas dyrektor.
– Jak się mają sprawy? Potrzeba czegoś Waszej Książęcej Mości?
– Tak – mówię, rozglądając się i licząc. – Autobusu.

***

Godzinę później wchodzę do Amelii jak szczurołap grający na flecie, za mną ciągnie się sznur przynajmniej pięćdziesięciu dzieciaków. Stojąca za ladą Olivia wytrzeszcza oczy, zaskoczona na widok mnie, a także tej uroczej stonki.
– Co się tu dzieje?
Wskazuję na młodzieńca obok.
– Olivio, to Freddie. Freddie, poznaj Olivię.
– Co tam?
Dziewczyna uśmiecha się słodko.
– Miło mi cię poznać, Freddie.
Malec szepcze pod nosem:
– Miałeś rację, całkiem ładna.
– Mówiłem ci – odpowiadam cicho. Następnie zwracam się do właścicielki kawiarni: – Olivio, mamy problem i potrzebujemy natychmiastowej pomocy.

– Brzmi poważnie – droczy się.
– Bo jest poważny – wcina się Freddie.
– Mój przyjaciel od wielu miesięcy nie dostał porządnego deseru.
– Miesięcy! – podkreśla chłopiec.

Patrzę Olivii w oczy.

– Nie masz przypadkiem na zbyciu trzydziestu ciast, co?

Jej twarz się rozpogadza. To wdzięczność.

– Tak się składa, że mam.

***

Kilka godzin później, po wyczyszczeniu zapasów kawiarni, za które zapłaciła fundacja, stoimy z Olivią obok siebie, gdy napchane słodyczami dzieci wychodzą z lokalu.

Przybijam z Freddiem piątkę.

– Na razie, Nick.

– Na razie – mówię i puszczam do niego oko.

Maluchy wsiadają do autobusu, więc zostaję z dziewczyną sam na sam.

– Zrobiłeś to, by mi zaimponować?

Wkładam ręce w kieszenie i kołyszę się na piętach.

– Zależy. Zaimponowałem?

– Tak.

Nie potrafię powstrzymać uśmiechu.

– Dobrze, ale szczerze mówiąc, nie zrobiłem tego tylko dla ciebie. Atutem tego zadania była możliwość uszczęśliwienia dzieci takich jak Freddie, nawet jeśli to jednorazowe.

Patrzy na mnie.

– Dobrze sobie radzisz z dziećmi.

– Lubię je. Są szczere, nie mają jeszcze ukrytych motywów.

Atmosfera między nami się zmienia, w powietrzu zawisają niewypowiedziane słowa.
– Przepraszam, że pokazałam ci wczoraj środkowy palec – mówi cicho Olivia.
– Nie szkodzi.
– Nie. – Kręci głową, przy czym opada kosmyk jej włosów i kołysze się przy policzku. – Przesadziłam. Przepraszam.
Chwytam lok i pocieram go między palcami.
– Postaram się nie wtykać nosa w nie swoje sprawy. – Nie mogąc się oprzeć, dodaję: – Skupię się na wetknięciu go w twoje majtki.

Olivia przewraca oczami, ale się śmieje, ponieważ tak właśnie działa mój urok.

Po chwili śmiech cichnie i dziewczyna bierze kilka głębszych oddechów – jak robi się przed pierwszym skokiem na bungee.

– Zapytaj raz jeszcze, Nicholasie.

Przerażające, jak bardzo podoba mi się moje imię w jej ustach. Mogłoby stać się moim ulubionym słowem, co jest cholernie aroganckie, nawet jak na mnie.

– Chciałbym zaprosić cię na kolację. Dziś. Co ty na to?

Wypowiada słowo, które podoba mi się jeszcze bardziej.

– Tak.

ROZDZIAŁ 7

OLIVIA

Mam dziś randkę. Cholera.
– Jak to wygląda?
Randkę z cudownym, zielonookim, seksownym mężczyzną, który jest w stanie doprowadzić mnie do orgazmu samym dźwiękiem swojego głosu.
– Dzwonili z *Małego domku na prerii*, Nellie Oleson chce odzyskać swoją sukienkę.
Och, no i jest księciem. Prawdziwym, żyjącym, oddychającym księciem, który całuje kobiety w rękę i sprawia, że uśmiechają się sieroty... i który chce się dostać do moich majtek. Cholera!
Z drugiej strony jest niemiły i nie zachowuje się jak rycerz na białym koniu. Z pewnością ma tendencję do bycia gburem, ale nie przeszkadza mi to. Lubię rubasznych chłopców. Pozwijcie mnie. Dzięki temu nie jest nudno. Sprawy są ekscytujące.
Jest tylko jeden problem.
– A to? – Unoszę wieszak z czarnym kombinezonem.
– Świetne, jeśli wybierasz się na imprezę halloweenową i chcesz się przebrać za Hilary Clinton.
Nie mam się w co ubrać.
Zazwyczaj, gdy kobiety wypowiadają to zdanie, chcą wyrazić, że nie mają nic nowego. Nic, w czym czują się piękne, lub nie mają niczego, co ukryłoby dodatkowe kilogramy powsta-

łe po zjedzeniu nadmiernej ilości lodów karmelkowych. Czy tylko mi się wydaje, czy ostatnio wszystkie lody są karmelkowe? To mój kryptonit.

Tak czy inaczej, nie mam co na siebie włożyć, a moja kochana siostrzyczka, grzebiąc w mojej szafie, nie pomaga.

– Jezu Chryste, Liv, kiedy ostatnio kupiłaś nowe ubranie? W dwa tysiące piątym?

– W zeszłym tygodniu kupiłam nową bieliznę. Wykrojoną jak bikini, bawełnianą, w różowym i niebieskim kolorze. Majtki były na wyprzedaży, ale kupiłabym je nawet, gdyby nie były, ponieważ jeślibym miała wypadek samochodowy albo coś przez przypadek spadłoby mi na głowę, nie byłoby mowy, bym pojawiła się na pogotowiu w znoszonych, dziurawych gaciach. Odmawiam sięgnięcia takiego dna.

– Może więc powinnaś włożyć majtki i trencz? – Ellie sugestywnie porusza brwiami. – Przeczuwam, że Jego Seksownej Mości by się spodobało.

A ja przeczuwam, że siostra ma rację.

– Interesujący pomysł, ale... nie mam trencza.

Do pracy wkładam białą bluzkę i czarną spódnicę. Prócz tego stroju mam jeansy, stare swetry, T-shirty, sukienkę z bierzmowania, którą włożyłam w wieku trzynastu lat, i kombinezon, który kupiłam, gdy byłam w liceum.

Opadam na łóżko tak, jakbym rzucała się do basenu... z dachu wysokiego budynku.

– Mogłabyś pożyczyć coś ode mnie – zaczyna Ellie – ale...

Ale mam metr sześćdziesiąt siedem, cycki – właściwie całkiem fajne – i choć nie jestem Kim Kardashian, mam również pupę. Ellie mierzy pięćdziesiąt dwa centymetry i wciąż może kupować spodnie w dziale dziecięcym w GAP-ie.

Przerzucam listę kontaktów w telefonie, szukając numeru do hotelu Nicholasa. Podał mi go dzisiejszego popołudnia. Zauważyłam, że nie przekazał mi numeru swojej komórki, ale zapewne dlatego, że to tajemnica państwowa czy coś w ten deseń.

– Zadzwonię do niego i wyznam prawdę. Powiem: „Nie wiem, co planujesz, ale muszę przyjść w jeansach i podkoszulku".

Ellie rzuca się na mnie, jakby chciała osłonić mnie przed wybuchem granatu.

– Zwariowałaś? – Wyrywa mi telefon i wstaje. – Jeśli chcesz wyjść w jeansach i podkoszulku, mogłaś się umówić z naszym sąsiadem Donniem Dominiciem, który dałby sobie jaja uciąć, by pójść z tobą na randkę. Książę Nicholas nie doceni takiego stroju.

Jestem ucieleśnieniem praktyczności. Nie mam czasu i siły na strojenie się. Nie ma we mnie nic eleganckiego, ale najwyraźniej Nicholas chciałby mnie taką widzieć.

Boże, zaczynam gadać jak on.

Unoszę głowę.

– Tego nie wiesz.

Ellie otwiera leżący na komodzie laptop i po kilku kliknięciach przewija zdjęcia Nicholasa – w garniturach, smokingach i frakach. Na niektórych fotografiach mężczyzna jest sam, na innych z kobietami noszącymi suknie – oszałamiające, połyskliwe, boskie suknie.

– W przypadku randki z kimś takim swobodny strój oznacza przynajmniej sukienkę koktajlową.

Siostra ma rację, a mnie zostały dwie godziny do przyjazdu Nicholasa i nie zdążę niczego kupić. Dodatkowo wymagałoby to użycia awaryjnej karty kredytowej. To jak w jakimś programie *reality show*, odejmując od niego kamery, makijażystów i dobrą wróżkę wyskakującą z szafy.

Choć... mogę coś wymyślić. Wstaję i biegnę korytarzem do salonu, a następnie schodzę do kuchni.

– Marty! Chodź tutaj!

Pięć minut później Marty stoi w mojej sypialni, gapiąc się na stos ubrań.

– Co, u diabła, mam z tym zrobić? Oddać biednym?

Wskazuję na kupkę.

– Chcę, byś pomógł mi wymyślić, jak przekształcić to... w tamto.

Przy ostatnich słowach obracam się i wskazuję na ekran laptopa, na którym widać Nicholasa z wysoką blondynką w odważnej fuksjowej sukience.

Nie myślę stereotypowo – widziałam Marty'ego poza pracą i wiem, że to niesamowity projektant. Jego styl jest wyrafinowany, elegancki, z nutą połysku.

Patrzy na moje ubrania, następnie rzuca je na łóżko.

– Pozwól, że coś ci wyjaśnię, laleczko. Jesteś piękna wewnątrz i na zewnątrz... Ale odkąd skończyłem dwanaście lat, wiem, że podobają mi się chłopcy. Daj mi wysokiego, ciemnowłosego drwala, a ubiorę go tak dobrze, że nie zechcesz go rozebrać, nawet gdyby była pierwsza noc Chanuki. Nie mam jednak zielonego pojęcia, co zrobić z tymi twoimi fatałaszkami.

Zakrywam oczy. Co ja sobie, u licha, myślałam? Dlaczego zgodziłam się wyjść z Nicholasem? Wszystko to skończy się całkowitą klęską.

Na ostatniej randce byłam w pralni. Nie żartuję.

Nasza pralka się zepsuła, przez co cały wieczór spędziłam, pieprząc wzrokiem i rozmawiając o niczym z superuroczym facetem. W trakcie piątego spotkania kupił mi kawałek pizzy, gdy załadowaliśmy pralki i czekaliśmy, aż odwiruje się nasze pranie. Dopiero później zobaczyłam kwiatową pościel, biustonosze i majtki w jego kolorowych rzeczach, więc z wahaniem przyznał, że mieszka z dziewczyną. Gnojek. Minęło pół roku, a ja wciąż nie mogę spojrzeć na butelkę wybielacza, nie czując się podle.

Marty ostrożnie odsuwa moją rękę. Stuka mnie palcem w nos i szczerzy zęby.

– Ale znam kogoś, kto będzie wiedział.

***

Okazuje się, że Bibbidy, najstarsza z młodszych sióstr mojego przyjaciela, od niedawna pracuje jako recepcjonistka w City Couture – magazynie z ekskluzywną modą – co oznacza, że ma klucze do królestwa zwanego inaczej garderobą z rzeczami do zdjęć; do mitycznego, magicznego miejsca wypełnionego sukienkami w każdym odcieniu, rozmiarze i stylu oraz butami i wszystkimi innymi znanymi ludzkości dodatkami. Bibbidy może korzystać z tego po godzinach, przynajmniej póki nie dowie się smoczyca – szefowa, przy której Cruella de Mon to sympatyczna osóbka.

Dziewczyna zgadza się dla mnie zaryzykować, choć nie wiem, czy mi się to podoba, jednak Marty zapewnia, że jest mu winna sporą przysługę – musi mu wynagrodzić rozbicie w liceum jego ukochanego chevroleta.

Właśnie dlatego czterdzieści minut później w moim mieszkaniu pojawia się Bibbidy Ginsberg z naręczem papierowych toreb. I to dzięki niej nim mija godzina, stoję ubrana w sięgającą kolan jasnoniebieską sukienkę bez rękawów, z wycięciem na plecach od Alexandra McQueena. Czuję się w niej ładna. To wciąż ja – sukienka jest wygodna – ale wyglądam też elegancko.

Ellie układa mi włosy w długą, błyszczącą ciemną kurtynę, a ja się maluję – nakładam nieco pudru, różu, tuszu do rzęs i czerwonej szminki, podkreślając usta, które tak podobały się Nicholasowi.

– Te będą idealne! – woła Bibbidy, machając parą czarnych botków na szpilce jak magiczną różdżką.

– Mhm – aprobuje Marty. – Te buty to czysty seks.

– Nie mogę ich włożyć – próbuję protestować. – Skręcę sobie kark. Na chodniku wciąż leży śnieg.

– Przejdziesz z kawiarni do samochodu – poucza siostra. – Nie będziesz wspinać się na górski szczyt, Liv.

Bibbidy wskazuje na mój komputer, na ekranie którego wciąż widnieje zdjęcie Nicholasa.

– Brat nie żartował. To z nim dziś wychodzisz?

Muszę zapanować nad sobą, by nie wzdychać jak pensjonarka.

– To on.

Podoba się jej.

– O skarbie, zdecydowanie założysz te seksowne buciki. Postanowione.

***

Dwadzieścia minut później stoję samotnie w kawiarni – nie siadam, by nie pomiąć sukienki. Pomieszczenie jest słabo oświetlone, świecą się tylko lampa nad ladą i świeczki na baterię ustawione na stolikach pod oknem.

Zamykam oczy i przyrzekam sobie w duchu, że zapamiętam, jak się czuję w tej chwili. Tego wieczoru. Ponieważ stoję na krawędzi – nad cudowną przepaścią, gdzie wszystko jest perfekcyjne. W mojej głowie przewijają się marzenia dotyczące dzisiejszego wieczoru. Wyobrażam sobie, że będziemy się przekomarzać, śmiać, flirtować, Nicholas użyje swojego uroku i zaprosi mnie do tańca, po czym pocałuje na dobranoc. Może nawet wydarzy się coś więcej.

Jestem Dorotką spoglądającą na Krainę Oz.

Jestem Wandą unoszącą się w powietrzu, obsypaną pyłem wróżki.

Jestem – śmieję się z siebie – Kopciuszkiem wsiadającym do karety, by jechać na bal.

Nawet jeśli wszystko skończy się tej nocy, nie zapomnę. Te wspomnienia pozostaną mi bliskie. Będę się nimi delektować, pielęgnować je. Ciężkie czasy staną się dzięki nim lżejsze, samotne chwile mniej chłodne. Kiedy Ellie wyjdzie do szkoły, kiedy dzień po dniu będę piec ciasta, przypomnę sobie, jak się czułam, i się uśmiechnę. Pomoże mi to przetrwać.

Otwieram oczy.

Po drugiej stronie drzwi stoi Nicholas, obserwując mnie przez szybę. Jego spojrzenie jest ciepłe, choć dzikie – to rozpromieniona leśna zieleń. Kiedy powoli się uśmiecha, w jego policzkach ukazują się dołeczki. Serce ściska mi nieoczekiwane uczucie. Odpowiadam uśmiechem, który jest zupełnie niewymuszony, ponieważ tak dobrze się czuję.

Wchodzi do kawiarni, zatrzymuje się przede mną, gdy pochłaniamy się nawzajem wzrokiem. Jego czarne buty lśnią. Zastanawiam się, kto je polerował. Nigdy nie spotkałam się z kimś, kogo buty by tak błyszczały. Ma czarne, idealnie dopasowane spodnie. Kiedy się porusza, widać jego wspaniale umięśnione uda i zarys czegoś, co musi być imponującym członkiem.

Próbuję się nie gapić, ale mi się nie udaje.

Wcinana koszula jest srebrnoszara. Nie założył do niej krawata, dwa górne guziki zostawił rozpięte, więc palce mrowią mnie, by go dotknąć. Koszulę przykrywa czarna sportowa marynarka, w której wygląda bardzo elegancko. Na policzku widać cień zarostu, po którym również mam ochotę przejechać palcami. Połączenie niewielkiego zarostu i celowo zmierzwionych włosów nadaje mu szelmowski, łobuzerski wygląd, przez co miękną mi kości, a biust nagle tężeje i mrowi.

W końcu patrzymy sobie w oczy. Nicholas rozchyla usta i nie potrafię odczytać wyrazu jego twarzy. Chwila się przeciąga, żołądek kurczy mi się z nerwów, a słowa utykają w gardle.

– Nie... byłam pewna, co zaplanowałeś. Nie powiedziałeś mi.

Mruga, poruszając długimi ciemnymi rzęsami, ale milczy. Unoszę rękę i wskazuję na kuchnię.

– Mogę się przebrać, jeśli nie...

– Nie. – Podchodzi o krok. – Nie, niczego nie zmieniaj. Jesteś... idealna.

Przygląda mi się, jakby nie miał ochoty odrywać ode mnie wzroku.

– Nie spodziewałem się... To znaczy, pięknie wyglądasz... ale...

– Chyba był film o królu, który się jąkał, prawda? – droczę się. – To jakiś twój krewny?

Śmieje się i nazwijcie mnie wariatką, ale przyrzekam, że się rumieni.

– Nie, nikt się w mojej rodzinie nie jąkał. – Kręci głową. – Zwaliłaś mnie z nóg.

Promienieję.

– Dziękuję. Ty również dobrze wyglądasz. Jak książę z bajki.
– Właściwie nawet go znam. To dupek.
– Cóż, skoro już zniszczyłeś całkiem spory kawałek mojego dzieciństwa, lepiej, żebyśmy poszli na tę randkę.
– Tak, w istocie. – Podaje mi dłoń. – Zapraszam.

Chwytam go z łatwością, jakby to była najnaturalniejsza rzecz na świecie. Jakby moja ręka miała do niego należeć.

ROZDZIAŁ 8

NICHOLAS

Olivia się denerwuje. Jej dłoń lekko drży w mojej, gdy prowadzę ją do limuzyny, a u podstawy delikatnej szyi widzę też gwałtownie pulsującą żyłę. Pobudza to we mnie pokręcony, drapieżny instynkt – jeśli zechce uciekać, z pewnością będę ją gonił.

A zwłaszcza w tej sukience. I seksownych butach. Przez chwilę nie potrafiłem nie wyobrażać sobie, jak powoli zsuwam ten niebieski materiał z jej ciała. Jak dziewczyna wbija palce w moje łopatki, znacząc skórę paznokciami. Jakie dźwięki wydaje, gdy dyszy i cicho skomli. Jak sadzam ją na jednym ze stolików w kawiarni i biorę ją w sposób, o jakim marzyłem – a nawet na kilka sposobów, które nie przyszły mi jeszcze na myśl.

I nie zdejmuję jej butów.

Niepokój Olivii pobudza jednak również moją opiekuńczość. Ochotę, by otoczyć ją rękami i przyrzec, że wszystko będzie dobrze.

Nie sądzę, by ktokolwiek jej to obiecał.

Kciukiem zataczam małe kółka na dłoni dziewczyny, gdy James otwiera przed nami drzwi samochodu.

Olivia mu macha.

– Dobry wieczór, panienko.

W aucie wita się również z Loganem i Tommym, siedzącymi z przodu. Logan kiwa głową i uśmiecha się do niej w lusterku wstecznym.

– Witam, panienko – mówi Tommy i ponownie puszcza do niej oko. *Gnojek.*
Wciskam guzik i podnosi się szyba, dzięki której zostajemy sami. Bariera jest również dźwiękochłonna – Olivia może jęczeć moje imię nawet bardzo głośno, mógłbym się założyć, że zdołałbym do tego doprowadzić.
– Nie musisz tego robić. – Ruchem głowy wskazuję na chłopaków.
– Dlaczego? Nie muszę być kulturalna?
– Nie pomyśleliby, że jesteś niewychowana, gdybyś się nie przywitała. To dobre chłopaki, ale to również pracownicy, dlatego nie oczekują powitania. Są jak... meble, niezauważalni, póki nie będę potrzebni.
– Wow. – Olivia opiera się na skórzanym siedzeniu, przyglądając mi się. – Ktoś tu ma nadęte ego.
Wzruszam ramionami.
– Ryzyko zawodowe. I choć zabrzmi to gburowato, mówię prawdę.
Zakłada włosy za ucho, jakby nieczęsto nosiła je rozpuszczone. Szkoda.
– Zawsze jest z tobą ochrona?
– Tak.
– A kiedy jesteś w domu?
– Też tam jest. A także są pokojówki. I lokaj.
– Więc nigdy nie jesteś... sam? Nie możesz chodzić nago, kiedy masz na to ochotę?
Wyobrażam sobie minę Fergusa, gdybym położył jaja na szesnastowiecznej sofie królowej Anny, albo jeszcze lepiej – reakcję babci. Śmieję się.
– Nie, nie mogę, ale ważniejsze: czy ty chodzisz nago.

Wzrusza jednym zmysłowym ramieniem.
– Czasami.
– Zostańmy jutro u ciebie – mówię całkiem poważnie. – Cały dzień. Pozmieniam plany.

Olivia ściska moją dłoń, jakby nakazywała mi się zachowywać, ale delikatny rumieniec na jej policzkach podpowiada mi, że podoba jej się ta rozmowa.

– Tak więc jeśli pierwszego wieczoru, kiedy się poznaliśmy, pojechałabym z tobą do hotelu, ochrona byłaby w pobliżu, gdybyśmy się...
– ...pieprzyli? Tak, ale nie w tym samym pokoju. Nie lubię publiki.
– To takie dziwne. To wielki wstyd.

Nie rozumiem.

– Co masz na myśli?

Zażenowana ścisza głos, mimo że chłopcy nie mogą jej słyszeć.

– Wiedzieliby, co byśmy robili, może nawet by nas słyszeli. To jak nieustające mieszkanie w domu bractwa.

– Zakładasz, że zwróciliby uwagę, ale tak by nie było. – Unoszę jej dłoń do ust i całuję jej grzbiet. Skóra Olivii jest miękka niczym płatki kwiatów i zastanawiam się, czy wszędzie pozostaje taka miękka. – Kiedy idę do łazienki, zdają sobie sprawę, że będę sikał, ale nie rozważają aspektów tego aktu.

Nie wydaje się przekonana, lecz jeśli dzisiejszy wieczór zakończy się tak, jak na to liczę, będzie musiała przyzwyczaić się do ochrony.

Przyjmuję wyzwanie.

***

Przywykłem do ciekawskich spojrzeń, szeptów nieznajomych, gdy pokazuję się gdzieś publicznie – w sposób, w jaki lew w zoo przywykł do irytujących dzieci stukających w szybę, czekając, aż ta w końcu pęknie. Zwykle nie zwracam już na to uwagi – gdy zostajemy zaprowadzeni do prywatnej sali na tyłach restauracji, też nikogo już nie widzę.

Olivia wręcz przeciwnie. Traktuje to jak możliwość dania im nauczki – gapi się na tych najbardziej niegrzecznych, aż są zmuszeni odwrócić wzrok. Broni mnie. Wstawia się za mną. To urocze.

Przesadnie przyjazna hostessa przysuwa się bliżej niż to konieczne, przekazując spojrzeniem śmiałe zaproszenie. Do tego również przywykłem.

Olivia także to zauważa, ale co ciekawe, wydaje się mniej pewna tego, jak powinna się zachować. Odpowiadam więc za nią, kładąc rękę na jej plecach i władczo prowadząc do wyściełanego aksamitem krzesła. Kiedy sam zajmuję miejsce obok, kładę rękę na oparciu stołka Olivii na tyle blisko jej nagiego ramienia, że gdybym chciał, mógłbym go dotknąć, dając znać o tym, którą kobietą jestem dziś zainteresowany.

Po tym, jak *sommelier* nalewa nam wina – Olivia woli białe, ponieważ czerwonym szybko się upija – a szef kuchni przychodzi do nas, by się przedstawić i opisać menu, jakie dla nas przygotował, w końcu zostajemy sami.

– Prowadzisz kawiarnię z rodzicami? – pytam.

Olivia popija wino, czubkiem różowego języka dotyka dolnej wargi.

– Właściwie z tatą. Mama... zmarła dziewięć lat temu. Napadnięto ją w metrze... Nie skończyło się to dobrze. – W jej słowach słyszę znajomy ból.

– Przykro mi.
– Dziękuję.
Milczy przez chwilę, wydaje się, że nad czymś rozmyśla, następnie wyznaje:
– Szukałam cię w Google.
– Tak?
– Pojawiło się nagranie z pogrzebu twoich rodziców.
Kiwam głową.
– Wyszukiwarki czasem je faworyzują.
Uśmiech dziewczyny jest nikły, niemal zawstydzony.
– Nie oglądałam tego na żywo, ale pamiętam, że cały dzień mówiono o tym w telewizji. Na każdym kanale. – Patrzy na mnie pięknymi, błyszczącymi oczami. – Dzień pogrzebu mojej mamy był najgorszym w moim życiu. Dla ciebie musiało to być straszne, ponieważ w tak smutnym momencie wszyscy ci ludzie patrzyli na ciebie. Filmowali, robili zdjęcia.
Większość ludzi nie myślała o tego typu rzeczach. Skupiała się na pieniądzach, pałacach, sławie i przywilejach. Nie na tym, co trudne. Nie na tym, co ludzkie.
– To okropne – przyznaję cicho, po czym wzdycham i otrząsam się ze smutku, który wkradł się do rozmowy. – Ale… nieśmiertelne słowa Kanye'a Westa mówią: „Co mnie nie zabije, to mnie wzmocni".
Olivia śmieje się zachwycająco.
– Nie sądziłam, że taki człowiek będzie słuchał Kanye'a.
Puszczam do niej oko.
– Jestem pełen niespodzianek.

***

Po podaniu przystawek przy naszym stoliku zatrzymują się goście. Przedstawiam Olivię i przez chwilę rozmawiam

z nimi o interesach. Po ich odejściu dziewczyna patrzy na mnie, wytrzeszczając oczy.
– To był burmistrz.
– Tak.
– I kardynał O'Brien, arcybiskup Nowego Jorku.
– Tak.
– Dwaj najważniejsi ludzie w mieście i w kraju.

Uśmiecham się, ponieważ znów jej zaimponowałem. W takich chwilach nie czuję się najgorzej.
– Pałac współpracuje z nimi przy różnych inicjatywach.

Bawi się chlebem na talerzu, rwąc go na strzępy.
– Możesz mnie zapytać o wszystko, Olivio. Nie musisz się wstydzić.

W moich planach co do tej dziewczyny nie ma miejsca na wstyd. Chcę, by była śmiała, dzika i lekkomyślna.

Skupia wzrok na kawałku chleba, przechylając nieco głowę, przyglądając się, zastanawiając nad tym. Jestem oczarowany sposobem, w jaki żuje. Chryste, co za dziwna uwaga.

Kiedy przełyka, a skóra na jej jasnej, gładkiej szyi porusza się w dość erotyczny sposób – cóż, przynajmniej dla mnie – Olivia pyta:
– Dlaczego nie pocałowałeś pierścienia?

Upijam łyk wina.
– Stoję wyżej w hierarchii.

Uśmiecha się.
– Przewyższasz w hierarchii arcybiskupa? A co z papieżem? Spotkałeś się z nim?
– Nie z obecnym, ale zostałem przedstawiony poprzedniemu, gdy przybył z pielgrzymką do Wessco, a miałem wtedy osiem ląt. Wydawał się przyzwoitym facetem, pachniał jak

toffi. W kieszeniach nosił cukierki. Dał mi jednego po tym, jak mnie pobłogosławił.
— Pocałowałeś jego pierścień?
Jest bardziej odprężona, łatwiej przychodzi jej zadawanie pytań.
— Nie.
— Dlaczego?
Przysuwam się bliżej, kładę łokcie na stole – babcia byłaby przerażona, jednak etykieta nie ma żadnych szans ze słodką wonią Olivii. Dziś to róże z delikatną nutą jaśminu – niczym ogród w pierwszy dzień wiosny. Zaciągam się jej zapachem, próbując zrobić to dyskretnie. Dwa punkty dla mnie, ponieważ wszystko, czego pragnę, to zanurzyć nos w rowku między jej piersiami, zejść niżej, unieść jej sukienkę i zanurkować pomiędzy jej gładkimi, kremowymi udami. I zostać tam przez całą pieprzoną noc.
W tej chwili mój fiut napiera na materiał spodni jak osadzony na kraty więzienia.
Mogę prosić o powtórzenie pytania?
Upijam łyk wina, próbuję się poprawić przez spodnie i nieco sobie ulżyć, ale kiepsko mi to wychodzi.
— Przepraszam, Olivio, o co pytałaś?
— Dlaczego nie pocałowałeś pierścienia papieża?
Mam problem w spodniach, a rozmawiamy o Stolicy Apostolskiej.
Bilet do piekła? Zamówiony.
— Kościół naucza, że papież jest wysłannikiem Boga, że jest bliżej Niego niż jakikolwiek człowiek na ziemi, ale królowie… przynajmniej według podań… są potomkami Boga, co oznacza, że jedyny pierścień, który całuję, to ten mojej babci i tylko

przed nią się zniżam, ponieważ na ziemi tylko ona stoi w hierarchii wyżej ode mnie.

Olivia mierzy mnie wzrokiem, rozbawiona unosi jedną ciemną brew.

– Naprawdę w to wierzysz? – Że pochodzę od Wszechmogącego? – Uśmiecham się szatańsko. – Mówiono mi, że mój fiut jest darem bożym. Powinnaś to dziś sprawdzić. No wiesz... w celach religijnych.

– Niezła próba. – Śmieje się.

– Ale nie, tak naprawdę w to nie wierzę.

Olivia przygląda się, jak pocieram dolną wargę. Daję jej prawdziwą odpowiedź:

– Uważam, że to tylko legenda, którą wymyślił człowiek pragnący usprawiedliwić swoją władzę nad innymi.

Zastanawia się nad tym przez chwilę, po czym wyznaje:

– W sieci widziałam zdjęcie twojej babci. Wygląda na miłą starszą panią.

Na to również udzielam prawdziwej odpowiedzi.

– W miejscu serca ma topór wojenny z betonem zamiast trzonka.

Olivia krztusi się winem. Ociera usta serwetką i patrzy na mnie, jakby właśnie znalazła na mnie haka.

– Mówisz więc... że ją kochasz? – Na widok sardonicznego uśmieszku dodaje: – Jeśli chodzi o rodzinę, obrażamy tylko tych, których naprawdę kochamy.

Pochylam głowę i szepczę:

– Zgadzam się, ale to tajemnica. Jej Wysokość nie pozwoliłaby, aby uszło mi to na sucho.

Klepie mnie po ręce.

– Twój sekret jest u mnie bezpieczny.

Zostaje podane danie główne – łosoś ozdobiony jasnopomarańczowym i zielonym sosem, misternie udekorowany jarmużem, z cytryną na wierzchu.
– Jakie ładne. – Wzdycha Olivia. – Może nie powinniśmy tego jeść.
Uśmiecham się.
– Lubię pożerać ładne rzeczy.
Założę się, że twoja szparka jest przepiękna.
Podczas posiłku rozmowa przebiega gładko. Wymieniamy poglądy, opowiadam o studiach, pracy, jaką wykonuję, gdy nie występuję publicznie, Olivia mówi o szczegółach prowadzenia kawiarni i wychowywaniu się w dużym mieście.
– Każdego tygodnia mama dawała mi trzy dolary, ale w dwudziestocentówkach – wspomina – żebym nie dręczyła jej, by wrzucić coś do kapeluszy żebrzących na ulicy. Za każdym razem rozdawałam pieniądze. Nie miałam pojęcia, jak niewiele warta była moneta. Sądziłam, że pomagam, i chciałam pomóc tylu ludziom, ilu tylko zdołam. Ale kiedy bezdomni mieli ze sobą zwierzaka, jakiegoś smutnego psa czy kota, dużo bardziej bolało mnie serce, więc dawałam dwie lub trzy monety. Chyba nawet wtedy rozumiałam, że ludzie potrafią być podli, ale zwierzęta zawsze są niewinne.
Kiedy zostaje podany deser – kruche ciasto z polewą i kremem w sosie karmelowym – zmieniamy temat na rodzeństwo.
– ...a pieniądze pochodzące z polisy na życie mojej mamy ojciec wpłacił na fundusz powierniczy, który można wykorzystać jedynie na edukację, co jest dobre, bo w innym wypadku dawno by go już nie było. – Podobnie jak wielu nowojorczyków, Olivia lubi ożywioną rozmowę, gestykuluje przy tym z wdziękiem. – Jest na nim jeszcze wystarczająco pieniędzy na pierwszy semestr

Ellie na Uniwersytecie w Nowym Jorku. O drugi semestr będę się martwić, gdy przyjdzie czas. Siostra chce mieszkać w akademiku, aby w pełni nacieszyć się studiami, ale martwię się o nią. To znaczy, uważam, że mogłaby zmienić świat. Naprawdę. Wynaleźć lekarstwo na raka lub to, co nadejdzie po internecie. Ale nie potrafi zapamiętać, gdzie zostawiła klucze, ani nie rozumie, że debet na koncie trzeba czasem spłacać. I jest naiwna. Oszustwa w sieci zostały wymyślone dla ludzi takich jak ona.

Przysuwam się i kiwam głową.

– Całkowicie to rozumiem. Mój brat Henry ma tak wielki potencjał, ale zupełnie go nie wykorzystuje. Po tym filmie, o którym wspominałaś, prasa ochrzciła Henry'ego mianem chłopca, który nie dał rady iść, który nigdy nic nie osiągnie. To proroctwo, które w tej chwili próbuje wypełnić.

Olivia unosi kieliszek.

– Za braci i siostry. Nie można z nimi wytrzymać, ale nie można też skazać ich na banicję.

Stukamy się kieliszkami i pijemy wino.

***

Po kolacji sugeruję, byśmy pojechali do mojego hotelu. Proponuję to niczym napalony pająk seksownej muszce. Olivia się zgadza.

Podróż windą przebiega w milczeniu – James i Logan stoją z przodu, a dziewczyna obok mnie, co jakiś czas zerkając na mnie tajemniczo. Drzwi rozsuwają się, a hotelowy lokaj, David, czeka, by wziąć nasze płaszcze.

– Dziękuję. – Olivia uśmiecha się, a David kiwa jej głową.

Kiedy wchodzimy do salonu, przyglądam się dziewczynie – jej reakcjom, emocjom i wyrazowi twarzy. Jak unosi rzęsy, gdy patrzy w górę, podziwiając kryształowy żyrandol i ręcznie malowaną scenę na suficie. Jak podnoszą się kąciki jej ust, gdy z lekkim podziwem ocenia meble i marmurową podłogę – niewielkie oznaki luksusu. Kiedy obraca się do przeszklonej ściany, za którą rozpościera się oświetlone miasto, wciąga gwałtownie powietrze.

Żądza przepływa przez moje ciało, jakby raził mnie piorun. Olivia przysuwa się do okna i niech mnie diabli, stanowi piękny obraz – jasne, nagie ramiona, długie ciemne włosy spływające po plecach aż do doskonałej, jędrnej pupy. Podoba mi się w tym pokoju, pośród moich rzeczy.

Podobałaby mi się jeszcze bardziej, gdyby nie miała na sobie sukienki.

– Możemy wyjść na zewnątrz? – pyta.

Przytakuję i otwieram drzwi na balkon. Wychodzi, więc podążam za nią. Temperatura jest dziś umiarkowana, śnieg stopniał. Olivia przygląda się zielonym roślinom otaczającym beżowe meble i paleniskom w rogach, które rzucają na wszystko ciepłe, pomarańczowe światło.

– To więc jest twój więzienny spacerniak? – droczy się.

– Tak. Wypuszczają mnie, bym się przewietrzył i poćwiczył trochę, ale tylko jeśli jestem grzeczny.

– Nie sprawia wrażenia obskurnego.

Wzruszam ramionami.

– Wystarcza.

Trzymając się za ręce, przechodzimy wzdłuż krawędzi. Przypominam sobie pierwsze publiczne wystąpienie – cieszyłem się i byłem podekscytowany, a jednocześnie lekko przerażony, że coś spieprzę.

– Jak to jest – pyta cicho – mieć wszystko zaplanowane, wiedzieć dokładnie, co się będzie robić do końca życia?

– Ty masz kawiarnię, nie różni się to aż tak bardzo.

– Tak, ale muszę ją prowadzić. Nie była to moja świadoma decyzja.

Prycham.

– W moim przypadku jest tak samo.

Zastanawia się nad tym, po czym pyta:

– Ale się cieszysz? Podobnie jak Simba, nie możesz się doczekać, by zostać królem?

– Simba był głupi. – Kręcę głową i odsuwam opadające na czoło włosy. – I zostanę królem po śmierci babci, więc „ekscytacja" nie jest słowem, którego bym użył. – Wchodzę w tryb udzielania wywiadu. – Ale niecierpliwie oczekuję wypełnienia spoczywającego na mnie poprzez urodzenie obowiązku, by godnie i z honorem przewodzić Wessco jako król.

Olivia ciągnie mnie za rękę, by mi przerwać. Przygląda się mojej twarzy i się krzywi.

– Co za bzdury.

– Słucham?

– Okropne brednie. „Godnie i z honorem" – przedrzeźnia mnie, wliczając w to nawet akcent. – Ładne, nic nieznaczące słówka. Jak się naprawdę czujesz?

Jak się naprawdę czuję?

Czuję się jak cielak, który po raz pierwszy próbuje stanąć na własnych nogach – dziwnie i chwiejnie – ponieważ nikt nigdy nie pytał o prawdę. Nikogo nigdy nie interesowały moje opinie. Prawdziwe, szczere poglądy.

Nie wiem, czy ktokolwiek się mną przejmował, jednak Olivia nalega na odpowiedź, widzę w wyrazie jej twarzy, jak cierpliwie czeka. Chce mnie poznać.

Klatka piersiowa nieco mi się ściska, ponieważ nagle ja również pragnę ją poznać.

– Wydaje mi się, że najlepszym sposobem na opisanie tego będzie… – Zwilżam wargi językiem. – Wyobraź sobie, że studiujesz medycynę, by stać się chirurgiem. Czytasz książki, jesteś świadkiem przeprowadzanych zabiegów, jesteś przygotowana. Przez całe życie słyszałaś, jak wspaniałym staniesz się chirurgiem. To twoje przeznaczenie. Twoje powołanie. – Patrzę jej głęboko w oczy i nie wiem, czy widzi moją duszę, ale jej spojrzenie mnie koi. Wystarczająco, bym ciągnął: – Ale wtedy nadchodzi właściwy moment, dzień, w którym jesteś zdana wyłącznie na siebie, a kiedy wkładają ci skalpel do ręki… wszystko zależy już tylko od ciebie. To cholerna chwila prawdy.

– Założę się.

– Właśnie tak czuję się na myśl o byciu królem, o „cholernej chwili prawdy".

Olivia cofa się o krok, ale zaczepia o coś czubkiem buta, więc łapię ją, nim upada. Przywiera do mojej piersi, gdy otaczam ją rękami, kładąc dłonie na jej plecach i… pozostawiając je tam.

Zamieramy, gdy cudownie miękkie piersi dziewczyny ocierają się o mój twardy tors. Wpatrujemy się w siebie, nasze oddechy się mieszają.

– Pieprzone buty – szepcze tuż przy moich ustach.

Uśmiecham się.

– Podobają mi się. Gdybym zobaczył cię tylko w nich, naprawdę bym się cieszył.

Pochylam głowę, a Olivia unosi swoją, kiedy przysuwamy się do siebie. Jedwabiste włosy przesuwają się po moich palcach, gdy obejmuję jej policzek. Mój uśmiech niknie, zastąpiony przez coś bardziej pierwotnego. Żar i pragnienie.

Zamierzam ją pocałować, a kiedy moje serce znacznie przyspiesza, wiem, że ona zdaje sobie z tego sprawę. Pragnie tego równie mocno.

Muskam nosem czubek jej nosa, na co zamyka powoli oczy... Następnie Logan głośno odchrząkuje. Znacząco. Przełykam przekleństwo i unoszę głowę.

– Co?
– Lampa błyskowa.

Kurwa.

– Gdzie?

Wskazuje ruchem głowy.

– Na dachu wieżowca, na dziewiątej.

Obracam się plecami do miasta, nie wypuszczając Olivii z objęć.

– Powinniśmy wejść do środka.

Dziewczyna wygląda na uroczo oszołomioną. Zerka mi przez ramię na ciemne niebo, następnie daje się wprowadzić do apartamentu.

– Często się to zdarza?
– Niestety. Dalekosiężne obiektywy są tak skuteczne jak karabiny snajperskie.

Kiedy jesteśmy w środku, Olivia ziewa przeciągle, na co próbuję wyrzucić z głowy sprośne wizje. Cholera, ależ ma śliczne usteczka. Umrę, jeśli wkrótce ich nie posiądę.

– Przepraszam. – Zakrywa je. – Naprawdę.
– Nic nie szkodzi. – Spoglądam na zegarek, jest po północy. Pracowała dziś cały dzień, w dodatku musi wstać za cztery godziny. – Powinienem był przyjechać po ciebie wcześniej.

Kręci głową.

– Było cudownie. Nie pamiętam, kiedy ostatnio bawiłam się tak dobrze. Chyba nigdy.

Mam ochotę poprosić ją, by została. Byłoby jej łatwiej po prostu zdjąć sukienkę i położyć się we wspaniałym łożu na końcu korytarza. Zapewne by jednak odmówiła, czuję to. Jest jeszcze za wcześnie. Poza tym nie zmrużyłaby oka, nie pozwoliłbym jej na to.

Niczym dżentelmen, którym nie jestem, wskazuję na drzwi.

– Lepiej odwiozę cię do domu.

***

Podczas podróży głowa Olivii spoczywa na moim ramieniu. Stykają się nasze uda, splecione dłonie leżą na moim kolanie. Obracam nieznacznie twarz i zaciągam się uzależniającą wonią jaśminu w jej włosach.

Na kablówce jest taki program *Moje paranoje* i pokazuje najbardziej szalone rzeczy, jakie w życiu widziałem, łącznie z tym, jak jeden facet obsesyjnie wąchał kobiece włosy.

Przepraszam, że źle cię oceniłem, człowieku. Teraz rozumiem.

– Fantastycznie pachniesz.

Obraca głowę, jej oczy połyskują figlarnie. Przywiera policzkiem do mojego obojczyka i zaciąga się głęboko, praktycznie wciąga nosem moją koszulę.

– Ty też ładnie pachniesz, Nicholasie.

Samochód zwalnia i staje przy chodniku.

Mam ochotę zapytać, czy jutro również będę mógł ją powąchać, ale w głośniku odzywa się Logan:

– Proszę zostać w wozie, Wasza Książęca Mość. Pod drzwiami panny Hammond jest jakiś bezdomny. Zajmiemy się nim z Tommym.

Olivia podrywa głowę i natychmiast się spina. Wygląda przez szybę, zaciskając palce na uchwycie w drzwiach.

– O nie… – Wzdycha, nim otwiera drzwi i wysiada.

ROZDZIAŁ 9

OLIVIA

– O nie...

Dla małych dziewczynek ojcowie są bohaterami, przynajmniej ci dobrzy. Wysocy i przystojni, silni, ale cierpliwi, głębokim głosem przekazujący życiowe prawdy.

Mój tata był dobry. Przeganiał potwory spod łóżka, przemycał ciastka przed kolacją, nauczał, chronił, był prawdziwym mężczyzną. Jego dłonie zdawały się szorstkie, ponieważ ciężko pracował. Był silny, ale dla nas łagodny. Trzymał mamę za rękę, jakby uważał ją za najcenniejsze dzieło sztuki. Och, jak mocno ją kochał. Każdym gestem, każdym słowem. Miłość do niej była światłem w jego oczach, powietrzem w jego płucach.

Jestem do niego podobna – mam po nim ciemne włosy, kształt oczu, długie kończyny. Niegdyś byłam z tego dumna, ponieważ jak większość małych dziewczynek sądziłam, że tata jest niezwyciężony. Że nigdy niczemu nie ulegnie.

Myliłam się.

Pewnego strasznego dnia... w pewnej przerażającej chwili na peronie metra... zniknęła cała jego siła. Rozpuściła się niczym świeca woskowa. Przekształciła się w coś nie do poznania.

– Tato? – Klękam.

Słyszę, że kroki za mną cichną.

Jestem przerażona, bo wiem, jak musi to wyglądać dla Nicholasa. Nie mam jednak czasu, aby się tym przejmować.

– Tato? Co się stało?

Ma otwarte oczy, próbuje na mnie patrzeć, a z jego oddechu bije odór whisky.

– Livvy... Cześć, kochanie. Chyba coś nie tak... z zamkiem... Nie mogłem wsadzić... klucza.

Próbował skorzystać z drzwi prowadzących bezpośrednio do mieszkania, ale przecież mógł wejść przez kawiarnię, choć zapewne nie wie o zepsutym skoblu, którego nadal nie miałam czasu wymienić.

Klucze wymykają mu się z ręki.

– Cholera.

Podnoszę je z zimnego chodnika.

– Już dobrze, tato. Pomogę ci.

Sapię, podnosząc się, i odwracam się do Nicholasa. Odzywam się sztywno:

– Powinieneś już jechać... Muszę się nim zająć.

Książę spogląda na człowieka leżącego na ziemi, po czym znów na mnie.

– Jechać? Nie mogę zostawić cię z...

– W porządku. – Zaciskam usta, czując wielkie zażenowanie.

– Jest trzykrotnie większy od ciebie. Jak zamierzasz wnieść go na górę?

– Już to robiłam.

W nanosekundę żal na jego twarzy zmienia się w złość. I ponownie używa tego tonu – tego, którym zmusił Bosca do uległości, a który nie pozostawia miejsca na spory.

– Nie zrobisz tego teraz.

Wiem, o co mu chodzi, i bardzo mi się to nie podoba. Chce postąpić szlachetnie i pomóc. Zgrywa bohatera. Czyż nie taki powinien być książę? Nicholas sprawia jednak, że czuję się jeszcze podlej.

Od dawna sama byłam sobie bohaterem. Wiem, jak to się robi.

– To nie twoja sprawa, ale wyłącznie moja. Mówiłam ci wczoraj...

– Jeśli spadniesz ze schodów, skręcisz sobie kark – mówi ostro, pochylając się. – Nie będę ryzykował tylko dlatego, że masz więcej dumy niż rozumu. Pomogę ci, Olivio. Przyjmij to do wiadomości. – Omija mnie i kuca. Odzywa się dużo spokojniejszym głosem: – Panie Hammond?

Ojciec bełkocze:

– Ktoś ty?

– Nicholas. Na imię mi Nicholas. Jestem przyjacielem Olivii. Wygląda na to, że napytał pan sobie biedy, więc pomogę panu wejść na górę, dobrze?

– Tak... Cholerne klucze nie chciały zadziałać.

Nicholas kiwa głową, następnie gestem przywołuje Logana. Stawiają ojca na nogi i biorą go pod ramiona.

– Olivio, otwórz drzwi – mówi Nicholas.

Przechodzimy przez kawiarnię, ponieważ jest w niej więcej miejsca, a kiedy przyglądam się, jak mężczyźni niosą tatę przez kuchnię i po schodach – głowa mu zwisa, nogi zupełnie odmówiły posłuszeństwa – uświadamiam sobie, że jest w naprawdę kiepskim stanie. Sama wciągnęłabym go najwyżej do środka, przyniosłabym poduszkę i koc i spędziłabym z nim noc na podłodze, ale nawet ta wiedza nie powstrzymuje upokorzenia, jakie mnie dopada.

Uczucie to wzmaga się, gdy mężczyźni przechodzą przez nasz zaniedbany, zabałaganiony salon, w którym jest pełno porozrzucanych butów i papierów, ponieważ nie miałam czasu posprzątać. Gdyby wszystko wyglądało inaczej, postarałabym się, by było tu ładniej, dałabym świeże kwiaty i poprawiła poduszki. Nie wpuściłabym Nicholasa do czegoś takiego. Układają ojca na łóżku w jego sypialni. Przeciskam się obok Nicholasa i ze stojącego w kącie krzesła biorę granatowy koc. Okrywam tatę, który ma zamknięte oczy i rozchylone usta, mimo to nie chrapie. Na jego zarośniętych policzkach więcej jest siwych niż czarnych włosów. Pochylam się powoli i całuję go w czoło, ponieważ nawet jeśli nie jest już moim bohaterem, wciąż jest moim tatą.

Schodzimy na dół w ciszy. Cała sztywna obejmuję się rękami, skóra mnie mrowi, jest zbyt wrażliwa. W myślach słyszę już, co powie Nicholas: „zadzwonię", „było miło", „dzięki, pa".

Musi czuć ulgę, że uniknął kuli – prawdopodobnie inaczej sobie to wszystko wyobrażał. Taki mężczyzna przywykł zapewne do kobiet, których jedynym bagażem są torebki od Louisa Vuittona.

– Będę… Poczekam w samochodzie – mówi Logan, kiedy stajemy w kawiarni. Chłopak kiwa mi głową, następnie wychodzi.

Cisza jest niezręczna. Niekomfortowa. Czuję, że Nicholas na mnie patrzy, ale ja gapię się pod nogi. I krzywię się, gdy w końcu rozbrzmiewa jego gładki, idealny głos.

– Olivio.

Jestem zdeterminowana, by jako pierwsza zedrzeć plaster. Zadać bolesny cios. Pochodzę z Nowego Jorku. My zachowujemy się właśnie w ten sposób. Jeśli ktoś dostanie kopa, możecie się założyć, że od naszego buta.

– Powinieneś wyjść. – Kiwam głową w kierunku drzwi, unosząc ją, choć nadal nie patrzę mu w oczy. – Chcę, byś wyszedł. Ciepła dłoń dotyka mojego ramienia.
– Nie złość się.
– Nie złoszczę – zaprzeczam, kręcąc pospiesznie głową. – Chcę jedynie, byś wyszedł. – Czuję gromadzące się w gardle słone łzy. Bardzo go polubiłam. Zaciskam mocno powieki, aby się nie rozpłakać. – Wyjdź, proszę.

Nicholas zabiera rękę. Czekam i nasłuchuję, czy pójdzie do drzwi. Zniknie z mojego życia. W ogóle nie powinno go w nim być. Mija jednak pół minuty, a ja słyszę coś innego.

– Babcia mówi do obrazów.

Natychmiast otwieram oczy.

– Co?

– Kiedy byłem młodszy, uważałem, że to zabawne, ale teraz mi po prostu smutno.

W jego oczach pojawia się desperacja. Szczerość i... wrażliwość. Jakby to wszystko było dla niego nowe. Jakby ryzykował, ale musiał użyć siły, by sobie na to pozwolić, ponieważ nie wie, czy to bezpieczne.

– Ma niemal osiemdziesiąt lat, a jedyną osobą, z którą mogła normalnie rozmawiać, był mój dziadek. Zmarł dekadę temu, ale nadal jest jej jedynym powiernikiem. – Milknie na chwilę, marszcząc brwi. Kiedy ponownie się odzywa, jego głos jest niższy, ściszony, jakby nie pozwalał sobie o tym myśleć, a co dopiero mówić na głos. – Brat dwa lata temu poszedł do wojska. Przed trzema miesiącami zakończył służbę, ale w domu się nie pojawił, już wcześniej przestał odbierać ode mnie telefon. Nie rozmawiałem z Henrym od pół roku i nie mam pojęcia dlaczego.

Myślę o nagraniu z pogrzebu, o tym, jak Nicholas tulił wtedy brata, chronił go, próbował rozśmieszyć. Uświadamiam sobie natychmiast, jak mocno boli go ta cisza. Czuję, że z tego powodu pęka moje własne serce.

– Kuzyn mnie nienawidzi – kontynuuje lżejszym tonem. – Naprawdę, odnoszę wrażenie, że gdyby miał pewność, że morderstwo ujdzie mu na sucho, otrułby mnie przy następnej wizycie. – Jego usta rozciągają się w krzywym uśmiechu, a ja prycham. – Wujostwo nienawidziło również mojego ojca, a wszystko to tylko dlatego, że jego matka urodziła się przed ich matką.

– Dlaczego mi o tym opowiadasz?

– Ponieważ jeśli uważasz, że tylko twoja rodzina ma problem, to się mylisz. – Dotyka moich włosów, jakby nie mógł się przed tym powstrzymać, zakłada mi lok za ucho. – Moja ma poważne skrzywienie. – Milknie, czekając, aż coś powiem. Nie musi mówić, wiem, że chce, abym również zaryzykowała.

Jeśli polegniemy, to przynajmniej razem.

– Ojciec jest alkoholikiem. – Słowa te brzmią dziwnie, źle. To pierwszy raz, gdy w ogóle je wypowiedziałam. – Nie zachowuje się agresywnie, po prostu pije, kiedy jest... smutny. A od śmierci mamy codziennie odczuwa rozpacz. – Rozglądam się po kawiarni, mój głos cichnie. – To było jej marzenie, mama miała na imię Amelia. Jeśli interes zbankrutuje, jeśli ojciec straci ostatnią cząstkę mamy... Nie wiem, co zrobi.

Nicholas kiwa głową.

– Ledwie odzywa się do Ellie. Czasami nawet na nią nie patrzy... ponieważ tak bardzo przypomina mu żonę. Siostra udaje, że jej to nie martwi, ale... ale wiem, że ją to boli. – Ciche łzy pojawiają się w kącikach moich oczu. Nicholas ociera je kciukami. – I wyjedzie. Wyjedzie i nigdy nie wróci, ale chcę tego dla niej, naprawdę, chociaż ja tu zostanę... sama. – Wskazuję na drzwi. – Chyba właśnie dlatego nie naprawiłam tego skobla. Czasami śnię, że nie potrafię się stąd wydostać. Ciągnę i ciągnę, ale drzwi nie chcą się otworzyć. Jestem uwięziona.

– Czasami śni mi się, że spaceruję po pałacu, w którym nie ma ani drzwi, ani okien – mówi ostro Nicholas. – Idę i idę, ale korytarz wydaje się bez końca.

Przysuwam się, kładę dłonie na jego piersi, wyczuwając pod palcami twarde, solidne mięśnie i mocne, miarowe bicie serca.

– Powiedz coś, czego nie mówiłaś nikomu innemu – prosi. – Coś, czego nikt o tobie nie wie.

Odpowiedź zajmuje mi dwie sekundy.

– Nie znoszę ciast. – Nicholas zaczyna się śmiać, ale kiedy rozwijam tę myśl, jego uśmiech niknie. – Uwielbiałam pomagać, przyglądać się, jak mama piekła, a teraz tego nienawidzę. Ciasta w rękach, zapachu... Robi mi się niedobrze. – Patrzę mu w twarz. – A teraz ty. Powiedz coś, czego nie mówiłeś nikomu innemu.

– Nie znoszę, gdy ktoś mi się kłania. W zeszłym miesiącu weteran drugiej wojny światowej, który ocalił trzech towarzyszy na froncie i został ranny, stracił oko, skłonił się przede mną. Co, u diabła, zrobiłem, by taki człowiek się przede mną kłaniał? – Zamyślony kręci głową. Wytrącam go z tego stanu, dotykając miękko jego policzka.

W tej chwili coś się zmienia. Oddycham szybciej, serce bije mi nieco mocniej. Nicholas wpatruje się w moje usta.

– Gdybyś mogła udać się dokądkolwiek, zrobić cokolwiek, co by to było?

Ta odpowiedź zajmuje więcej czasu, ponieważ nie mam żadnej.

– Nie wiem. Minęło sporo czasu, odkąd coś takiego było możliwe... Przestałam o tym marzyć.

Przysuwam się bliżej, wdychając jego zapach – pikantny, morski, dekadencki, wyjątkowy – woń, w której z chęcią bym się zanurzyła.

– A ty? – pytam pospiesznie. – Gdybyś mógł udać się dokądkolwiek, zrobić cokolwiek, co by to było?

Muska kciukiem moją dolną wargę, delikatnie ją pieszcząc.

– Pocałowałbym cię.

Z kawiarni znika powietrze. Całe. A może to tylko ja zapominam o oddechu. Mogę nawet zemdleć, pod warunkiem że Nicholas pocałuje mnie, zanim odejdę w mrok.

– Proszę – mówię bez tchu.

Nie spieszy się, aby przedłużyć rozkosz. Obejmuje mnie jedną ręką w talii i przyciąga do siebie. Czuję go wszędzie – jak twarde są jego uda, jak płaski jest jego brzuch, jak gruby jest jego członek. Wewnętrzne mięśnie zamykają się w pustce, spragnione, złaknione kontaktu.

Nicholas kładzie drugą rękę na moich plecach i przeciąga nią w górę kręgosłupa, by wpleść palce we włosy. Spojrzenie kipiących zielenią oczu przesuwa się po mojej skórze, pochłaniając ją po kawałku.

Mężczyzna pochyla się powoli, przez co smakuję jego oddech – cynamonowo-goździkowy – nim czuję jego usta, gdy przywiera do moich. Władczo. Śmiało. Jakbym była jego własnością. W tej chwili tak właśnie jest. Daję się prowadzić, poruszam wargami w rytmie, który nadaje, rozkoszując się tym odczuciem. Przechyla mi głowę, następnie czuję jego ciepły, wilgotny język.

Cholera, ten facet wie, jak całować. Chyba mam orgazm w ustach. Ustgazm. Jest to cudowne uczucie.

Jęczę głęboko i głośno, w ogóle się tego nie wstydząc. Obejmuję go za szyję, a on łapie mnie za tyłek i zaczyna go pieścić. Następnie to Nicholas jęczy i to jest również wspaniałe.

– Wiedziałem – mruczy przy moich wargach. – Cholernie słodkie.

Nasze usta ponownie się łączą, języki ocierają się o siebie. Nicholas rozchyla mi nogi kolanem, ściska pośladek i pociąga ku swojej nodze. To tarcie – cholernie niesamowite tarcie – sprawia, że z chęcią wykrzyknęłabym „tak", gdyby moje usta nie miały innego, wspaniałego zajęcia.

Jednak gdy nad nami rozlega się huk, od którego drży sufit, odsuwamy się od siebie i patrzymy w górę.

– Muszę iść, tata mógł spaść z łóżka.

Nicholas niemal odruchowo zamyka palce na moim pośladku, jak dziecko, które boi się, że ktoś odbierze mu ulubioną zabawkę.

– Pozwól, że pójdę z tobą.

Patrzę mu w oczy, ale nie jestem już zażenowana.

– Nie, lepiej będzie, jeśli już wyjdziesz. – Przeczesuję palcami jego gęste, miękkie włosy, nim przesuwam dłoń na jego policzek. – Przyrzekam, że sobie poradzę.

Nicholas wciąż oddycha pospiesznie, wygląda, jakby chciał się spierać, ale po chwili wpatrywania się w moją twarz kiwa głową i odsuwa mnie od siebie.

– Kiedy będę mógł cię znów zobaczyć? – pyta. – Powiedz, że jutro.

Śmieję się.
– Boże, ależ jesteś władczy. Dobrze, niech będzie jutro.
– Tym razem wcześniej. Zostaniemy w moim hotelu, zajmę się obiadem.
– Potrafisz gotować?
Wzrusza ramionami, po czym na jego twarzy pojawiają się te urocze dołeczki.
– Wiem, jak się robi sushi, więc ściśle rzecz biorąc, potrafię siekać i to z najwyższą klasą.
Śmieję się, bo czuję się o wiele lepiej. Zapewne mam urojenia.
– Dobrze. Jutro u ciebie.
Ponownie mnie całuje, zasysa moją dolną wargę w sposób, w jaki o tym marzyłam.
– To szalone – szepczę. – To wariactwo, prawda? Nie tylko ja się tak czuję?
Nicholas kręci głową.
– To cholernie zwariowane. – Jego dłonie ponownie znajdują się na moich pośladkach. – I niesamowicie fantastyczne.

ROZDZIAŁ 10

NICHOLAS

Będę uprawiał dziś seks. Mnóstwo seksu. Położę Olivię na łóżku i dobiorę się do niej powoli albo przytrzymam ją przy ścianie i ostro wypieprzę. Wykorzystam do tego każde pomieszczenie i każdą powierzchnię.

Przez cały dzień przez moją głowę przewijają się fantazje ukazujące sekwencje ruchów i kombinacji wymagających umiejętności z zakresu gimnastyki akrobatycznej na poziomie olimpijskim. Cały czas mi stoi, aż boli mnie pachwina.

Wywiady i charytatywny lunch są bardzo niezręczne, a wszystko przez nią. Przez Olivię, dziewczynę, która okazała się smakowitą, seksowną niespodzianką.

Wczorajszy wieczór był... intensywny. Nie chciałem opowiadać jej o tym wszystkim – jakoś samo mi się wymsknęło. I Chryste, Olivia nie podpisała nawet klauzuli poufności – to niepodobne, bym o tym zapomniał.

Po rozmowie z nią poczułem się jednak lepiej. Jakbyśmy przebywali w odosobnionej bańce, na jakiejś odległej prywatnej wyspie, gdzie nikt nie mógłby nas zobaczyć, usłyszeć, dotknąć. Przed przyjazdem do Nowego Jorku zamierzałem skorzystać tu z wolności i robić rzeczy, których nigdy wcześniej bym nie zrobił. Panna Olivia Hammond idealnie wpasowuje się w te plany.

Przekazuję lokajowi listę rzeczy, których potrzeba mi do przygotowania obiadu, i proszę go o przypilnowanie, żeby apartament został zaopatrzony w prezerwatywy – by były one w każdym pomieszczeniu. Tata mawiał, że przed wyjściem na deszcz, trzeba włożyć płaszczyk. Według tej zasady żyje każdy król.

Zasady, której nauczyłem się nigdy nie zapominać.

***

Noga drży mi niecierpliwie, gdy tuż przed zachodem słońca samochód podjeżdża pod Amelię. Powinienem poćwiczyć, spalić nieco energii albo jeszcze lepiej – zwalić konia. Jestem gotów spuścić się w spodnie w chwili, gdy ją zobaczę. Jaja mam jak z ołowiu.

Nie jest to zbyt wygodne – w razie gdybyście się zastanawiali.

Uśmiecham się na widok wywieszki „zamknięte" na drzwiach. Oznacza to dla mnie odrobinę prywatności i możliwość odegrania wczorajszej fantazji, w której Olivia leżała na stoliku z nogami na moich ramionach, gdy gładko w nią wsuwałem...

Ale to tylko pełne żaru myśli, które rozpraszają się, kiedy wchodzę do środka. Olivia mnie nie wita, za to dostrzegam jej niesforną młodszą siostrę.

Ellie Hammond jest drobna, ładna, jej oczy są tego samego koloru co siostry, ale bardziej okrągłe i mniej egzotyczne. Ma na sobie zwykły czarny T-shirt, dość dopasowany w biuście, i jeansy, wyglądające, jakby ktoś poszarpał je piłką do metalu. Na nosie ma okulary w czarnej, kwadratowej oprawie, a w jasnych włosach różowe pasma, dzięki którym wygląda młodo. Sprawia wrażenie, jakby była jedną z tych dziewczyn trzymających transparent protestacyjny na kampusie.

Staje przede mną, następnie dyga, skłaniając głowę.

— To zaszczyt poznać Waszą Książęcą Mość. — Uśmiecha się.
— Ćwiczyłaś? — pytam. — Wyszło znakomicie.

Wzrusza ramionami.

— Może.

Z zaplecza wychodzi wysoki, ciemnoskóry kelner.

— Nie zostaliśmy sobie przedstawieni. Martin.

On również dyga. Kiedy staje prosto, podaję mu rękę.

— Miło mi cię poznać, Martinie.

Z entuzjazmem potrząsa kilkakrotnie naszymi złączonymi dłońmi.

— Chciałem tylko podziękować za godziny przyjemności, jaką sprawiała mi Wasza Książęca Mość, ponieważ od lat zajmuje książę centralne miejsce w moich fantazjach. — Mierzy mnie spojrzeniem, nie złowrogo, ale tak, jakby chciał zapamiętać każdy szczegół mojego ciała. Na później.

— Ee... Nie ma za co?

Wskazuje na najbliższe krzesło.

— Usiądę sobie tam i popatrzę na Waszą Książęcą Mość. — Puszcza do mnie oko i zajmuje miejsce, przy czym wygląda, jakby usilnie starał się nie mrugać. Zastanawiam się, jak długo wytrzyma.

Ellie splata ręce przed sobą.

— Powinniśmy porozmawiać. Poznać się lepiej, *kwi kwa kwo*.

Śmieję się — najwyraźniej w tej rodzinie wszyscy są uroczy.

— Miałaś na myśli *quid pro quo*? Łacińskie wyrażenie oznaczające „coś za coś"?

Dziewczyna z rozczarowaniem kręci głową.

— To był test na pretensjonalność. Niestety nie zdałeś, książę.

— Choroba.

– A w ogóle, kto w tych czasach mówi po łacinie?
– Ja. Jak również po francusku, hiszpańsku i włosku.
Unosi jasne brwi.
– Imponujące.
– Nauczyciel języków tryskałby szczęściem. Był starym wygą, który podziwiał języki, ale nie lubił rozmawiać z ludźmi. Do tego sprawiałem mu kłopoty, nie chcąc za bardzo współpracować na zajęciach.
Siada przy stoliku.
– Łobuz z ciebie, książę, co?
Wzruszam ramionami, siadając naprzeciw niej.
– Miewałem swoje momenty.
Nagle sytuacja wydaje się niesłychanie znajoma – przypomina wywiad.
– Byłeś, książę, karany za nieposłuszeństwo czy wysługiwałeś się chłopcem do bicia?
Odrobiła lekcję. Chłopców do bicia wykorzystywano w zamierzchłych czasach. Za nieposłuszeństwo zadawano z wściekłości kary cielesne, ale jeśli książę był zbyt przestraszony, by dać się wychłostać, jakiś pachołek, który miał pecha, zazwyczaj któryś z biedaków, był bity zamiast winnego dziecka. Chodziło o to, że książę powinien mieć wyrzuty sumienia, widząc, że niewinna osoba otrzymuje za niego karę.
Oczywiście nasi przodkowie niczego nie wiedzieli o dzieciach.
– Chłopiec do bicia? – odzywa się Martin, unosząc rękę. – Ja się zgłaszam na trybuta.
Śmieję się.
– Chłopców do bicia nie wykorzystuje się już od kilkuset lat, ile według ciebie ich mam?

– Dwudziestego października skończysz dwadzieścia osiem – odpowiada Ellie.

Tak, z pewnością była zapracowaną pszczółką w sieci.

– Książę Nicholasie, jakie są twoje intencje wobec mojej siostry?

Gdybyś tylko wiedziała.

– Chcę spędzić z nią czas. Poznać ją. – *Intymnie.* – Przyrzekam, że są dobre. – *Bardzo dobre. Przyjemne. Tylko dla dorosłych.*

Ellie mruży niewinne oczy, czytając z wyrazu mojej twarzy, jakby miała skaner wykrywający kłamstwa.

– Znasz, książę, zapewne wielu ludzi. Bogatych i sławnych ludzi. Liv jest dobra. Najlepsza. Poświęciła się, by prowadzić tę kawiarnię, zrobiła to dla mnie i taty. Zasługuje, by miło spędzić czas, zabawić się z seksownym łobuzem, który mógłby szeptać jej świństwa w pięciu językach. Mam nadzieję, że zdołasz temu sprostać, książę.

Wiem, o co jej chodzi. Rozumiem troskę, najlepsze życzenia dla kogoś bliskiego, na kim zależy nam tak bardzo, że aż kłuje za mostkiem. Każdego dnia czuję się tak w stosunku do Henry'ego.

Przynajmniej wtedy, gdy nie mam ochoty go udusić.

– W takim razie jest nas dwoje – mówię otwarcie.

– Dobrze. – Bębni palcami po blacie, kiwa głową i wstaje. Z sąsiedniego stolika bierze menu i dotyka nim moich ramion, jakby pasowała mnie na rycerza.

– Aprobuję cię, książę Nicholasie. Możesz kontynuować.

Próbuję się nie śmiać, ale ponoszę porażkę.

– Dziękuję, panno Hammond.

Pochyla się nade mną.

– Ale tak na wszelki wypadek... Jeśli skrzywdzisz, książę, moją siostrę... – Ruchem głowy wskazuje na stojącego przy drzwiach Logana. – ...mimo seksownie apetycznej ochrony i w ogóle znajdę sposób, by ogolić ci brwi. – Wierzę, że mogłaby to zrobić. Ellie staje prosto i uśmiecha się złowieszczo.

– Słyszysz mnie, książę Nicholasie?

Przytakuję.

– Głośno i wyraźnie, Ellie.

W tej samej chwili do pomieszczenia wchodzi Olivia. Choć nie sądziłem, by krocze mogło boleć mnie jeszcze bardziej, na widok dziewczyny wiem, że się myliłem.

Granatowy top, który włożyła pod jasnoszarą flanelową koszulę, podkreśla jej kremową karnację, a ciemne rurki wpuszczone w brązowe kozaki do kolan zwracają uwagę na długie, szczupłe nogi dziewczyny. Czarne włosy ma rozpuszczone, sięgają niemal do jej wspaniałego tyłeczka, a proste srebrne kolczyki z perełkami połyskują w tych lśniących falach.

– Cześć. – Uśmiecha się, sprawiając, że lokal nieco się rozjaśnia, a mój fiut twardnieje. – Nie wiedziałam, że już jesteś. Długo czekasz?

– Wszystko w porządku, Livvy – mówi Ellie. – Dotrzymywaliśmy mu z Martym towarzystwa.

Marty wstaje i macha komórką.

– Zanim wyjdziecie, mogę zrobić sobie z wami selfie? No wiecie, do mojej kolekcji ciasteczek.

– Boże – jęczy Olivia, zakrywając oczy.

Próbuje mnie ratować.

– Nicholas nie przepada za zdjęciami, Marty.

Wyciągam rękę.

– Nie, w porządku. Jedno zdjęcie jest okej. – Ściszam głos, by tylko ona mnie słyszała: – Ale w zamian będę potrzebował depozytu do mojej własnej kolekcji.

Dziewczyna się śmieje, gdy jej siostra uważnie nam się przygląda z czymś w rodzaju aprobaty w oczach.

***

Podróż do hotelu jest czystą, nieskalaną torturą – ćwiczeniem powściągliwości. Nasza rozmowa toczy się gładko, ale to oczywiste, że mimo wszystko patrzymy na siebie z żarem i pożądliwością. Przyłapuję Oliwię, jak raz po raz zerka na wybrzuszenie w moich spodniach, a ja nawet nie trudzę się ukrywaniem tego, że spoglądam na jej piersi. Zapach niedawno mytych włosów z nutką ciepłego miodu wypełnia przestrzeń limuzyny, przez co rozszerzają mi się nozdrza, gdy próbuję wchłonąć go jak najwięcej.

Logan i Tommy prowadzą nas przez lobby, James zamyka pochód. W hotelu jest więcej gości niż wczoraj – znajdują się tu osoby zmierzające na obiad lub występy na Broadwayu – więc większość nas zauważa. Kiedy docieramy do apartamentu, chłopcy odchodzą. Daję Davidowi wolny wieczór, byśmy mieli odrobinę prywatności, i prowadzę Olivię do kuchni.

Nad lampką białego wina dziewczyna opowiada, jak minął jej dzień, mówi o biednej umęczonej młodej matce i o jej pięciu szatańskich pomiotach, które odwiedziły dziś kawiarnię. Ja opowiadam o nudnym lunchu charytatywnym w nowojorskiej agencji Art Commission, który stanowił jedynie wymówkę dla polityków, by posłuchać siebie nawzajem.

Z drewnianego bloku wyjmuję tasak, nieprzyjemny dźwięk ostrzenia noża przerywa naszą rozmowę. Olivia staje za mną, zerka mi przez ramię, gdy kroję łososia i seler na równe paski.

– Gdzie się tego nauczyłeś? – pyta z uśmiechem w głosie.
– W Japonii.
Spoglądam na nią i widzę, jak przewraca oczami, ponieważ – jak podejrzewam – znała już odpowiedź.
Następnie sama bierze nóż, staje obok mnie i pospiesznie kroi trzy marchewki, co wychodzi jej nie gorzej niż mnie. Nieśmiało wzrusza ramionami.
– A ja na Manhattanie.
Śmiejemy się, gdy kładzie nóż na blacie, a ja myję ręce. Kiedy wycieram je w czystą ściereczkę, opieram się o zlew i się jej przyglądam.
Wpatrując się w miseczki pełne przypraw i ryżu, krewetek i łososia, Olivia wiedzie palcami po blacie, po czym zanurza jeden z nich w naczyniu z ciemnym sosem sojowym. Jakby w zwolnionym tempie unosi palec do ust i zamyka wokół niego te ponętne wargi.
Nigdy nie skończyłem w spodniach, ale jestem tego niebezpiecznie blisko. Jęk więźnie mi w gardle, ponieważ chciałbym być tym palcem bardziej, niż zaczerpnąć kolejnego oddechu. Nasze spojrzenia się krzyżują, atmosfera gęstnieje, powietrze wypełnia magnetyzm, dzięki któremu ciągnie nas do siebie.
Obiad będzie musiał poczekać.
Patrząc jej w oczy, słysząc, jak pospiesznie oddycha, zyskuję pewność, że nie damy rady czekać tak długo.
Zza ściany dobiega jakiś dźwięk, więc Olivia się wzdryga, niemal jakby została przyłapana na robieniu czegoś świńskiego. Jest świadoma obecności ochrony. Nie chcę tego.
– Logan! – wołam, nie odrywając od niej oczu.
Jego głowa natychmiast pojawia się w szczelinie drzwi.

– Tak?
– Idźcie sobie.
Następuje chwila milczenia, po czym Logan się odzywa:
– Tak jest. Będziemy z Jamesem i Tommym w lobby, niedaleko windy, upewniając się, że nikt nią nie wjedzie.
Czekamy, wpatrując się w siebie... A kiedy rozlega się dzwonek windy, oznajmiając, że wreszcie zostaliśmy sami, co jest wspaniałe, wydaje się, że rozbrzmiał pistolet startowy. Poruszamy się w tym samym czasie – Olivia rzuca się do przodu, a ja porywam ją w ramiona. Obejmujemy się rękami, przywieramy do siebie ustami. Dziewczyna otacza mnie w pasie nogami, więc chwytam ją za jędrny tyłek. Skubię zębami jej pełne usta, drapiąc delikatnie, po czym całuję ją głęboko. Tak, tak, o to chodziło. To wszystko, o czym fantazjowałem – tylko że lepsze.
Usta Olivii są gorące, wilgotne i smakują słodkimi winogronami. Dziewczyna jęczy, więc spijam ten dźwięk.
Podchodzę do stołu kuchennego, przewracając po drodze jeden stołek. Sadzam ją na końcu blatu, oboje oddychamy ciężko i pospiesznie.
– Pragnę cię – dyszę, w razie gdyby nie było to oczywiste.
Jej oczy błyszczą, wiruje w nich to samo tornado, które niszczy i moje wnętrze.
Olivia zrywa szarą flanelę z ramion.
– Masz mnie.
Chryste, uwielbiam tę śmiałą, odważną dziewczynę.
Jasne ręce chwytają mnie za szyję, gdy ponownie do siebie dopadamy, całując się i pieszcząc. Pociągam jej biodra na skraj blatu, ocierając się twardym jak skała członkiem pomiędzy jej

odzianymi w jeansy nogami. Wsuwam palce w miękkie włosy, przytrzymując dziewczynę, abym mógł rozkoszować się jej ustami.

Ponownie jęczy, doprowadzając mnie tym na skraj wytrzymałości, przez co przepełnia mnie jeszcze większa żądza.

Nie zdejmując nóg z mojego pasa, popycha moje ramiona, sprawiając, że muszę się odsunąć i przerwać pocałunek. Przytrzymuję Olivię, gdy chwyta za brzeg mojej koszuli, i pomagam jej, kiedy zdejmuje mi ją przez głowę. Ciemne, czarujące niebieskie oczy rozszerzają się na widok mojego nagiego torsu, gdy przesuwa po nim miękkimi jak płatki kwiatów palcami, którymi dotyka następnie moich ramion, piersi i brzucha.

– Jezu – mówi cicho. – Jesteś tak cholernie seksowny.

Śmieję się. Nic nie mogę na to poradzić. Choć słyszałem wcześniej takie komplementy, w głosie Olivii jest podziw, całkowicie uroczy. Ze śmiechem zdejmuję jej top, ale zamieram na widok piersi zakrytych niewinną białą koronką. Ponieważ naprawdę są przepięknie idealne.

Ponownie się do niej przysuwam, ocierając się o jej ciało, ustami wodząc po obojczyku i szyi – zasysam miejsce, w którym bije puls, przez co gwałtownie wciąga powietrze. Skubię zębami płatek jej ucha.

– Chcę cię pocałować, Olivio.

Chichocze, głaszcząc mnie po plecach.

– Całujesz mnie.

Wsuwam dłoń pomiędzy nas, pocierając gorące, pulsujące miejsce pomiędzy jej nogami.

– Tutaj. Chcę cię pocałować tutaj.

Rozpływa się w moich ramionach, odchyla głowę, więc moje usta mają swobodny dostęp.

– O – jęczy bez tchu. – O-och, okej...

Tysiące razy wyobrażałem sobie, jak pieprzę ją na stole w kawiarni, ale tutaj to się nie sprawdzi. Potrzebuję więcej miejsca. Chcę, by jej plecy spoczywały na czymś miękkim i jedwabistym, gdy będę ją pożerał.

Jednym ruchem zabieram dziewczynę z blatu i niczym jaskiniowiec przerzucam ją sobie przez ramię, następnie ruszam do sypialni. Olivia piszczy, śmieje się i ściska mnie za pośladek, gdy przemierzam korytarz. W odpowiedzi daję jej klapsa.

Kiedy układam dziewczynę pośrodku wielkiego materaca, jej oczy lśnią, usta rozciągają się w uśmiechu, a policzki są zaczerwienione. Stoję na skraju łóżka i zachęcam ją, by się przysunęła:

– Chodź tu.

Ugina kolana i przesuwa się bliżej, ale pochyla głowę, gdy próbuję ją pocałować – wodzi wargami po moim torsie, składając miękkie, delikatne pocałunki, czym rozpala mi krew w żyłach. Obejmuję twarz Olivii i unoszę jej głowę, po czym całuję powoli i głęboko.

Droczenie się odchodzi w niepamięć, zastąpione czymś o wiele silniejszym. To pierwotna żądza. Olivia nie przestaje mnie całować, gdy przesuwam dłonie na jej plecy, by rozpiąć biustonosz. Zsuwam ramiączka i obejmuję dłońmi miękkie piersi dziewczyny.

Przesuwam kciukami po sutkach, które się prężą. Olivia ssie skórę na mojej szyi i przygryza płatek ucha, staje się bardziej spragniona, więc pochylam głowę i zastępuję palce ustami.

Ssę ją powoli, jednocześnie szybko poruszając językiem. Olivia wygina plecy, próbując być bliżej mnie, wbija paznokcie w moją skórę na łopatkach, pozostawiając ślady półksiężyców, które nie znikną nawet jutro. Przenoszę się na drugą pierś, najpierw dmucham, drocząc się z dziewczyną odrobinę, aż szarpie mnie za włosy. Ssę mocniej, dodając do tego zęby, naciskając nimi na kuszące ciało.

Kiedy Olivia porusza biodrami, jednocześnie jęcząc, unoszę głowę i popycham ją, by położyła się na plecach. Patrzy mi w oczy i jestem zgubiony. Zniszczony. Przestaję myśleć, kieruje mną jedynie pożądanie. Wiem, że muszę ją zaspokoić. Sprawić, by zobaczyła gwiazdy i dotknęła nieba.

Rozpinam jej spodnie i zsuwam je z nóg. Przez chwilę się przyglądam – Olivia się rumieni, jest niemal naga na środku mojego łóżka. Widzę lśniące czarne włosy spoczywające na cudownych, nieskazitelnych piersiach, płaski brzuch i cienkie paski różowej bielizny na biodrach.

Trójkącik na jej łonie zrobiony jest z przeźroczystej koronki, a pod nim widać przystrzyżone czarne włoski. To coś innego – większość kobiet, z którymi byłem, starała się wydepilować na zero.

Nie znalazłem jeszcze w Olivii czegoś, co by mi się nie podobało – ta kępka włosów również jest bardzo, bardzo fajna.

Czuję na sobie wzrok dziewczyny, gdy zwilżam wargi językiem i zsuwam różową koronkę z jej nóg, zapewniając sobie idealny obraz.

– Chryste, jesteś przepiękna – jęczę. Z uśmiechem kładę się na łóżku, nakrywając ją swoim ciałem. – Wystarczająco piękna, by pożreć cię na śniadanie, lunch i obiad, choć i tak chciałbym cię jeszcze na deser.

Unoszę jej nogę i kładę ją sobie na ramieniu, po czym powoli schodzę w dół, całując i ssąc łydkę, kolano i udo. Oddech więźnie w jej gardle, kiedy pozwalam jej stopie opaść z powrotem na łóżko i kładę dłonie na jej udach, by rozsunąć jej nogi. Liżę dwa palce i głaszczę nimi szparkę Olivii, a wtedy dziewczyna zamyka oczy.

– Nicholas.

Tak, o to właśnie chodzi.

Okrążam jej ładną łechtaczkę – różową i nabrzmiałą – następnie układam się na brzuchu. Całuję jej pachwinę, ssę mocno, by zostawić malinkę.

– Wypowiedz raz jeszcze moje imię – mruczę.

Klatka piersiowa Olivii unosi się w pospiesznych oddechach.

– Nicholas – dyszy i jęczy, gdy przysuwam usta bliżej celu.

– Jeszcze raz.

Wciąż pocierając ją palcami, wkładam nos w jej loczki, pachnące tak samo słodko jak ona cała. Może nawet intensywniej.

– Nicholas – jęczy ochrypłym, pełnym pragnienia głosem.

Muzyka dla moich uszu.

Ofiaruję Olivii to, czego oboje nie możemy się doczekać. Nakrywam ustami jej cipkę, naznaczając ją gorącym pocałunkiem, wsuwając język pomiędzy pulchne fałdki. Olivia piszczy i unosi biodra, ale przytrzymuję ją, skoncentrowany na potrzebie doprowadzenia jej na szczyt.

Chryste, co za smak. Czuję na języku wilgoć. Jest wspaniała. Wystarczająco cudowna, bym zaczął ocierać się pachwiną o materac w poszukiwaniu ulgi.

Przesuwam usta, ssąc mocno, jednocześnie wkładając w nią dwa palce, następnie poruszam nimi. Och, jest ciasna. I gorąca. I tak wilgotna, że doprowadza mnie do szaleństwa.

Do tego rozpalona, wobec czego naprawdę muszę się nią porządnie zająć.

Ta myśl ulatuje mi z głowy, gdy Olivia wygina plecy, rozchyla usta i jęczy moje imię. I przeżywa orgazm. Oszałamiający. Fantastyczny. Wije się na moim języku z czystej rozkoszy. Kiedy opada bezwładnie na łóżko, praktycznie się na nią rzucam. Nie wydaje się jej to przeszkadzać. Właściwie po kilku minutach całowania i pieszczot odpycha mnie, obraca na plecy i całuje po torsie.

Pospiesznie zsuwa mi spodnie i rzuca je na podłogę. Patrzy na mnie z tajemniczym uśmiechem na ustach – na tyle długo, bym zapytał:

– No co?

Wzrusza minimalnie ramionami.

– Internet się mylił. Napisano w nim, że lubisz bieliznę Calvina Kleina.

Bardzo się mylił, w ogóle nie noszę bielizny.

– Nie wierz we wszystko, co przeczytasz.

Kiedy obejmuje palcami mój pulsujący członek, czuję się cholernie dobrze. Brak mi słów, zamykam oczy i odchylam głowę. Olivia gładzi mnie umiejętnie, przesuwa ręką dwukrotnie, tylko na tyle jej pozwalam. Tylko tyle jestem w stanie znieść. Jeśli pozwolę, by kontynuowała, zaraz się skompromituję.

Podnoszę się, otaczam ją rękami, obracam na plecy i przywieram do jej ust niczym umierający człowiek, spragniony ostatniego posiłku. Na ślepo macam w szufladzie szafki nocnej w poszukiwaniu prezerwatyw, które miał mi przygotować David, ale gdy Olivia się wije, niemal ocierając się śliską szczeliną o mojego fiuta, cofam się. Natychmiast.

– Chwileczkę, złotko.

Otwieram opakowanie kondomu zębami, nasze palce się plączą, gdy oboje próbujemy, jak najszybciej nasunąć gumkę.

Po chwili układam się na niej, wpatrując się w te ciemne, cudowne oczy, które zauroczyły mnie już w chwili, gdy je dostrzegłem. Oddycham głęboko, modląc się o zachowanie kontroli, następnie w nią wchodzę. Delikatnie, tylko trochę. Olivia rozchyla usta z przyjemności, a moje serce przyspiesza tak bardzo, że wydaje mi się, iż umieram.

Cóż by to była za piękna śmierć.

Kładzie dłoń na moim policzku, unosząc głowę, by mnie pocałować. Wchodzę w nią powoli – piękne, gładkie mięśnie zaciskają się wokół mnie, jednocześnie się rozciągając. Kiedy spotykają się nasze miednice, moja ciężka moszna ląduje na jej skórze. Czekam. Z trudem przełykam ślinę, czuję, że gardło wyschło mi na wiór.

– Dobrze się czujesz? – dyszę.

Proszę, powiedz, że tak. Błagam, daj mi się ruszyć. Daj działać, wchodzić i pieprzyć.

Olivia robi najpiękniejszą rzecz na świecie – otwiera oczy i niemal wydzierając mi serce, mówi:

– Tak.

To zdecydowanie moje ulubione słowo.

Czuję, jak się wokół mnie zaciska, gdy unosi lekko biodra, testując to uczucie.

– O Boże – jęczy. – Rusz się, Nicholasie. Chcę cię poczuć. Całego. Teraz.

W tej chwili lubię jeszcze więcej słów.

Podtrzymując się na łokciach, wychodzę z niej powoli, wydając z siebie gardłowy warkot, ponieważ to cudownie fantastyczne. Nie do opisania. Olivia chwyta mnie za szyję, a ja wsuwam dłonie pod jej łopatki, podtrzymując ją, gdy poruszam się w równym tempie. Nasze oddechy się mieszają, kiedy całujemy się i smakujemy, a nasza przyjemność wzrasta, rozkosz kumuluje się przy każdym ruchu. Aż osiąga swój szczyt. Poruszam instynktownie biodrami, przyspieszając, ścigając nadchodzący orgazm. Mój umysł eksploduje białym światłem i pustoszeje – zamiera w chwili głębokiej, cielesnej ekstazy. Olivia dołącza do mnie. Gryzie mnie w ramię, ale nawet tego nie czuję. Jedyne, co odczuwam, to miejsce, w którym jesteśmy połączeni, które pulsuje, nieustannie oddając wszystko, do ostatniej kropli.

***

Olivia leży na moim ramieniu, głaszcząc mnie po torsie, wodząc palcami po brzuchu, następnie wracając na górę i tak w kółko.

– Jesteś taka piękna, gdy szczytujesz. – Dotykam jej policzka, gładkiego jak płatek róży. – Później też.

Trzepocze rzęsami i patrzy na mnie.

– Staram się.

Kiedy zabieram rękę, dziewczyna chwyta mnie za nadgarstek, wpatrując się w bransolety, których nigdy nie zdejmuję.

– Miałeś je również poprzednio. Są dla ciebie wyjątkowe?

Obracam drewno tekowe i przysuwam do niej, by mogła się lepiej przyjrzeć. Opuszką palca dotyka wyżłobień.

– Należała do ojca – mówię. – Kiedy był nastolatkiem, pojechał do Afryki pomagać budować domy. Dała mu ją jedna z tamtejszych kobiet. Powiedziała, że to dla ochrony. Nosił bransoletę niemal cały czas. – Czuję ucisk w gardle. – Nasz lokaj, Fergus, dał mi ją po pogrzebie. Powiedział, że leżała na komodzie ojca. Nie wiem, dlaczego jej nie zabrał, gdy poleciał do Nowego Jorku. To nie z powodu przesądu ją noszę... Po prostu chcę mieć przy sobie coś, co było mu bliskie. Olivia mocniej się do mnie tuli, obracając bransoletkę na moim nadgarstku.

– A ta? – Dotyka platynowego łańcuszka.

– To Henry'ego. – Uśmiecham się. – Mama kazała ją dla niego zrobić, gdy miał osiem lat. Była pewna, że wróci moda na tego typu ozdoby. – Śmieję się głośno na to wspomnienie, Olivia chichocze. – Nie podobała mu się, ale nosił ją, by mama się nie obraziła. – Mrugam, bo oczy zaczynają mnie piec. – Po śmierci rodziców Henry jej nie ściągał. Kiedy urósł, dodał kilka ogniw. Nie mógł nosić bransoletki w wojsku, więc poprosił, bym jej popilnował, póki nie wróci do domu.

Olivia składa kojący pocałunek na moim ramieniu, przez chwilę leżymy obok siebie w błogiej ciszy, jednak dziewczyna zaraz obraca się na brzuch, a jej długie włosy rozsypują się wokół mojego torsu.

– Wiesz, co mi się chce?
– Co?
– Pić.

Pocieram oczy i ziewam.

– Tak, też bym się napił. Tam jest minilodówka. – Wskazuję na odległy kąt pokoju. – Może przyniesiesz butelkę wody?

Zakopuje się pod kołdrą, obejmując mnie niczym miś koala drzewo.

– Ale tam panuje zimno. Na co ustawiłeś termostat? Na biegun północny?

– Lubię chłód. Przeważnie jest mi za gorąco. – Wkładam rękę między nas i dotykam jej różowego, napiętego sutka. – Są z tego również inne korzyści.

– Powinieneś przynieść wodę, tak postąpiłby dżentelmen.

Kładę się na niej, rozchylając jej nogi, moszcząc się wygodnie między nimi, a członek znów zaczyna mi twardnieć.

– Ale tu nie ma dżentelmenów. – Skubię zębami jej śliczną szyję, pozyskując uznanie dla wampiryzmu. – I chcę widzieć, jak przemierzasz pokój. – Obracam się i kładę dłoń na jej piersi. – Zobaczyć, jak te cudowne rzeczy podskakują.

Olivia się krzywi.

– Zbok.

Nawet nie ma pojęcia jaki.

– Chciałabym coś zaproponować – mówi. – Zagrajmy. Kto opowie najbardziej żenującą historię, zostaje w ciepłym łóżeczku. Przegrany odmraża sobie tyłek, idąc po wodę.

Kręcę głową.

– Kochana, właśnie zapewniłaś sobie przegraną, nikt nie ma bardziej żenujących historyjek do opowiedzenia ode mnie.

Olivia popycha mnie tak, że chwilę potem oboje leżymy na bokach. Zgina rękę, podpiera nią głowę.

– To się jeszcze okaże.

– Panie mają pierwszeństwo. Posłuchajmy.

Zmienia się wyraz jej twarzy.

– Mam nadzieję, że się nie wkurzysz… To coś wspólnego z… seksem oralnym.

– Mmm, to jeden z moich ulubionych tematów. Mów.

Już się rumieni.

– Dobrze, więc kiedy pierwszy raz robiłam… loda… nie wiedziałam, na czym to polega. Ponieważ nazywa się to, jak się nazywa, myślałam, że trzeba…

Wyciąga język, jakby chciała przeciągnąć nim z góry na dół.

Śmiejąc się, opadam na poduszkę.
– Chryste, biedny chłopak pewnie dostał zawału.
Jej policzki są jeszcze bardziej czerwone, za karę za to, co powiedziałem, szczypie mnie w bok.
– Twoja kolej.
Wpatruję się w sufit, rozważając możliwości. Mam tak wiele historyjek.
– Raz narobiłem do torby.
Z ust Olivii natychmiast dobywa się parsknięcie śmiechem.
– Co takiego?
Przytakuję.
– Mieszkałem w szkole z internatem, byłem w drużynie wioślarskiej.
– Oczywiście.
– I pojechaliśmy na zawody do dość odległej szkoły. W drodze powrotnej autobusem natrafiliśmy na wypadek, a cokolwiek wcześniej podali na lunch, nie posłużyło mi, więc... miałem do wyboru albo narobić w spodnie, albo do torby. Wybrałem to drugie.
Zakrywa oczy i usta, śmiejąc się z przerażeniem.
– Boże! To okropne... A mimo to zabawne!
Również się śmieję.
– Tak, zwłaszcza że trafiło do prasy. Istny koszmar.
Nagle Olivia przestaje się śmiać.
Całkowicie poważnieje.
– Napisano o tym w gazetach?
Wzruszam ramionami.
– Tak. Im bardziej żenująca historia, tym więcej zapłacą dziennikarze. Koledzy ze szkoły liczyli na dobre wynagrodzenie.
– Ale... Byli twoimi kolegami z drużyny. Przyjaciółmi.

Bawię się jej włosami, ciągnąc loki i przyglądając się, jak zaraz wracają do swojego kształtu.

– Jak powiedziałem Simonowi w twojej kawiarni: wszystko jest na sprzedaż i każdy, naprawdę każdy, ma swoją cenę.

Przygląda mi się ze smutkiem. Nie podoba mi się to, ani trochę.

Ponownie się na niej układam, moszcząc się pomiędzy jej nogami.

– Współczujesz mi? – pytam.
– Tak.
– Szkoda ci mnie?

Głaszcze mnie czule po włosach.

– Chyba tak.
– Dobrze. – Uśmiecham się. – To znaczy, że przyniesiesz wodę. I... kiedy wrócisz... chcę sprawdzić, jak tam twoje umiejętności oralne. Musisz się wykazać, a jeśli nie, z przyjemnością cię nauczę.

To załatwia sprawę. Jej usta rozciągają się w szerokim uśmiechu, a oczy lśnią.

– Tak cholernie władczy. – Kręci głową, mimo to wstaje i idzie po wodę, a ja rozkoszuję się każdą sekundą jej marszu. Kiedy wraca do łóżka, od razu bierze się do pracy, a tym rozkoszuję się jeszcze bardziej.

***

W końcu głód zmusza nas do wyjścia z łóżka. Olivia wkłada moją szarą bluzę, która sięga jej do połowy ud. Ja próbuję chodzenia nago, o którym wcześniej wspominała. Być może to jedyna ku temu okazja.

Miała rację – to fantastyczne. Czuję się wolny, gdy wszystko mi... dynda i powiewa. Jestem naturalny, niczym

Adam w raju. Rozpalone, pożądliwe spojrzenia, które posyła mi dziewczyna, są jeszcze lepsze.

W kuchni okazuje się, że nie mamy ochoty na sushi, więc szukamy czegoś innego, co moglibyśmy przyrządzić.

– Masz płatki cynamonowe! – woła Olivia z ekscytacją, jej głos jest przytłumiony, bo trzyma głowę w szafce. Dziewczyna prostuje się, z uśmiechem trzymając opakowanie, jakby wykopała spod ziemi skarb.

Stawiam na blacie dwie miseczki.

– W Wessco mamy podobne, to moje ulubione.

– Moje również! – Jej niebieskie oczy rozpromieniają się, a wyraz twarzy łagodnieje. – A myślałam, że nie mógłbyś być bardziej idealny.

Po dłuższej chwili siedzenia przy stole i zajadania się cynamonowymi, przesłodzonymi kwadracikami bez zastanowienia rzucam:

– To fajne.

Olivia uśmiecha się do mnie.

– Wydajesz się zaskoczony. Zazwyczaj nie robisz fajnych rzeczy?

– Robię, ale to... fajniejsze. – Kręcę głową. – Nie potrafię tego wyjaśnić. Czuję się po prostu... dobrze.

– Tak, ja też.

Przyglądam się jej – temu, jak je, jak dotyka językiem dolnej wargi, którą chętnie poskubałbym zębami.

Zaniepokojona ociera czoło.

– Mam coś na twarzy?

– Nie. Tak się tylko zastanawiałem... – mówię cicho.

– Nad czym?

Wyciągam rękę i głaszczę dziewczynę po policzku.

– Co, u licha, mam z tobą zrobić?
Przez chwilę patrzymy sobie w oczy, po czym w tęczówkach Olivii pojawia się psotny błysk. Dziewczyna bierze mnie za rękę i czule całuje moją dłoń. Wstaje, podchodzi do mnie i siada mi okrakiem na kolanach. Kładzie ręce na moich ramionach, ocierając się cipką o mojego fiuta.
– Co masz zrobić ze mną czy mnie? – droczy się.
– I to, i to.
Dotyka językiem mojej górnej wargi, następnie zasysa ją lekko.
– A może weźmiesz mnie z powrotem do łóżka i wymyślimy coś wspólnie?
Chwytam ją za biodra i unoszę, wstając.
– Genialny pomysł.
W sypialni kładę ją na łóżku i nakrywam własnym ciałem.
– Zostań – mówię, pomiędzy pocałunkami. – Zostań ze mną.
– Na jak długo?
– Na tyle, ile możesz.
Głaszcze mnie po plecach.
– O czwartej muszę zacząć pracę w kawiarni.
Całuję ją mocno.
– Więc odwiozę cię do domu pół godziny wcześniej, dobrze?
Uśmiecha się.
– Dobrze.

ROZDZIAŁ 11

OLIVIA

Do tej pory mogłam określać seks jako... coś miłego. Doświadczenia z Jackiem, moim pierwszym chłopakiem, były dyktowane hormonami. Miały charakter pospiesznych aktów, które siedemnastolatka uznała za romantyczne, ponieważ nie wiedziała, że można inaczej. Nie wiedziała, że można lepiej.

Seks z Nicholasem jest o wiele, wiele lepszy. Dobry, zabawny. Turlaliśmy się w prześcieradłach, drocząc się i pieszcząc, łaskocząc i dotykając. Całowaliśmy się i przytulaliśmy, nie tylko dla gry wstępnej, ale ponieważ sprawiało nam to przyjemność.

Seks z Nicholasem jest ekscytujący. Moje serce może od niego eksplodować. Nie wiedziałam, że przytrzymywanie nadgarstków nad głową to coś tak cudownego, póki tego nie spróbowałam. Nie wiedziałam, że śliska od potu skóra może być tak podniecająca. Nie wiedziałam, że pewne mięśnie mogą stać się obolałe ani że mimo to wciąż można czuć się tak wspaniale.

Nie wiedziałam, że jestem zdolna do przeżywania wielokrotnego orgazmu, ale dzięki Bogu, tak jest.

Daleko mi do pruderyjnej świętoszki. Wiem, jak o siebie zadbać – niewielkie pieszczoty są najlepszym lekiem nasennym po ciężkim, stresującym dniu, ale po wielkim finale nigdy nie próbowałam wykonać bisu.

A Nicholas się postarał – a co lepsze, wszystko mu się udało.

Po naszej pierwszej wspólnej nocy wpadamy w rutynę. Dnie spędzam w kawiarni, noce w hotelu. Czasami Nicholas po mnie przyjeżdża, czasami wysyła jedynie samochód – chcąc utrzymać w tajemnicy swoje wizyty w Amelii.

Kiedy docieram do hotelu, odsyła chłopaków z ochrony do ich pokoju piętro niżej. Logan marudzi najgłośniej, ale za każdym razem spełnia polecenie.

Klient ma zawsze rację. Przypuszczam, że tyczy się to również książąt.

Nie wychodzimy ponownie na kolację – zamawiamy jedzenie do pokoju lub przygotowujemy coś prostego, na przykład kanapki czy makaron. To zaskakująco... normalne.

W niektóre wieczory oglądamy telewizję, próbując nadrobić drugą serię *American Horror Story*, jednak nie udaje nam się przebrnąć nawet przez drugi odcinek.

Z powodu seksu.

Wspaniałego, oszałamiającego, na wspomnienie którego wilgotnieją mi majtki. Marty zauważa mój nastrój i jest zazdrosny. Dokucza mi z tego powodu.

Wiele rozmawiamy, leżąc w łóżku po seksie. Nicholas opowiada o swojej babci, swym bracie i Simonie. I choć odczuwam troskę i przywiązanie, które szybko mogą przekształcić się w coś głębszego, pilnuję, by zachowywać się naturalnie i nie przywiązywać się do Nicholasa.

Na ogół ma dosyć natręctwa.

Jesteśmy coraz bliżej „tej" rozmowy – na temat tego, czy mamy siebie na wyłączność i co się między nami w ogóle dzieje – ale na ekranie telewizora pojawia się zdjęcie pięknej blondynki, z którą Nicholas został sfotografowany w Wessco. Program nazwano *Straż ślubna*.

Nicholas stwierdza, że to koleżanka ze szkoły – tylko koleżanka – i nie powinnam wierzyć dziennikarzom, cokolwiek by o nim nie powiedzieli lub nie napisali.

W sumie mylili się przecież w temacie bielizny. Najwyraźniej gówno wiedzą.

Dwa tygodnie po naszej pierwszej zwariowanej nocy rosnące uczucie sprawia, że robię coś, czego nie robiłam od lat: biorę wolne w sobotę.

Zastępują mnie Ellie i Marty.

Nie pracuję, bo chcę zrobić coś fajnego dla Nicholasa. Nie żeby odwdzięczyć się za wszystkie te cudowne orgazmy, ale tak po prostu.

Co można podarować księciu? Mężczyźnie, który ma cały kraj u stóp i cały świat w zasięgu ręki?

Coś, co może dać tylko dziewczyna z Nowego Jorku.

***

– Mam pomysł.

Znajdujemy się w bibliotece w apartamencie. Nicholas siedzi za biurkiem, mokre po wcześniejszym prysznicu włosy opadają mu na czoło. James i Tommy stoją przy oknach.

– Rozbieraj się – mówię, upuszczając na podłogę wypchany plecak.

Nicholas wstaje, patrząc na mnie z ciekawością. Na jego twarzy widać uśmiech i elektryzujące dołeczki.

– Podoba mi się ten pomysł.

Zdejmuje koszulę przez głowę, a na widok wspaniałego torsu i apetycznego kaloryfera na brzuchu muszę zamknąć usta, by się nie ślinić.

– Powinienem odesłać chłopaków? – pyta.

Wyjmuję z plecaka jeansy z dziurami i T-shirt z logo Beastie Boys.

– Mogą zostać, zaraz się nimi zajmę.

Nicholas się przebiera. Podaję mu gruby złoty łańcuch z krzyżem, który wkłada i pozostawia na wierzchu. Nacieram dłonie żelem i staję na palcach, by wetrzeć mu go we włosy – mierzwiąc górę i układając boki. Idealnie.

– Co myślisz na temat przekłucia sobie ucha? – pytam, drocząc się.

Odpowiada szeptem:

– Boję się igieł. – Puszcza do mnie oko.

Jego oczy błyszczą ekscytacją – zwariuję przez to.

– Potrafisz jeździć na motocyklu?

Wspominał wcześniej, że podczas służby wojskowej był pilotem, więc domyślam się, że z jednośladem również sobie poradzi.

– Jasne.

– Super. – Z plecaka wyjmuję kask z przyciemnianą osłoną na oczy. – Motocykl Marty'ego stoi na dole. Mam ci powiedzieć, że jeśli go rozbijesz, będziesz musiał odkupić mu... ducati.

Logan, który do tej pory stał pod drzwiami, wchodzi do pokoju i unosi rękę.

– Chwileczkę...

Nicholas bierze ode mnie kask.

– Nic się nie stanie, Logan.

– I... – mówię ostrożnie, patrząc na wielkiego jak dąb chłopaka, który zapewne posiada licencję na zabijanie. – Chcę, żebyśmy pojechali sami. Wy zostaniecie tutaj.

Tommy mamrocze pod nosem:

– Jezus Maria i wszyscy święci.
James krzyżuje ręce na piersi.
Logan się wkurza:
– Nie ma mowy. Cholera, niemożliwe. Wyraz twarzy Nicholasa mówi jednak, że jest wręcz odwrotnie.
– Nie – nalega Logan, tym razem z desperacją.
– Henry nieustannie wymyka się ochronie – spiera się Nicholas.
– Książę Henry to książę Henry – marudzi Logan.
– Mam plan wycieczki! – wcinam się, podskakując z ekscytacji jak Bosco, gdy chce mu się siku. – Na wszelki wypadek wszystko wam zapisałam, więc będziecie wiedzieć, gdzie nas znaleźć. – Wyjmuję kopertę z plecaka i podaję ją Loganowi, ale gdy ochroniarz chce zajrzeć do środka, chwytam go za rękę. – Otworzysz dopiero, jak wyjdziemy, bo inaczej zniszczysz niespodziankę. Przyrzekam, że będziemy bezpieczni. Ręczę swoim życiem.
Spoglądam na Nicholasa.
– Zaufajcie mi.
Bardzo tego pragnę. Chcę dać mu coś, czego nigdy nie zaznał. Coś, co zapamięta: wolność.
Nicholas patrzy na kask, następnie na Logana.
– Co się może takiego stać?
– Och, może dojść do zamachu, przez co wszyscy trzej zawiśniemy za zdradę.
– Nie wygłupiaj się – prycha Nicholas. – Od lat nikogo nie powiesiliśmy. – Klepie szefa swojej ochrony po plecach. – Myślę, że byłby to pluton egzekucyjny.
Tommy parska śmiechem.

Logan pozostaje poważny.
James jest neutralny jak Szwajcaria.
– Proszę pozwolić... posłuchać...
Nicholas używa swojego dobitnego tonu:
– Nie jestem dzieckiem, Loganie. Przeżyję popołudnie bez ciebie. Zostaniecie tutaj we trójkę, to rozkaz. Jeśli zobaczę was na mieście, odeślę wszystkich do domu, byście pilnowali psów. Rozumiemy się?
Niezadowoleni ochroniarze kiwają głowami. Chwilę później książę zakłada kask, by nikt nie poznał go w drodze przez hotelowe lobby.

***

– Witamy na Coney Island! – Rozkładam szeroko ręce, gdy Nicholas zabezpiecza motocykl. – Znanej z zarąbistej kolejki górskiej, czystych plaż i hot dogów doprowadzających do zawałów serca, ale smakujących tak dobrze, że warto zaryzykować.
Nicholas się śmieje. Trzyma mnie za rękę, gdy zmierzamy do rollercoastera zwanego cyklonem. Nikt nie zwraca na nas uwagi, ale Nicholas i tak nie unosi głowy i zerka tylko na mnie.
– Jak to jest wyjść na miasto... bez ochrony?
Mruży oczy.
– Dziwnie. Jakbym czegoś zapomniał. Jak we śnie, w którym stajesz przed klasą bez spodni. Ale też... ekscytująco.
Całuje mnie w rękę, jak zrobił to, gdy się poznaliśmy, i ponownie czuję mrowienie na skórze. Po przejażdżce kolejką i pochłonięciu hot dogów wracamy do motocykla po koc i udajemy się w kierunku amfiteatru.
– Zagra Kodaline – mówię. Nicholas ma w telefonie kilka ich piosenek.

Zatrzymuje się, wyraz jego twarzy jest pusty, ale oczy błyszczą czystą zielenią. Przyciąga mnie nagle do siebie i całuje do utraty tchu. Następnie opiera czoło o moje.
– To najlepsza rzecz, jaką ktokolwiek kiedykolwiek dla mnie zrobił. Dziękuję ci, Olivio.
Uśmiecham się promiennie – tak też się czuję. W tej chwili, w jego ramionach. Jestem rozpalona od wewnątrz, podświetlona niczym gwiazda, która nigdy nie gaśnie.
Stoimy w kolejce po napoje, gdy z głośników płynie *Everything I Do* Bryana Adamsa.
– Uwielbiam tę piosenkę – mówię. – To miała być piosenka mojego balu maturalnego, ale na niego nie dotarłam.
– Dlaczego?
Wzruszam ramionami.
– Nie miałam czasu ani sukienki.
– A twój chłopak… Jack… nie chciał się z tobą pokazać?
– Nie lubił takich imprez.
Nicholas krzywi się, zdegustowany.
– Tępy młotek.
Zauważam, że stoi ze zwieszoną głową, jakby próbował ukryć twarz. Unoszę mu głowę.
– Ten kamuflaż zadziała tylko, jeśli będziesz się zachowywał, jakbyś nie próbował niczego ukrywać.
Uśmiecha się z pewnością siebie, na jego twarzy ukazują się dołeczki. Mniam.
– Większość ludzi nie spodziewałaby się ciebie tutaj, a pozostali są zapewne zbyt wyluzowani, by się tym przejmować. Nowojorczycy przyzwyczaili się do celebrytów.
Patrzy na mnie, jakbym oszalała.

– Nie ci, których poznałem.
Wzruszam ramionami.
– Pochodzili zapewne z Jersey.
Nicholas śmieje się na tyle głośno, że zamykam oczy, aby lepiej wsłuchać się w ten dźwięk. Wtedy za naszymi plecami rozlega się głos – ochrypły, zapewne od papierosów, jego właścicielka na pewno pochodzi ze Staten Island.
– Rety, wiesz kogo mi przypominasz?
Czuję, jak dłoń Nicholasa sztywnieje w mojej, więc ściskam ją, bo... panuję nad sytuacją.
– Księcia Nicholasa, prawda? – mówię blondynce z okularami przeciwsłonecznymi na nosie, pozwalając, by usłyszała mój ciężki nowojorski akcent.
– Tak! Słyszałam, że jest w mieście. – Wskazuje na mojego towarzysza. – Mógłbyś nim być!
– Co nie? Ciągle mu powtarzam, że powinniśmy przenieść się do Vegas, bo mógłby dorabiać w kasynie jako sobowtór, ale mnie nie słucha. – Potrząsam jego ręką. – Powiedz coś z akcentem, kochanie.
Z łagodnością w oczach Nicholas odzywa się swoim normalnym głosem:
– Nie mówię z żadnym akcentem, kochanie.
Śmieję się głośno, bo kobieta za nami traci zmysły.
– O rany! To obłędne!
– No nie? – Wzdycham. – Jeśli będę mieć szczęście, doszukam się kiedyś jakiegoś pokrewieństwa.
Zwalnia się kasa po prawej, więc odsuwam się, mówiąc kobiecie:
– Trzymaj się.
– Dobrej zabawy – odpowiada.

Nicholas zarzuca mi rękę na ramiona, więc przytulam się do niego, zaciągając się jego wspaniałym zapachem. Patrzę w górę.
– Widzisz? Mówiłam.
Całuje mnie w usta, skubie wargi, aż mam ochotę jęknąć.
– Jesteś geniuszem zła.
– Mam swoje chwile.

Kupujemy napoje – cztery piwa w czerwonych kubkach – i przemierzamy trawnik, by znaleźć idealne miejsce.
– I co teraz? – pyta mój „prawie" chłopak.
– Piłeś kiedyś tanie piwo, słuchając dobrej muzyki i siedząc na kocu otoczony setkami ludzi na trawniku w ciepłe popołudnie?
– Nigdy nie miałem przyjemności.
Unoszę kubek.
– To dziś będziesz ją miał.

NICHOLAS

Wpadamy przez drzwi obrotowe hotelu, trzymając się za ręce, całując się i chichocząc jak para nastolatków, która wstąpiła na chwilę do składziku na miotły. Leżenie z nią na kocu, całowanie się do woli bez martwienia się o to, kto patrzy – ponieważ nikt nie patrzył – sprawiło, że pragnę Olivii jak wariat.

Chryste, i mam na to *twardy* dowód.

Nie obchodzi mnie, czy ktoś będzie się nam przyglądał, czy zrobi zdjęcie. Przejmuję się jedynie gorącym, pulsującym członkiem naciskającym na jeansy.

Oczekiwanie. Istnieje słodsze słowo? Nigdy nie musiałem czekać, nie na coś takiego. Nie wiedziałem, że godziny oczekiwania, drażnienia, przeciągania nieuniknionego mogą być tak silnym afrodyzjakiem. Krew szumi mi w uszach, a oczy Olivii błyszczą z pożądania. Docieramy do windy. W chwili, w której drzwi się za nami zasuwają, porywam ją w ramiona, przyciskam plecami do ściany i napadam na jej usta – smakując głębiej niż kiedykolwiek wcześniej. Dziewczyna jęczy, gdy ocieram się o nią, rozkoszując się dotykiem, który nie przynosi ulgi, ale to dobre, ekscytujące, ponieważ wiem, że wkrótce będzie naga w moim łóżku i nieskończenie długo będę mógł cieszyć się jej ciasnotą.

Póki się nie zmęczymy albo nie połamiemy cholernej ramy łoża – cokolwiek nie zdarzy się jako pierwsze.

Gdy winda sunie w górę, odchylam się i patrzę w dół, na swoje krocze, gdzie fiut domaga się słodkiego, miękkiego ciała znajdującego się pod czarnym materiałem legginsów. Mimo ubrania mogę je jednak poczuć.

Olivia chwyta mnie za szyję, staje na palcach i całuje po policzku, skubiąc zębami mój zarost.

– Chcę, żebyś mnie pieprzył dosłownie wszędzie, Nicholasie – dyszy. – Chcę, żebyś doszedł wszędzie: pomiędzy moimi nogami, na moich piersiach, w moich ustach, och... Byłoby to takie cudowne. Wszędzie, Nicholasie.

– Cholera, tak – syczę, szalejąc coraz bardziej.

Muszę zapamiętać, że dzięki taniemu piwu Olivia staje się dzika. Trzeba będzie się w nie zaopatrzyć.

Winda dzwoni i jej drzwi rozsuwają się na piętrze mojego apartamentu. Nie ma jak w domu.

Biorę dziewczynę na ręce, a ona obejmuje mnie nogami w pasie. Niosąc ją przez *foyer*, pieszczę jej pośladki. Zmierzam do sypialni, jednak mój spacer kończy się w salonie, gdzie sztywny jak kołek szef mojej ochrony siedzi na kanapie i marszczy brwi.

Nagle nie czuję się już jak nastolatek – czuję się jak nastolatek, który został przyłapany na powrocie po wyznaczonej godzinie, w dodatku śmierdząc seksem, papierosami i wódą.

– Widzę, że książę zechciał wrócić – rzuca Logan.

– Ee... tak. Byliśmy na fajnym koncercie – mówię. – Nie wydarzył się żaden incydent. Nikt mnie nie rozpoznał.

Logan wyrzuca ręce w górę, naśladując udręczoną matkę. A także podobnie brzmi.

– Wasza Książęca Mość mógł zadzwonić! Siedzę tu całe popołudnie i ze zmartwienia odchodzę od zmysłów.

Wiem, że to niegrzeczne z mojej strony, ale ponieważ zamierzam uprawiać seks z Olivią, jestem zbyt podniecony, by się tym przejmować.

Śmieję się.

– Przepraszam, matulu.

Logana to jednak nie bawi. Zaciska usta tak mocno, że słyszę, jak zgrzyta zębami.

– To nie jest śmieszne, Wasza Książęca Mość. To niebezpieczne. – Na chwilę spogląda na Olivię, po czym wraca wzrokiem do mnie. – Musimy porozmawiać. W cztery oczy.

– Dobrze, uspokój się. Mam teraz pełne ręce roboty. – Ściskam pośladek dziewczyny, sprawiając, że ta chichocze i wtula twarz w moją szyję. – Porozmawiamy z samego rana, obiecuję.

Mężczyzna spogląda na nas, wciąż bardzo niezadowolony. Po chwili kiwa jednak głową.

– Życzę udanej nocy – warczy i maszeruje do windy.

Kiedy znika za drzwiami, Olivia unosi głowę.

– Chyba już mnie nie lubi.

Całuję ją w czubek zadartego noska.
– Ja cię lubię. – Wypycham biodra, pozwalając jej poczuć, jak jestem napalony. – Mam ci pokazać jak bardzo?

Rumieni się.

– Tak, proszę. – Przygryza wargę, po czym mówi z lekkim akcentem: – Wasza Książęca Mość.

Dźwięk tych słów z ust Olivii sprawia, że mam ochotę robić z nią świńskie, sprośne rzeczy. Bezzwłocznie niosę ją do sypialni, by spełnić swoje fantazje.

OLIVIA

Przez większość czasu Bosco śpi w pokoju Ellie. Siostra zabiera psa ze sobą i zamyka drzwi, pilnując, by tata na niego nie nadepnął, gdy wróci pijany, albo żeby zwierzę nie wymyśliło, jak otworzyć lodówkę, bo mógłby mu pęknąć brzuch.

Czasami jednak Ellie wstaje w środku nocy, by iść do łazienki, i zapomina zamknąć drzwi swojego pokoju. Bosco kończy wtedy u mnie. Jeśli mam szczęście, zwija się cicho w kłębek w moich nogach albo wtula się we mnie, szukając ciepła.

Ale zazwyczaj nie mam tyle szczęścia, ponieważ Bosco jest głodny, a ja muszę go nakarmić. Budzi mnie więc, ale nie robi tego, liżąc po twarzy, czy szczekając.

On się we mnie wpatruje.

Gapi się tymi swoimi czarnymi paciorkami mocno, nieprzerwanie i choć zabrzmi to dziwnie – głośno.

Dokładnie tak samo się czuję, gdy śpię tej nocy obok Nicholasa. Jakby ktoś wpatrywał się we mnie tak mocno, że to aż ogłuszające.

Czuję to, nim mam szansę otworzyć oczy, ale kiedy unoszę powieki, widzę ubraną na biało kobietę, która stoi u stóp naszego łóżka i się w nas wpatruje.

Przerażona wciągam gwałtownie powietrze. To coś więcej niż sapnięcie – to preludium krzyku.

Nicholas jednak kładzie pod kołdrą dłoń na moim mostku. Przyciska mnie na tyle mocno, bym się uspokoiła. Mówi mi tym, że również widzi postać i że muszę nad sobą zapanować.

Poświata księżyca wpadająca przez okno oświetla pokój, przez co kobieta ma mleczną aureolę. Jej ciemne włosy są obcięte na dłuższego boba, a twarz, choć ładna, jest koścista. Wpatruje się w Nicholasa czujnymi i cholernie szalonymi oczami.

– Nie śpisz. – Wzdycha. – Czekałam, aż się obudzisz.

Nicholas z trudem przełyka ślinę, ale odzywa się kojącym, gładkim głosem:

– Czekałaś?

– Tak. Dobrze znów cię widzieć.

Przesuwa lekko palcami po mojej piersi, dając znać, że wszystko w porządku.

– Ciebie również miło widzieć – odpowiada Nicholas. – Jak tu weszłaś?

Kobieta uśmiecha się, przez co obsypuje mnie gęsia skórka.

– Tak jak się umawialiśmy. Pracowałam w hotelu, udając pokojówkę i czekając na sygnał. Zawsze są z tobą chłopcy, więc zorientowałam się, że sygnałem dla mnie było to, że zacząłeś ich odsyłać.

Cholera.

Nicholas patrzy na mnie, jakbym powiedziała to na głos.
– Kim ona jest? – pyta dziewczyna, całkowicie zdegustowana.
– Nikim – odpowiada Nicholas. Z chłodem. Z pewnością.
Moje serce zamiera na chwilę. – Jest nikim.
Nicholas zbiera spodnie z podłogi, wkłada je i wstaje.
– Chciałbym się dowiedzieć, co u ciebie słychać. Chodźmy porozmawiać do salonu.
– Ale chcę zostać tutaj – dąsa się. – W sypialni.
– W salonie chłodzi się butelka Krug Vintage Brut, a to spotkanie bez wątpienia prosi się o szampana. – Nicholas uśmiecha się promiennie.
Jest naprawdę dobry. Jeśli nie sprawdzi się w roli księcia, z łatwością może zostać aktorem.
– Dobrze. – Zahipnotyzowana kobieta chichocze.
Kiedy para wychodzi z pokoju, wkładam pierwsze, co wpada mi w ręce – koszulę Nicholasa – i sięgam po leżącą na szafce nocnej komórkę, by zadzwonić po pomoc. W tej samej chwili słyszę jednak dobiegający z salonu przeraźliwy krzyk – piskliwy i bolesny.
– Co robisz? Puść mnie!
Nigdy nie biegłam tak szybko, nigdy wcześniej też tak się nie bałam.
W salonie Nicholas przyciska kobietę brzuchem do kanapy, trzymając ją za wykręcone do tyłu ręce. Kiedy mnie zauważa, mówi:
– Mój telefon jest na stoliku przy łóżku. Wybierz siódemkę, natychmiast połączysz się z ochroną.
Kobieta płacze i wydziera się jak upiór.
– Wszystko niszczysz! Wszystko niszczysz!

Wyrywa się, ale Nicholas próbuje ją uspokoić.
– Ciii, spokojnie. Zrobisz sobie krzywdę. Wszystko będzie dobrze.
Nie wiem, dlaczego się nie ruszam. Czuję się, jakby umysł oddzielił mi się od reszty ciała.
– Olivio. – Ostry ton sprawia, że mrugam. – Komórka.
– Tak, tak. – Wracam biegiem korytarzem, wykonując polecenie.

***

Po czasie, który wydaje się wieloma godzinami, kobieta zostaje zabrana, a w apartamencie prócz ochrony znajdują się również funkcjonariusze policji i pracownicy hotelu. Nicholas, mając na sobie miękki szary podkoszulek i spodnie od dresu, rozmawia z nimi w salonie.

Czuję się o wiele lepiej, będąc ubrana w swoje własne rzeczy – jeansy i stary top. Czekam z Loganem w sypialni.

Logan St. James, szef osobistej ochrony Nicholasa, jest człowiekiem silnym, lecz cichym, jednak w tej chwili nie musi się odzywać, jego spojrzenie mówi wszystko.

Ciemnobrązowe, niemal czarne oczy, piorunują mnie z mocą tysiąca słońc.

Zdenerwowana przełykam ślinę. Gdzie jest zapadnia w podłodze, gdy jej potrzebuję?

– To moja wina, prawda? – W końcu mam odwagę, by się odezwać.

– Nie możesz sugerować mu, że nie potrzebuje ochrony. Cóż, to wiele tłumaczy.

– Jest ważny, Olivio.

– Wiem o tym.

– Musi być rozważny. Gdyby coś mu się stało...

– Wiem...
– Nie, nie wiesz! Nie zrobiłabyś tego, co zrobiłaś dzisiaj, gdybyś wiedziała. – Logan zamyka oczy i oddycha pospiesznie, jakby próbował nad sobą zapanować. – Nie może zaszkodzić sobie pieprzeniem jakiejś nowojorskiej panienki.

Nim okrutne słowa mają szansę wybrzmieć, Logan zostaje podniesiony za kołnierz i rzucony o ścianę – wystarczająco mocno, by zagrzechotały kinkiety. Nicholas przyciska jego szyję przedramieniem.

– Odezwij się do niej w ten sposób raz jeszcze, a będziesz zbierał zęby z podłogi. Rozumiemy się? – Kiedy odpowiedź nie pada wystarczająco szybko, pociąga ochroniarza i uderza jego plecami o ścianę, przez co głowa Logana odbija się z hukiem. – Rozumiesz?!

Ochroniarz wpatruje się w niego, z uporem zaciskając usta. Chwilę później krótko kiwa głową.

Nicholas się odsuwa, trzymając ręce po bokach.

– Obaj wiemy, że wina leży po mojej stronie, więc jeśli chcesz kogoś oskarżać, to mnie. Wyrzuć z siebie pretensje.

Logan poprawia garnitur ostrymi ruchami.

– Nałożenie kasku nie zmieni tego, kim jest Wasza Książęca Mość. Nie należy sądzić, że mogłoby być inaczej.

– Tak, mam tego świadomość.

Logan zaciska usta i bębni palcami o udo.

– Chcę zmienić hotel. I to szybko.

– W porządku.

– I potrzebuję więcej ludzi. Chcę mieć też kogoś w kawiarni, ponieważ to szalone, by książę tak często jeździł do niestrzeżonego miejsca.

Nicholas się zgadza, a Logan ciągnie dalej:
— I chcę, by obie panny Hammond dostały ochronę. To cud, że ich zdjęcia nie trafiły jeszcze do prasy. Wolę mieć sytuację pod kontrolą, gdy do tego dojdzie.
— Zgoda.
— I koniec z samotnymi nocami w apartamencie czy koncertami bez ochrony. Jeśli Wasza Książęca Mość chce się zabić, to nie na mojej zmianie. Jeśli nie pozwoli mi książę właściwie wykonywać swoich zadań, to Wasza Książęca Mość będzie zmuszona znaleźć sobie innego ochroniarza.

Blask w oczach Nicholasa przygasa w sposób, w jaki dzieje się to u zamkniętego w klatce zwierzęcia.
— Nie powinienem był się narażać i stawiać cię w takiej sytuacji. To głupie, więcej tego nie zrobię.

Przez chwilę Logan kiwa głową, następnie kłania się Nicholasowi i wychodzi, ale zatrzymuje się przed drzwiami i zwraca do mnie:
— Przepraszam. Nie powinienem był się tak do ciebie odzywać. Nieczęsto tracę nad sobą panowanie, ale kiedy tak się dzieje, z moich ust wychodzą dziwne rzeczy. Nic z tego, co się stało, nie jest twoją winą. Możesz mi wybaczyć, Olivio?

Kiwam powoli głową, wciąż oszołomiona wszystkimi tymi wydarzeniami.
— Oczywiście. Nic się nie stało, Loganie. Rozumiem...

Kiwa głową, uśmiecha się słabo i wychodzi, zamykając za sobą drzwi.

Nicholas siada za biurkiem, głęboko wzdychając. Zakrywa twarz dłońmi i pociera oczy. Opuszcza ręce i rozchyla je szeroko.
— Chodź do mnie, kochanie.

Biegnę do niego, spragniona. Siadam mu na kolanach i obejmuję go z ulgą, kiedy odpowiada w ten sam sposób. Drżę mocno.
– Już dobrze? – pyta. Czuję na szyi ciepło jego oddechu.
– Chyba tak. To wszystko było takie dziwne. – Siadam prosto, muszę pozbierać myśli. – Nie wierzę, że ta kobieta... Że zachowywała się tak... jakby miała pewność, że cię zna. Zdarzało się to już wcześniej?
– Dawno temu do pałacu wdarł się mężczyzna, dostał się do prywatnej jadalni babci.

Serce ściska mi się z troski o kobietę, której nawet nie poznałam. Uświadamiam sobie, że przepełnia mnie takie uczucie dlatego, iż wiele znaczy ona dla Nicholasa.

– Nie chciał zrobić jej krzywdy, sytuacja była podobna do tej dzisiejszej. Facet miał urojenia.

Obejmuję przystojną, mocną twarz.

– Chyba zaczynam rozumieć. Logan mówił prawdę. Jesteś ważny. I wiedziałam o tym, ale... nie zdawałam sobie w pełni sprawy z tego, co to znaczy być księciem Pembrook, dziedzicem bla, bla, bla... – Wpatruję się w niego. – Dla mnie jesteś po prostu Nicholasem. Niesamowitym, seksownym, słodkim, zabawnym facetem, na którym naprawdę mi zależy.

Muska kciukiem moją dolną wargę.

– Podoba mi się, że tak mnie postrzegasz. – Odchrząkuje i odwraca wzrok. – I wiem, że ta noc obfitowała we wrażenia, ale... muszę ci coś powiedzieć, nim to wszystko za daleko zabrnie. Musimy o czymś porozmawiać.

Nie brzmi to zbyt dobrze. Z drugiej strony jak złe po czymś takim mogłoby być jego wyznanie? Głupie słowa.

Bawię się włoskami na jego karku, przeczesując palcami ciemne, gęste pasma.

– O co chodzi?

Trzyma mnie w stalowym uścisku, tak jakby nigdy już nie chciał puścić. Po chwili wiem już dlaczego.

– Żenię się.

ROZDZIAŁ 12

NICHOLAS

Zapewne mogłem lepiej ubrać to w słowa. Cholera. Olivia sztywnieje w moich ramionach. Patrzy na mnie wielkimi, ciemnymi oczami i blednie.

– Jesteś zaręczony?

– Nie. Jeszcze nie.

Próbuje wstać, ale ją przytrzymuję.

– Masz dziewczynę?

– Pozwól mi wyjaśnić.

Walczy, by się ode mnie odsunąć.

– Pozwól mi wstać, potem wyjaśnisz.

Ściskam ją mocniej.

– Podoba mi się, że jesteś tu, gdzie jesteś.

Jej głos twardnieje, wyostrza się jego ton.

– W dupie mam to, co ci się podoba. Chcę wstać. Pozwól mi wstać, Nicholasie!

Zabieram ręce, a dziewczyna odskakuje ode mnie, oddychając szybko i patrząc, jakby nie wiedziała, kim jestem. Jakby w ogóle mnie nie znała.

Na jej twarzy gości zmieszanie – z jednej strony pragnie stąd uciec, z drugiej zaś chce wysłuchać tego, co mam do powiedzenia. Po chwili wahania wygrywa ciekawość.

Krzyżuje ręce na piersiach i powoli siada na skraju łóżka.

– W porządku. Wyjaśnij.

Opowiadam jej całą historię. O babci, o liście, o wszystkich aspektach i czasie, jaki mi pozostał.

– Wow – mówi cicho. – A myślałam, że to ja mam bagaż. – Kołysze się nieco i kręci głową. – To... szalone. Przecież jest dwudziesty pierwszy wiek, a ty musisz się zgodzić na aranżowane małżeństwo.

Próbuję zbyć to nonszalancją.

– Nie jest aranżowane tak, jak dawniej. Moi dziadkowie pierwszy raz znaleźli się sam na sam w swoją noc poślubną.

– Wow – powtarza Olivia. – Dość niezręcznie.

– Ja przynajmniej dostanę szansę poznania przyszłej żony. Będę mógł zdecydować, choć są pewne formalne wymogi, które muszą zostać spełnione.

Pochyla się, kładzie łokcie na kolanach, jedwabiste włosy zsuwają się z jej ramion.

– Jakie wymogi?

– Musi być szlachetnie urodzona, nawet dystyngowana. I musi być dziewicą.

Olivia się krzywi.

– Jezu, co za średniowiecze.

– Wiem, ale pomyśl o tym. Pewnego dnia moje dzieci będą rządzić krajem, nie dlatego, że na to zasłużą czy zostaną wybrane, ale tylko dlatego, że będą moje. Średniowieczne zasady sprawiają, że jestem tym, kim jestem. Nie wybieram reguł, których chcę przestrzegać. – Wzruszam ramionami. – Tak wygląda życie.

– Nie, wcale nie – mówi cicho.

– Tak wygląda moje życie.

Gdy wpatruje się we mnie, wyraz jej twarzy tężeje. Olivia naprawdę przyszpila mnie spojrzeniem do muru.

– Dlaczego mi nie powiedziałeś? Przez wszystkie te wieczory nie pisnąłeś ani słówka.
– Początkowo nie miałem powodu, by to zrobić.
Wstaje i podnosi głos.
– Szczerość jest dobrym powodem, Nicholasie. Powinieneś był mi powiedzieć!
– Nie wiedziałem.
– O czym? – szydzi.
– Że tak się poczuję! – krzyczę.
Pogarda z gniewem znikają z jej twarzy. Zastępuje je zdziwienie, być może z odrobiną nadziei.
– Jak się niby czujesz?
Rozpalają się we mnie emocje – nowe i nieznane, aż nie potrafię wyrazić ich słowami.
– Zostały mi ponad cztery miesiące. Kiedy wszedłem do twojej kawiarni, nie spodziewałem się, że każdy z pozostałych mi dni zapragnę spędzić... z tobą.
Kąciki jej oczu marszczą się, gdy usta rozciągają się w nikłym uśmiechu.
– Naprawdę?
Kładę dłoń na jej policzku i przytakuję.
– Że będę chciał z tobą rozmawiać, śmiać się, patrzeć na ciebie. – Uśmiecham się. – Że będę chciał pogrążyć się w pewnej części twojego ciała.
Parska i szturcha mnie w ramię.
Poważnieję.
– Ale tylko tyle mogę ci zaoferować. Kiedy lato dobiegnie końca, nasza znajomość także.
Olivia przeczesuje palcami włosy, szarpiąc je nieco.
Siadając z powrotem w fotelu, dodaję:

– I jest jeszcze coś.
– O Jezu, co takiego? Jakieś dawno zaginione dziecko? Wzdrygam się, mimo że wiem, że żartuje.
– Logan miał rację co do prasy. Mamy szczęście, że nikt nie zrobił ci zdjęcia, ale to tylko kwestia czasu. A kiedy to się stanie, twoje życie się zmieni. Reporterzy będą rozmawiać ze wszystkimi, których kiedykolwiek znałaś, dokopią się do sytuacji finansowej Amelii i przeczeszą twoją przeszłość...
– Nie mam żadnej przeszłości.
– Jakąś ci wymyślą – warczę, choć tego nie chciałem. Powoduje to frustracja wywołana tym, że mam tak mało czasu i zaczynam tracić kontrolę. – Niełatwo się ze mną przyjaźnić, jeszcze trudniej być moją kochanką. Pomyśl o mnie jak o chodzącej, uzbrojonej bombie, ponieważ wszystko znajdujące się w moim zasięgu prędzej czy później zostanie zniszczone.
– A wydawałeś się taką dobrą partią – rzuca żartem, kręcąc głową. Wstaje i obraca się do mnie plecami, myśląc głośno: – Więc ma być jak w przypadku *I wciąż ją kocham* czy Sandy i Zuka w *Grease*? Wakacyjna przygoda? Romans? Po czym... wyjedziesz?
– Tak. – Patrzę na nią, czekając. Żołądek kurczy mi się z nerwów, ponieważ nie pamiętam, bym kiedykolwiek pragnął czegoś tak bardzo... Tak bardzo, jak pragnę jej. Mija chwila ciszy, następnie mówi: – Jeśli potrzebujesz czasu, by to przemyśleć...

Olivia porusza się szybko, obraca się, przerywając mi, gdy spragnionymi, chciwymi ustami wpija się w moje. Natychmiast chwytam ją za biodra i pociągam pomiędzy swoje kolana.

Dziewczyna staje prosto i wpatrując się we mnie, wodzi palcem po swoich wargach.
– Poczułeś?
Iskrę, prąd? Głód, który zaspokaja sam kontakt, choć ja zawsze pragnę więcej?
– Tak.
Bierze mnie za rękę i kładzie ją sobie na piersi, w miejscu, gdzie szaleńczo bije jej serce.
– A to czujesz?
Moje własne serce bije w tym samym rytmie.
– Tak.
– Niektórzy przeżywają całe życie, nie czując tego, a nam dane są cztery miesiące. – W jej oczach tańczy poświata księżyca. – Wchodzę w to.

***

Kilka dni później mam uczestniczyć w kolacji w Waszyngtonie – jej celem jest zbiórka pieniędzy na fundację Masona. Olivia zgadza się mi towarzyszyć. Kiedy martwi się, że nie ma co na siebie włożyć, organizuję wyjście na zakupy do Barristera przy Piątej Alei po jego wieczornym zamknięciu.

Ponieważ nie jestem dżentelmenem, pomagam dziewczynie w przymierzalni, kiedy sprzedawczyni zajmuje się czymś innym; służę ręką, palcem, pomagam włożyć i zdjąć całą tę wyszukaną odzież – głównie zdjąć.

Olivia decyduje się na ciemnofioletową suknię przylegającą do jej ciała we wszystkich odpowiednich miejscach i złote szpilki. Sprzedawczyni pokazuje prosty brylantowy naszyjnik, który idealnie pasowałby do tego zestawu, ale Olivia nie zgadza się, bym go dla niej kupił. Mówi, że siostra Marty'ego ma coś bardziej subtelnego i jej to pożyczy.

Po opuszczeniu sklepu naszyjnik ten nie daje mi spokoju. Z czysto egoistycznych powodów. Chciałbym ją w nim zobaczyć. Tylko w nim. Całkiem pikantna fantazja.

Gdy jednak zbliża się noc kolacji i widzę w końcu Olivię na lądowisku śmigłowców, zapominam o naszyjniku, ponieważ dziewczyna wygląda zjawiskowo. Ma ciemnoróżowe usta, upięte elegancko błyszczące czarne włosy, a jej cycki prężą się dumnie w sukience.

Biorę ją za rękę i całuję grzbiet jej dłoni.

– Pięknie wyglądasz.

– Dziękuję. – Promienieje.

Jej mina zmienia się, gdy dostrzega stojący helikopter. Wygląda, jakby było jej niedobrze.

– Naprawdę zamierzamy to zrobić, co?

Latam, ilekroć mam ku temu okazję, co nie zdarza się tak często, jakbym sobie tego życzył. A Olivia nigdy wcześniej nie latała, ani samolotem, ani tym bardziej helikopterem. To miłe, że jestem jej pierwszym pilotem.

– Mówiłem, że będę delikatny. – Prowadzę ją do maszyny, którą zaprzyjaźniony z moją rodziną prezes międzynarodowego banku był w swojej uprzejmości – i swym sprycie – pożyczyć mi na ten wieczór. – No chyba że masz ochotę na ostrą jazdę. – Puszczam do niej oko.

– Powściągnij cugle, kowboju – ostrzega. – Inaczej nigdy już z tobą nie pojeżdżę.

Pomagam jej zająć miejsce na miękkiej skórze, zapinam pas i ostrożnie umieszczam słuchawki na głowie, abyśmy mogli rozmawiać podczas podróży. Olivia ma szeroko otwarte oczy, z których wyziera przerażenie.

Czy jestem zboczony przez to, że ten widok mnie podnieca? Obawiam się, że chyba trochę tak.

Cmokam ją w czoło i obchodzę helikopter, by zasiąść za sterami. Tommy zajmuje miejsce z tyłu. Logan i James pojechali już samochodem, aby uzgodnić szczegóły z tamtejszą ochroną i odebrać nas z płyty, gdy wylądujemy.

Pokazuję uniesione kciuki ekipie naziemnej i startujemy. Olivia zamiera, jakby bała się nawet odezwać. Kiedy skręcając, pochylam maszynę w prawo, krzyczy wniebogłosy:

– O Boże! Spadniemy! – Chwyta mnie za ramię.

– Olivio, nic podobnego.

– A właśnie że spadniemy! Odchyl to. Odchyl w tamtą stronę. – Odsuwa się od okna, jakby mogła w ten sposób przekrzywić maszynę.

Tommy, starając się pomóc, idzie w jej ślady. Prostuję więc helikopter, ale mocny uścisk na moim ramieniu pozostaje niezmienny.

– Oglądaj widoki, złotko. Patrz na światła, są niemal jak tysiące diamentów w morzu czarnego piasku.

Olivia zaciska mocno powieki.

– Nie, dziękuję. Tak jest lepiej.

Odrywam rękę dziewczyny od swojego ramienia, prostując po kolei jej palce.

– Dobra, więc zrobimy tak: złapiesz za drążek i polecisz.

Natychmiast otwiera oczy.

– Że co?

– Boisz się, ponieważ nie masz kontroli – mówię spokojnie. – W ten sposób poczujesz się lepiej.

– Chcesz, żebym dotykała twojego drążka, by poczuć się lepiej? – pyta z niedowierzaniem. – Brzmi jak jakiś tekst na podryw.

Śmieję się.
– Żaden tekst na podryw, ale... mój drążek zawsze sprawia, że wszystko jest lepsze. Nie możesz nic zepsuć, dotykając go. – Biorę Olivię za rękę i kładę ją na drążku sterowniczym, drocząc się: – Właśnie tak, chwyć go pewnie, ale nie za mocno. Nie poruszaj dłonią, po prostu trzymaj przez chwilę. Wiem, że jest duży. Przyzwyczaj się do tego uczucia w palcach.
Olivia prycha.
– Jesteś świntuchem.
Mimo wszystko zapomina o strachu, jak na to liczyłem. Po chwili zabieram dłoń z drążka, a ona trzyma go pewnie. Na jej twarzy maluje się szczęście.
– Boże! – sapie, co również mnie podnieca. – Steruję, Nicholasie! Lecę! To cudowne!

***

Lądujemy jakieś dwie godziny później i jedziemy do Instytutu Smithsonian, który został udekorowany szkarłatnymi szarfami pomiędzy kamiennymi kolumnami i punktami świetlnymi ciągnącymi się wzdłuż czerwonego dywanu. Kiedy się zatrzymujemy, widzę znajome błyski fleszy.
– Drzwi frontowe czy tylne wejście? – pytam Olivię, obracając się do niej twarzą w limuzynie. Mam na myśli dokładnie to, o czym mówię.
Patrzy na mnie, uśmiechając się nieco ponuro.
– Nie sądzisz, że trochę za wcześnie na dyskusję o „tylnym wejściu"?
Uśmiecham się.
– Na to nigdy nie jest za wcześnie.
Chichocze.

Ja jednak jestem poważny, ponieważ wiem, jak bardzo za moją sprawą jej życie wywróci się do góry nogami... A za jakieś cztery miesiące po prostu zniknę. Olivia nie rozumie jeszcze, co to oznacza. Nie zdaje sobie z tego sprawy.

– Jeśli wejdziemy drzwiami frontowymi, zostaną zrobione zdjęcia, reporterzy cię wyśledzą i świat oszaleje. Pozostawiam ci wybór. Możemy wejść od tyłu, możemy zyskać trochę na czasie, jednak nie dam głowy, kiedy i gdzie nas dopadną. Wiem jedynie, że tak się stanie. – Głaszczę ją po kolanie. – Wszystko zależy od ciebie, kochana.

Przechyla głowę w bok i zerka za szybę, przyglądając się ustawionym w rzędzie fotografom. Wydaje się zaciekawiona.

– Co im powiemy?

– Nic. Nie musimy im nic mówić. Napiszą, co zechcą, i zrobią zdjęcia bez pytania czy pozwolenia, ale my niczego nie potwierdzimy ani temu nie zaprzeczymy. Pałac tego nie skomentuje, ponieważ nie wypowiada się na temat prywatnego życia członków rodziny królewskiej.

Powoli kiwa głową.

– Jak w przypadku ślubu Beyoncé i Jaya Z. W gazetach pojawiły się plotki dostawców kwiatów, kelnerów, wszystkich, ale dopóki oficjalnie nie potwierdzono ślubu, nikt nic nie wiedział. Zawsze była nutka wątpliwości.

Uśmiecham się.

– No właśnie.

Po chwili Olivia bierze głęboki wdech i podaje mi rękę.

– Przykro mi, Wasza Książęca Mość, ale nie skorzystamy dziś z żadnego tylnego wejścia. Idziemy drzwiami frontowymi.

Ściskam jej dłoń i całuję słodko w usta.

– Chodźmy więc.

***

Olivia dobrze sobie radzi. Macha i uśmiecha się, ignorując pytania rzucane w naszą stronę niczym ryż na weselu. Martwi się, że na zdjęciach wyjdzie z „rybią twarzą" – nie wiem dokładnie, co to oznacza, ale nie brzmi za dobrze. Ma również mroczki przed oczami, więc mówię, by następnym razem nie patrzyła w aparaty, tylko pod nogi, dzięki czemu nie zostanie oślepiona fleszami. Pomijając to, wychodzi z pierwszego spotkania z reporterami bez szwanku.

W sali balowej w jednej ręce trzymam kieliszek wina, drugą dotykam pleców dziewczyny, gdy zostajemy powitani przez naszych gospodarzy – Kennedy i Brenta Masonów.

Brent jest starszy ode mnie o kilka lat, jednak wyczuwam jego młodzieńczą aurę. Nie wydaje się, by kogokolwiek – w tym siebie – brał na poważnie.

Para się kłania – Kennedy jest w zaawansowanej ciąży, więc ma niewielki problem z dygnięciem. Ściskamy sobie dłonie i przedstawiam Olivię.

– Jesteśmy zaszczyceni obecnością Waszej Książęcej Mości – mówi Brent.

Ma na myśli pieniądze – czuje się zaszczycony obecnością pieniędzy – ponieważ właśnie o to tu chodzi. Lubię jednak fundację Masona, bo stara się nie wydawać niepotrzebnie zbyt wiele, no i naprawdę pomaga.

– Ale brak nam Jej Królewskiej Mości – dodaje Kennedy. – Uświetniła zeszłoroczne przyjęcie.

– Dość dobrze radzi sobie w centrum uwagi – odpowiadam. – Przekażę jej wasze pozdrowienia.

Rozmowa przebiega z łatwością, aż Kennedy kładzie rękę na okrytym niebieską jedwabną suknią brzuchu.

– W którym jesteś miesiącu? – pyta Olivia.

– Wcześniejszym, niż sądzicie – skarży się kobieta. – Tym razem to bliźnięta.

– Super – mówi Olivia. – Moje gratulacje.

– Dziękuję. Nasza córeczka, Vivian, jest podekscytowana. Ja też, choć tylko gdy nie czuję zbytniego zmęczenia.

Brent wzrusza ramionami.

– Zdawałaś sobie sprawę z ryzyka, gdy wychodziłaś za mąż za faceta z superspermą.

Kennedy zakrywa twarz.

– O Boże, Brent, przestań! Rozmawiasz z księciem! – Patrzy na nas. – Odkąd dowiedzieliśmy się o bliźniętach, może myśleć tylko o tych swoich nadnaturalnych plemnikach.

Brent ponownie wzrusza ramionami.

– Wierzę, że w tym przypadku należy się chwalić. – Wskazuje na mnie ruchem głowy. – I książę to rozumie.

Wszyscy się śmiejemy.

Kiedy Mansonowie odchodzą przywitać się z innymi gośćmi, proszę Olivię do tańca, ponieważ szukam wymówki, by ją objąć, przytulić i zaciągnąć się zapachem jej skóry.

– Nie potrafię tańczyć. – Przygląda się wielkiej orkiestrze i pełnemu parkietowi. – Nie tak.

Biorę ją za rękę.

– Ale ja umiem. I świetnie prowadzę. Trzymaj się mnie i pozwól się porwać.

Jak w przypadku helikoptera, i teraz się waha, lecz wygrywa jej ciekawska natura.

– Dobrze... Ale nie mów, że nie ostrzegałam.

***

Wypiłem wieczorem co nieco, więc na Manhattan postanawiamy wrócić limuzyną. W połowie drogi Olivia zasypia na moim ramieniu. Kiedy dojeżdżamy do celu, jest tak późno, a raczej tak wcześnie, że nie ma sensu jechać do apartamentu w hotelu, więc Logan wiezie nas wprost do mieszkania Olivii. Dobrze, że się zdrzemnęła. Nie sądzę, by zmrużyła później oko, ponieważ przed drzwiami jej kawiarni znajdujemy setkę czekających osób.

Czekających na mnie, a teraz i na nią.

Widzę mieszaninę aparatów, zdjęć i plakatów, więc wiem, że to fani, łowcy autografów i dziennikarze. Można śmiało stwierdzić, że ujawniono tożsamość Olivii, jak i jej adres.

– Cholera. – Dziewczyna mruga z niedowierzaniem, wyglądając przez szybę.

– Witaj w moim świecie. – Puszczam do niej oko.

– Hej, Lo, kiedy przyjadą dodatkowi ludzie do ochrony? – pyta James z przedniego siedzenia.

– Jutro – odpowiada Logan.

– Spoko, chłopaki – mówi Tommy. – Jak to mawiają Amerykanie: „Potrzeba nam tylko większej łódki".

ROZDZIAŁ 13

OLIVIA

Zastanawialiście się kiedyś, jak to jest zostać celebrytą w jeden wieczór? Cóż, mogę opowiedzieć wam z doświadczenia. To jak w tych serialach medycznych, gdy martwemu pacjentowi zostają przypięte elektrody defibrylatora, a młody przystojny lekarz krzyczy: „Gotowe!".

Jest to dokładnie takie, na jakie wygląda: wstrząsające i porażające. To jakby wessała was czarna dziura i wyrzuciła w równoległym wszechświecie, w dodatku w życiu kogoś innego.

Wydaje mi się, że w pewnym sensie wylądowałam w życiu Nicholasa. Porywa mnie nurt, mogę tylko pamiętać o oddychaniu i próbować dobrze się bawić.

Najtrudniejszy jest początek. Czyż nie zawsze tak jest? Pierwszego ranka, gdy wyprowadzam Bosca na spacer, zostaję otoczona nieznajomymi, którzy zadają mi pytania i robią zdjęcia. James i Tommy towarzyszą mi, przy czym mam okazję zobaczyć ich z całkiem innej strony. Sposób, w jaki się poruszają i mówią – ostro i wymagająco – odsuwając ode mnie tłum, sprawia, że nikt nie śmie się im przeciwstawić.

Nicholasowi trudno było mnie opuścić. Chciał zostać, być lwem, który zapędzi hieny w kozi róg, miał jednak świadomość, że jego obecność tylko pogorszy sprawę, zmieni ciekawskich gapiów w oszalały tłum.

Następnego dnia przybywają nowi ludzie Nicholasa – Czarne Garniaki, jak ich nazywa – i kontaktują się z policją w celu przypilnowania, by przed Amelią nie gromadzili się żadni bezdomni. Wprowadzamy w kawiarni politykę mówiącą, że w środku mogą zostać tylko ci, którzy coś zakupili, ponieważ dziesiątki przebywających tu osób to raczej stalkerzy niż klienci. Dzięki temu interes zaczyna się kręcić, co podwaja nasze przychody. Ellie pracuje po szkole, zmieniając mnie po południu, czym niesamowicie mi pomaga. A Marty jest jak zwykle opanowany, zabawny i zawsze można na niego liczyć. Moi pomocnicy cieszą się nadmierną uwagą, pozują do zdjęć i okazjonalnie składają autografy, choć osobiście uważam, że to dziwne. Oboje trzymają również usta na kłódkę i nie ujawniają informacji dotyczących mnie i Nicholasa.

Trzeciego dnia rozpętuje się piekło, gdy zmęczona po pracy, w nadziei na gorący prysznic, wchodzę na górę. Cóż, prysznic jest letni, ale mam zamiar udawać, że woda parzy.

Gdy mijam pokój Ellie, słyszę przekleństwo – właściwie ktoś klnie jak szewc. Uchylam drzwi i widzę, że siostra siedzi przy niewielkim biurku i wydziera się do laptopa.

Szczeka nawet siedzący na łóżku Bosco.

– Co się dzieje? – pytam. – Właśnie skończyłam, ale na dole jest jeszcze Marty. Wyjdzie za około dziesięć minut.

– Wiem, wiem. – Macha ręką. – Walczę z jakąś zdzirą na Twitterze. Spalę jej pieprzony dom... Dopiero później posprzątam.

– Co się stało? – pytam z sarkazmem. – Wyśmiała twoje nagranie z poradami dotyczącymi makijażu?

Ellie wzdycha przeciągle.

– To na Instagramie, Liv. Naprawdę uważam, że urodziłaś się w niewłaściwym stuleciu. A poza tym nie obraziła mnie, tylko ciebie.

Jej słowa są dla mnie jak kubeł zimnej wody.

– Mnie? Mam dwóch obserwujących na Twitterze.

Ellie kończy pisanie.

– Przełknij to, podła glisto! – Obraca się powoli w moją stronę. – Nie korzystałaś ostatnio z sieci, co?

Wiem, że nie skończy się to dobrze. Mój żołądek również o tym wie, ponieważ burczy i się ściska.

– Nie?

Ellie kiwa głową i wskazuje na swój komputer.

– Być może chciałabyś to zobaczyć. Albo i nie. Mimo wszystko ignorancja jest błogosławieństwem. Jeśli postanowisz zerknąć, zapewne zapragniesz sięgnąć również po jakiś alkohol. – Klepie mnie po ramieniu i idzie na dół, przy czym kołysze się jej blond kucyk.

Zerkam na ekran, a mój oddech przyspiesza, tak samo jak przepływ krwi w żyłach. Przez całe życie z nikim nie miałam poważniejszych zatargów. Najbliżej takiej sytuacji byłam w drugiej klasie szkoły średniej, kiedy Kimberly Willis stwierdziła, że skopie mi tyłek. Powiedziałam mojemu wuefiście, trenerowi Brewsterowi – kawał był z niego chłopa – że niespodziewanie dostałam okres i muszę iść do domu. Facet przez resztę roku nie patrzył mi w oczy, ale taktyka podziałała, bo następnego dnia Kimberly odkryła, że to Tara Hoffman ją obgadywała, i zamiast mi, dokopała jej.

Nie przywykłam do nienawiści, a wydaje się, że tysiące – naprawdę tysiące – ludzi postanowiło mnie nagle nie lubić.

@arthousegirl47 napisała, że mam gruby tyłek.

@princessbill uważa, że jestem zdzirą i lecę na kasę.

@twilightbella5 podejrzewa, że moja matka była kosmitką, bo mam duże i dziwne oczy.

A @342fuckyou nie przejmuje się plotkami, ponieważ Nicholas i tak jest jej.

Och, i tylko spójrzcie, mam własny hasztag: #kretynkaolivia.

Super.

Zamykam z hukiem pokrywę laptopa i odsuwam go od siebie, jakby był pająkiem. Idę do swojego pokoju, sięgam po leżący na łóżku telefon i piszę do Nicholasa.

Ja: Widziałeś wpisy na Twitterze? Moje zdjęcie przerobiono na kukłę.

Napisanie odpowiedzi zajmuje mu jedynie kilka sekund.

Nicholas: Nie zbliżaj się do Twittera. To szambo.

Ja: Więc widziałeś?

Nicholas: Nie patrz na to. Są zazdrosne, wcale się nie dziwię.

Ja: Znów bije od ciebie skromność.

Nicholas: Skromność jest dla słabych i nieszczerych.

I tak po prostu mój niepokój wywołany niepochlebnymi komentarzami zaczyna znikać jak dym po machnięciu ręką.

Ten wakacyjny romans z Nicholasem jest prawdziwy i mocny. Kiedy nadejdzie czas rozstania, nie zamierzam marnować ani chwili na przejmowanie się nieistotnymi słowami duchów. Tych słów nie mogę zmienić, a zresztą one i tak nie mają znaczenia.

Nicholas: Nie wchodź do internetu. I nie oglądaj telewizji. Wyjdź z domu (zabierz ochronę). Piękny dziś dzień.

Gdybym dostawała centa za każdym razem, gdy mówiła tak mama – pomijając oczywiście część o ochronie – byłabym już bogata jak, cóż, Nicholas.

Ja: Dobrze, mamo.

Nicholas: Nie podoba mi się ta ksywka. Gdybyś nazwała mnie swoim tatuśkiem, to co innego.

Ja: Fuuuj!

Nicholas: Za chwilę zniknę, złotko. Zaczyna się spotkanie. Przekażę Barackowi Twoje pozdrowienia.

Ja: Poważnie???

Nicholas: Nie.

Kręcę głową.

Ja: Jesteś królewskim dupkiem, wiesz o tym?

Nicholas: Oczywiście, że wiem. Arcybiskup Dingleberry potwierdził to w dniu, w którym się urodziłem.

Ja: Dingleberry??? Jaja sobie ze mnie robisz.

Nicholas: Obawiam się, że nie. Moi przodkowie to chora, pokręcona gromadka.

Ja: Tarzam się ze śmiechu.

Nicholas: A jeśli jesteśmy już przy tarzaniu, właśnie wyobrażam sobie, że leżę pomiędzy Twoimi nogami. Nie potrafię wyrzucić tego obrazu z głowy. Co o tym myślisz?

Czytam jego słowa i od razu wyobrażam sobie to samo. I Boże... Żar rozpala się w moim podbrzuszu, aż moje uda cudownie mrowią. Ręce mi się trzęsą, gdy odpisuję.

Ja: Chyba powinniśmy przejść od słów do czynów.

Nicholas: Genialnie. Jedź do hotelu, wpuszczą Cię w recepcji. Gdy wrócę za dwie godziny, bądź w moim łóżku.

Ekscytacja buzuje we mnie niczym bąbelki w świeżym szampanie.

Ja: Tak, mój Panie.

Nicholas: Jeśli chciałaś, bym spotkał się z Siostrami Miłosierdzia z drągiem w spodniach, to Ci się udało.

Wstaję z łóżka, idę do łazienki, by się umyć i przebrać. Po drodze piszę jedyną odpowiedź, jaka przychodzi mi do głowy:

Ja: Niezręcznie, co? :-*

***

Mijają dni, a nowości przekształcają się w rutynę. Normalność. Niesamowite, jak szybko adaptujemy się w takich sytuacjach.

Mam chłopaka – przynajmniej na wakacje. Seksownego, wspaniałego, zabawnego chłopaka, który przy okazji jest też księciem. To trochę komplikuje sprawę, ale – co może zaskakiwać ludzi na Twitterze i Facebooku, a także dziennikarzy – wszystko wydaje się... zwyczajne.

Chodzimy na lunch, w towarzystwie ochrony, ale to wciąż lunch. Odwiedzamy szpital dziecięcy. Dzieciaki wypytują o tron i koronę, a ja dostaję oklaski, gdy dla nich żongluję – wiele lat temu tata nauczył mnie tego w kuchni Amelii. Pozwalam, by Nicholas kupował mi ubrania – zwyczajne, choć bardzo drogie – ponieważ nie chcę przynosić mu wstydu, gdy będziemy fotografowani razem. Ilekroć wychodzę na zewnątrz, zakładam okulary przeciwsłoneczne i już prawie nie słyszę gradu pytań reporterów.

Tak w tej chwili wygląda moja rzeczywistość.

Choć sądziłam, że wpadliśmy w wygodną rutynę, wszystko zmienia się za sprawą jednego pytania:

– Chcesz iść na imprezę?

***

Na niebie pojawiają się błyskawice, deszcz leje jak z cebra, James trzyma parasol nad naszymi głowami, kiedy idziemy z Nicholasem do samochodu. Klub jest elegancki, meble zostały wykończone czarnym lśniącym lakierem. Nie ma tu okien, a dźwiękochłonne ściany zapobiegają denerwowaniu konserwatywnych, bardzo bogatych sąsiadów. Przed drzwiami znajdują się aksamitne sznury, a także gigantyczny ochroniarz w ciemnym garniturze i okularach przeciwsłonecznych oraz z własnym parasolem. Do drzwi nie ma jednak kolejki i to nie z powodu pogody, a dlatego, iż do klubu można dostać się wyłącznie z zaproszeniem. Co noc.

W środku rozbrzmiewa *My House* Flo Ridy, a klientela wygląda, jakby była na balu przebierańców – impreza jest tematyczna z motywem przewodnim lat osiemdziesiątych. Widzę Madonnę, dwóch Prince'ów i wiele laleczek Cabbage Patch, które są o wiele seksowniejsze niż te na zdjęciach w sieci. Główna sala nie jest wielka – znajduje się w niej kilka pluszowych kanap i luster zawieszonych na ścianach. Nie brakuje też sceny z kolorowymi światłami i stroboskopu błyskającego w takt muzyki.

Ellie powiedziałaby, że to epickie.

Na scenie widać Toma Cruise'a z *Ryzykownego interesu* – facet ma okulary przeciwsłoneczne, różową koszulę i białe slipy. Tańczy, wymachując rękami, ściągając na parkiet jeszcze więcej osób.

– Widzisz tego gościa?! – przekrzykuję muzykę, wskazując w kierunku sceny.

Przystojna twarz Nicholasa jest dość spięta.

– Tak, całkiem dobrze.

Zerkam ponownie na typa i się krztuszę.

– To twój brat?!

Nicholas odebrał telefon w bibliotece swojego apartamentu. Dzwonił jeden z Czarnych Garniaków z Wessco, informując, że Henry zawitał na Manhattanie.

– To on – warczy mój towarzysz.
– Wow.
– Co za rozpieszczony gówniarz – mówi Nicholas, kręcąc głową. – Zawsze taki był.
– Dobra, wygrywasz w kwestii problematycznego młodszego rodzeństwa.

Nicholas rozmawia z ochroniarzem – jednym z tych nowych, którego imienia jeszcze nie znam. Facet kiwa głową i odchodzi, a Nicholas bierze mnie za rękę.

– Chodź.

Przechodzimy przez pełen roztańczonych ciał parkiet. Mijamy Debbie Gibson i Molly Ringwald z *Dziewczyny w różowej sukience*, następnie przystajemy z boku sceny. Kiedy piosenka się kończy, zaczyna się jakieś techno, a ochroniarz rozmawia z Tomem Cruise'em... To znaczy Henrym, który unosi gwałtownie głowę i patrzy wprost na brata.

Następnie, bardzo powoli, jakby nie mógł uwierzyć w to, co widzi, się uśmiecha.

To słodki, czuły uśmiech, który trafia do mojego serca.

Gość praktycznie do nas biegnie, z kocią zręcznością zeskakuje ze sceny i ląduje na dwóch nogach kilka metrów od nas. Jego usta się poruszają – nie słyszę go, jednak potrafię czytać z ruchu warg.

– Nicholas.

Podchodzi do nas. Odsuwam się, by mnie nie zmiażdżył, gdy porywa brata w objęcia i podnosi go z podłogi. Ściskają się przez chwilę, klepią po plecach, następnie Nicholas się odsuwa – zdejmuje bratu okulary i wpatruje mu się głęboko w oczy.

Na jego twarzy widać troskę, ale klepie brata w policzek i mówi:

– Dobrze cię widzieć, Henry.

Młody mężczyzna jest tego samego wzrostu, również ma szerokie ramiona i długie nogi. Widzę podobne kości policzkowe, ale włosy Henry'ego są jasne, kręcone, a jego oczy jaśniejsze niż Nicholasa. Wyglądają jak wiosenna trawa zaraz po deszczu. Obaj mają podobną postawę – stoją wyprostowani, autorytarność bije od nich niczym poświata.

– Zapomniałeś włożyć spodni? – pyta Nicholas.

Henry się śmieje – pokazuje zęby w uśmiechu – dzięki czemu i mnie jest wesoło.

– To bal kostiumowy. – Odsuwa się i patrzy na brata przez złożone w kwadrat palce, jak zrobiłby to reżyser na planie filmowym. – Niech zgadnę, jesteś Charliem Sheenem z *Wall Street*?

I wtedy książę Henry zauważa mnie. Natychmiast skupia na mnie swoją uwagę.

– A ty kim jesteś?

Pospiesznie przerzucam w myślach wiadomości o filmach z lat osiemdziesiątych, pociągam gumkę, którą mam spięte włosy, i potrząsam głową.

– Mogłabym być Andie MacDowell z *Ogni świętego Elma*.

Bierze mnie za rękę i całuje.

– Bystra, lubię takie. A jak radzisz sobie na kolanach, złotko?

I tak, to zdecydowanie brat Nicholasa.

Nicholas go szturcha – na żarty, chociaż całkiem mocno.

– To Olivia.

– Jest moim prezentem powitalnym?

– Nie. – Nicholas się krzywi. – Jest... ze mną.

Henry kiwa głową i mierzy mnie wzrokiem z góry na dół.

– Zamienię się.
– Zamienisz?
Wskazuje na mnie, następnie kręci palcem po sali.
– Wybierzesz tu sobie jakąś inną.
Nicholas kiwa przecząco głową.
– Nie widzieliśmy się kopę czasu, nie prowokuj mnie zaraz na wejściu. Zachowuj się.
Podchodzę do nich.
– On się droczy, Nicholasie. – Lituję się nad młodszym bratem i dokładam starszemu: – I raczej nie powinieneś mówić o dobrym zachowaniu, skoro w dniu, w którym się poznaliśmy, oferowałeś mi pieniądze za seks.
Nicholas się wzdryga.
A Henry'emu opada szczęka.
– Nie! Mój braciszek zrobił coś tak podłego? Taki grzeczny i ułożony? Nie wierzę. – Szturcha mnie łokciem. – Ile ci proponował?
Uśmiecham się szelmowsko do Nicholasa, który wygląda, jakby zamierzał mnie udusić.
– Dziesięć tysięcy.
– Ty skąpy draniu!
– Byłem pijany! – broni się. – Gdybym był trzeźwy, rzucałbym większymi kwotami.
Wszyscy się śmiejemy.
Nicholas kładzie rękę na ramieniu brata.
– Mieszkam w Plazie… Wyjdźmy stąd. Wróć z nami.
Zachowanie Henry'ego się zmienia. Jakby przerażała go myśl o znalezieniu się w jakimś cichym miejscu… Ale próbuje to ukryć i posyła nam wymuszony uśmiech. Dopiero wtedy zauważam zarost na jego policzkach i cienie pod oczami.

– Nie mogę. Dopiero przyszedłem. Muszę spotkać się z kilkoma osobami, wypić parę kieliszków. Laski będą zawiedzione, jeśli ich nie przelecę. Wiesz, jak to jest.

Nicholas mruży oczy.

– Kiedy będziemy mogli się spotkać? Musimy porozmawiać, Henry. Może jutro przy śniadaniu?

Brat kręci głową.

– Nie jadam śniadań. Odkąd zostałem zwolniony ze służby, staram się nie wstawać przed południem.

Nicholas przewraca oczami.

– Więc lunch?

Henry milczy przez chwilę, następnie kiwa głową.

– Dobra, Nicky. Niech będzie lunch. – Rozgląda się po sali. – Muszę iść, jest tam śliczny mały kociak, z którym mam zamienić się na kostiumy. – Wskazuje rudą dziewczynę w stroju Małej Syrenki.

Nicholas chwyta brata za ramię, jakby nie chciał go puścić.

– Do jutra.

Henry klepie go po plecach, kiwa mi głową i znika w tłumie.

W drodze powrotnej limuzyną Nicholas milczy. Ciszę wypełnia stukanie deszczu o dach i okazjonalny grzmot burzy.

– Dobrze się czujesz? – pytam.

W zamyśleniu pociera palcem dolną wargę.

– Wyglądał okropnie. Jakby coś go prześladowało... Jakby się przed czymś ukrywał.

Nie mówię, że wszystko się ułoży. Byłoby to zbyt banalne. Tulę go tylko, bo wydaje mi się, że to jedyna rzecz, która może pomóc.

***

Kiedy deszcz wali o szyby, Nicholas wbija się we mnie od tyłu w powolnym rytmie. Klęczy na szeroko rozstawionych nogach, gdy moje są zwarte. Czuję, jak jego mięśnie napinają się za każdym razem, gdy wypycha biodra i przywiera piersią do moich pleców, jakby nie potrafił znaleźć się we mnie wystarczająco głęboko. Nagle jednak wychodzi, a materac się kołysze, gdy klęczy za mną.

Stuka mnie wilgotnym członkiem.

– Obróć się, kochana.

Ospałe ciało bez wahania spełnia polecenie. Przyglądam się, jak Nicholas przesuwa dłonią po twardym członku, zdejmując prezerwatywę, i wyrzuca ją za łóżko, na podłogę. Jest bardzo ostrożny. Kilka tygodni temu zaczęłam brać tabletki antykoncepcyjne i choć już działają, on nadal za każdym razem używa kondomów.

Ponownie stuka mnie penisem, tym razem w brzuch, następnie kładzie się na mnie, podtrzymując się na kolanach.

A jego oczy, Boże, tli się w nich pożądanie, żądza płonie w ciemnym pokoju, gdy przygląda mi się, planując następne posunięcie.

Nicholas obejmuje moją pierś, przez co prąd płynie przez moje ciało aż do podbrzusza. Ściska sutek, na co jęczę głośno i wyginam plecy, pragnąc więcej. Czuję, że się nade mną przesuwa. Wkrótce jego członek znajduje się na moim mostku. O Boże, nigdy wcześniej czegoś takiego nie robiłam, ale tego pragnę. Z nim. Chcę widzieć, jak porusza biodrami, poczuć ciepło jego nasienia, gdy wyleje się na mnie, usłyszeć jęk ekstazy.

Chwilę później Nicholas daje mi to wszystko.

Ściska moje piersi razem – z początku ostrożnie, po czym mocniej, jakby ledwie nad sobą panował. Otwieram oczy, ponieważ chcę zobaczyć, muszę na zawsze zapisać ten obraz w swojej głowie. To najbardziej pikantna, najbardziej erotyczna rzecz, jaką przeżyłam. Wyrzeźbione ciało porusza się szybciej, zaczyna połyskiwać potem. Nicholas wbija palce w moją skórę, z jego gardła wydostają się ciche pomruki. Oczy mężczyzny mają barwę głębokiej zieleni, częściowo zakrywają je gęste, czarne rzęsy. Tęczówki rozbłyskują, gdy nakrywam jego dłonie własnymi, przejmując inicjatywę. Nie chcę, by się powstrzymywał. Chcę, żeby się poruszał, ocierał się o mnie. Brał mnie. Robił wszystko.

Mocniej ściskam swoje piersi, otulając nimi jego fiuta. Nicholas chwyta się zagłówka, aż całe łóżko drży, gdy podtrzymuje się, pieprząc mnie. Zaciska zęby, na czoło występuje mu pot – niewielkie kropelki spadają na mój obojczyk, zaskakująco zimne w porównaniu do jego rozpalonej skóry.

Spomiędzy idealnych ust wydostają się szybkie oddechy. Powietrze i dźwięk mojego imienia. To błaganie, ale i rozkaz.

– Olivia, cholera… Olivia.

Nigdy wcześniej nie widziałam czegoś tak wspaniałego, intensywnego. Mężczyzna kocha się ze mną w sprośny, porywający sposób, zapewniając nam obojgu sporo przyjemności. Zagłówek kilkakrotnie uderza w ścianę, następnie Nicholas wygina plecy, odchyla głowę w tył i ryczy. Dochodzi na mojej piersi, nasienie spływa mi na szyję, mieszając się z potem.

W chwili, w której jego członek przestaje pulsować, Nicholas kładzie się na mnie, obejmuje moją twarz i całuje szaleńczo. Lepimy się do siebie, ale jest idealnie.

***

Tej samej nocy rozlega się pukanie do drzwi, budząc nas oboje. Nie wiem, która jest godzina, ale na zewnątrz wciąż panuje ciemność, choć przynajmniej przestało padać. Nicholas wkłada szlafrok i otwiera drzwi. Za nimi stoi Logan, na jego twarzy gości zmartwienie.

– Przepraszam, że przeszkadzam, ale Wasza Książęca Mość musi to zobaczyć.

Unosi pilota i puszcza wiadomości. Mrużę oczy, ponieważ pokój zalewa światło, ale po chwili skupiam wzrok... Cholera jasna!

– Sukinsyn – klnie Nicholas, ponieważ on również to widzi.

Na ekranie pojawia się skuty kajdankami Henry, prowadzony przez policję, a pasek na dole mówi: *Książę Henry aresztowany.*

ROZDZIAŁ 14

NICHOLAS

Kuzyn Marcus jest imbecylem. Kuzyn Marcus jest imbecylem. Zmuszam się do nieustannego powtarzania tej myśli. Muszę pamiętać, że nie mogę zabić brata, gdy się z nim zobaczę. Wessco potrzebuje planu B, a pomimo swoich wybryków Henry pozostaje najlepszym możliwym kandydatem.

Co za pieprzony kutas.

Kiedy docieramy na posterunek policji, dochodzi trzecia w nocy. Olivia ziewa, jest rozczochrana i piękna w bluzie od dresu i jeansowych spodenkach. Na szczęście w budynku znajduje się tylne wejście. Drzwi frontowe zostały obstawione przez dziennikarzy. Aresztowanie członka rodziny królewskiej stanowi ważną wiadomość – zwłaszcza w Ameryce, gdzie ludzie uwielbiają rozrywać celebrytów na strzępy.

Ściskam dłoń przysadzistemu siwowłosemu policjantowi, który wita mnie z nieukrywanym współczuciem.

– Proszę za mną.

Prowadzi nas korytarzem przez dwie zdalnie otwierane kraty, następnie do niewielkiego pomieszczenia, w którym przy biurku siedzi młodszy funkcjonariusz. Na końcu po lewej i prawej znajdują się cele.

Z oddali dobiega mnie głos brata. A właściwie jego śpiew:

– Nikt nie wie, w co się wpakowałeeem... Jutro dowiedzą się, jak oszalałeeem...

Kuzyn Marcus jest imbecylem... imbecylem... imbecylem...
A Louis Armstrong przewraca się w grobie.

Młody policjant podsuwa mi formularz do wypełnienia.

– Reszta dokumentów zostanie przesłana do ambasady – informuje mnie.

– Dziękuję – mówię sztywno.

Następnie zostaje przyprowadzony mój brat – zalany w trupa, ledwo stojący na nogach i z potarganymi włosami. Na jego widok jestem rozdarty pomiędzy złością a troską. Co mu się, u diabła, stało?

Henry z głupkowatym uśmieszkiem zerka na Olivię.

– Olive. Wciąż tu jesteś. Cieszę się. Możesz mi pomóc? Nie mogę się za bardzo ruszać. – Opada na dziewczynę, sprawiając, że uginają się pod nią kolana.

Odrywam go od niej i rzucam do Logana:

– Pomóż mu. – Następnie ostrzegam brata: – Zachowuj się, inaczej wywiozą cię na noszach, gdy już z tobą skończę.

Krzywi się i przedrzeźnia mnie jak ośmiolatek, więc ręce naprawdę mnie świerzbią, by mu przywalić. Nie robię tego jednak. Jesteśmy w miejscu publicznym i choć brat nie ma szacunku dla swojej pozycji społecznej, ja go mam.

Książęta biją się na osobności.

Nie potrafię jednak nie syknąć:

– Kokaina, Henry? To przez nią tak okropnie wyglądasz?

Znaleziono ją w samochodzie, którym podróżował – bez ochrony – z kilkoma „przyjaciółmi", gdy zostali poddani kontroli drogowej.

Stoi z pomocą Logana i patrzy na mnie mętnym wzrokiem.

– Nie – prycha. – Nie dotknąłbym takich rzeczy, jestem na haju życia. – Pociera czoło. – Należała do Damiana Clutterbucka. Poznałem go, gdy przyleciał na wakacje do Vegas. Przyjechał ze mną do Nowego Jorku. Nie wiedziałem, że ją ma. Jest... – Marszczy brwi, patrząc na Olivię. – Jak się nazywa to czarno-białe zwierzę? To śmierdzące?

– Skunks? – podsuwa Olivia.

Henry pstryka palcami.

– Tak. Damian to skunks.

– Sam jesteś skunks. – Przysuwam się do niego. – Zostaniesz deportowany.

– Cóż, dzięki Bogu za immunitet dyplomatyczny. – Wzrusza ramionami. – I tak miałem w planach odwiedzić Amsterdam.

– O nie, braciszku – ostrzegam. – Lecisz do domu. Wyruszysz w drogę, nawet jeśli będę musiał związać cię jak świnię i zapakować do klatki.

Wzdycha głęboko, jakby chciał powiedzieć coś głębokiego, ale ostatecznie wyznaje:

– Jesteś upierdliwy, Nicholasie.

Pocieram oczy i kręcę głową.

– Zamknij się, Henry.

Następnie ruszamy ku wyjściu.

***

Ponieważ jest środek nocy, postanawiam odwieźć Olivię do domu, nim będę musiał uporać się z bratem. Parkujemy na tyłach budynku, a choć eskortuje nas policja, tłum przed Amelią zmniejszył się tylko minimalnie. Odprowadzam dziewczynę. Henry nalega, że też chce iść.

Sugeruję, by zamknąć go w bagażniku, ale Olivia w swej słodkości wnosi sprzeciw.

I wygląda na to, że to noc młodszego rodzeństwa, ponieważ kiedy wchodzimy do kuchni, zastajemy w niej Ellie Hammond od stóp do głów pokrytą mąką i cukrem. Jej fryzura przypomina perukę z czasów rewolucji. W słuchawkach, które ma w uszach, gra *Pressure* Billy'ego Joela tak głośno, że słyszymy dźwięk, będąc po drugiej stronie pomieszczenia.

Kołysze się i śpiewa, rozsypując biały proszek na blacie... i wszędzie.

Obraca się i krzyczy tak głośno, że byłaby w stanie obudzić umarłego.

– Jezus Maria! – Wyjmuje słuchawki. – Nie róbcie mi tego. Właśnie odjęliście mi dziesięć lat życia!

Olivia rozgląda się po kuchni i mruga.

– Co ty tu robisz, Ellie?

Mała blondynka uśmiecha się z dumą i unosi głowę.

– Pomagam. To znaczy wiem, że mam pracować na popołudniowej zmianie, ale pomyślałam, że pomogę, ponieważ to zawsze do ciebie należą poranne obowiązki w kawiarni. Wzięłam więc przepisy mamy i się tym zajęłam. Zostało zaledwie kilka miesięcy, zanim wyjadę na studia.

Wyraz twarzy Olivii łagodnieje.

– Dziękuję, Ellie. – Rozgląda się ponownie, oceniając ogrom katastrofy. – Chyba. – Porywa w objęcia białego stworka. – Kocham cię.

– Też cię kocham – mówi Ellie przy jej ramieniu.

Kiedy unosi głowę, zauważa mojego brata, który opiera się w tej chwili o ścianę. Wytrzeszcza oczy i otrzepuje się z mąki jak pies po wyjściu z wody.

– Boże, to książę Henry.

– Tak, zwierzaczku, ale bardziej istotne jest, kim ty jesteś.

– Ellie.

Brat uśmiecha się lubieżnie.
– Witaj, Ellie.
– Jest nieletnia – mówię.
Jego uśmiech natychmiast niknie. Henry klepie dziewczynę po głowie.
– Pa, Ellie. – Brat się obraca. – Poczekam w samochodzie. – Ziewa. – Zdrzemnąłbym się.

***

W chwili, w której wchodzimy do apartamentu hotelowego, Tommy informuje:
– Królowa czeka na Skypie, Wasza Książęca Mość. – Zmartwienie pobrzmiewa w jego głosie, który jest jak dźwięk tłuczonego szkła. – Oczekuje, a nie lubi czekać.
Kiwam krótko głową.
– Poproś Davida, by przyniósł mi szkockiej.
– I mi też! – dodaje Henry.
– Jemu kawę – mówię Tommy'emu.
Wydaje mi się, że za moimi plecami Henry pokazuje język.
Przechodzę do biblioteki, brat depcze mi po piętach. Najwyraźniej wreszcie nieco wytrzeźwiał, ponieważ idzie prosto bez niczyjej pomocy. Siadam za biurkiem i otwieram laptopa. Z ekranu spogląda na mnie babcia w różowym szlafroku i wałkach we włosach, na które ma naciągniętą siatkę. Patrzy przeszywającym wzrokiem, wyraz jej twarzy jest tak przyjazny, jak u kostuchy.
Będzie zabawnie.
– Nicholasie – wita mnie bez emocji.
– Babciu – odpowiadam równie oschle.
– Babunia! – woła Henry niczym dziecko. Obiega biurko, by ją zobaczyć. Obejmuje komputer i całuje ekran.

– Cmok! Cmok!
– Henry, och, Henry... – Babcia opędza się tak, jakby naprawdę ją całował.
Usilnie staram się z nich nie śmiać.
– Cmok!
– Henry! Opanuj się już, kochanieńki!
– Cmoook! – Uśmiechając się głupkowato, siada na podłokietniku mojego fotela, sprawiając, że muszę się przesunąć.
– Przepraszam, babciu, ale tak dobrze cię widzieć.
Królowa milczy przez chwilę. Następnie przysuwa się do komputera, wpatrując intensywnie, więc wiem, że zauważa to, co sam poprzednio dostrzegłem w bracie. Ze zmartwieniem zaciska usta.
– Źle wyglądasz, chłopcze.
– Jestem zmęczony, Wasza Wysokość – odpowiada cicho. – Bardzo zmęczony.
– Wrócisz więc do domu, żebyś mógł odpocząć. Tak?
– Tak – zgadza się.
Jej głos nabiera ostrości.
– I nigdy więcej nie chcę słyszeć o narkotykach. Rozumiemy się? Rozczarowałeś mnie, Henry.
Brat wygląda na naprawdę skruszonego.
– Prochy były kolegi, nie moje, babciu. Ale... to się więcej nie powtórzy.
– Czas pokaże. – Kieruje uwagę na mnie. – Wysyłam po was samolot, za dwadzieścia cztery godziny chcę was widzieć w pałacu.
Żołądek mi się kurczy, serce podchodzi do gardła.
– Ale mam tutaj zobowiązania...
– To je odwołaj – rozkazuje.

– Nie, nie zrobię tego! – odpowiadam ostro, w sposób, w jaki nigdy w życiu się do niej nie odezwałem. Gdyby ktoś obcy zwrócił się tak do królowej, powaliłbym go jednym ciosem. – Wybacz, Wasza Królewska Mość. To była długa noc. – Ocieram twarz. – Nie mogę teraz wyjechać. Złożyłem… obietnice. Potrzebuję nieco więcej czasu, by wszystko pozałatwiać.

Babcia wpatruje się we mnie, jakby mogła przejrzeć mnie na wskroś – nie mam wątpliwości, że tak właśnie jest. Z pewnością słyszała już o Olivii. Jeśli nie od Czarnych Garniaków, to z prasy czy z internetu.

– Czterdzieści osiem godzin i ani minuty dłużej – mówi tonem podobnym do dźwięku karabinka smyczy zapinanego na obroży.

Poza zasięgiem jej wzroku zaciskam dłonie w pięści.

– Dobrze.

Żegnamy się i zamykam klapę komputera. Gotuje się we mnie, ale milczę.

W końcu Henry się odzywa:

– A więc… Co słychać?

Uderzam go w głowę. Wprawdzie otwartą ręką, ale tak mocno, że dźwięk odbija się echem o ściany. Henry pociera miejsce, gdzie odczuł ból.

– Kurwa! Za co, do diabła, dostałem?!

Szturcha mnie łokciem, dlatego obrywa ode mnie w ucho. W następnej chwili kotłujemy się na podłodze, zadając sobie ciosy i się wyzywając:

– Rozpieszczony, mały gnojek!

– Nędzny drań!

W którymś momencie naszej potyczki w szczelinie drzwi pojawia się głowa Logana.

– Nie przeszkadzajcie sobie, Wasze Książęce Mości – mówi ochroniarz, po czym zamyka drzwi.

W końcu ogłaszamy remis, zbyt zmęczeni, by kontynuować. Siedzimy na podłodze, opieramy się o ścianę i dyszymy. Henry sprawdza swoją wargę, z której kapie krew.

– Naprawdę aż tak się wkurzyłeś?

– Tak, Henry, naprawdę. Planowałem zostać tu przez całe lato. Z Olivią. Z powodu twojego niewielkiego wybryku mi się to nie uda.

Wygląda na zdezorientowanego.

– Mówiłeś chyba, że jest nieletnia.

Modlę się o cierpliwość.

– Mówiłem o Ellie. Olivia to ta brunetka.

– Oj. – Czuję, że się we mnie wpatruje. – Naprawdę ją lubisz, co?

– Tak – potwierdzam ochrypłym głosem. – Lubię. A jeśli wyjadę, nigdy już jej nie zobaczę.

– Ale dlaczego nie?

Przypominam sobie, jak długo nie widziałem się z bratem. Henry nie wie o tak wielu rzeczach.

Spoglądam na niego i dostrzegam, że jest bardzo zmęczony.

– Wiele się wydarzyło. Jutro ci wyjaśnię po tym, jak odeśpisz tę noc. – Wstaję, otrzepuję spodnie i poprawiam kołnierzyk. – Jadę do Olivii. Wrócę później.

Kiedy docieram do drzwi, słyszę, że Henry mnie woła. Odwracam się.

– Przepraszam, Nicholasie. Przepraszam, że zniszczyłem ci plany.

Mam wrażenie, że bransoletki na moim nadgarstku się zaciskają. Wracam do brata i kucam. Podwijam rękaw, odpinam srebrny łańcuszek i podaję mu go. Oczy Henry'ego zachodzą mgłą, gdy przygląda się ozdobie.

– Pilnowałeś jej dla mnie.

– Oczywiście, że tak. – Opieram czoło o jego, drugą ręką ściskam kark brata. – Dobrze mieć cię z powrotem, Henry. Wszystko będzie już dobrze, prawda?

– Tak.

***

Słońce wschodzi, gdy samochód parkuje w uliczce za Amelią. Znowu. Niebo jest szaroróżowe, stąd wiem, że na drzwiach frontowych wciąż wisi tabliczka „zamknięte". Wchodzę do czystej kuchni, towarzyszy mi melodia dochodząca z kawiarni. Krzyżuję ręce na piersi, opieram się o futrynę i podziwiam widok.

Na ekranie telewizora śpiewają Dolly Parton i Kenny Rogers. Olivia zamiata podłogę, nieświadoma mojej obecności.

Jednak nie, nie zamiata – ona tańczy.

Kręci pupą, kołysze biodrami, ugina kolana, tańczy. Przesuwa też miotłą, jakby jej kij był stojakiem mikrofonu.

Chryste, jest urocza.

Uśmiecham się, gdy staje mi tak mocno, że aż boli mnie pachwina.

Podchodzę do niej od tyłu na paluszkach, chwytam ją w talii. Dziewczyna piszczy, a miotła upada na podłogę. Olivia obraca się w moich ramionach i chwyta mnie natychmiast za szyję – tuląc się do mnie.

– Jestem o wiele lepszym partnerem niż ta miotła.

Wypina miednicę, ocierając się o mój wzwód.

– I hojniej obdarzonym. – Staje na palcach i całuje mnie czule w usta. – Jak tam Henry?

Odgarniam jej włosy z twarzy, mając wrażenie, że w moim wnętrzu otwiera się wielka dziura. Jałowa, bolesna pustka, która jest echem tego, jak czułem się, gdy powiedziano mi, że mama umarła.
– Muszę wyjechać, Olivio. Musimy lecieć do domu.

Zatrzymuje się, nieco mocniej ściska mnie delikatnymi dłońmi, a jej usta układają się w podkówkę.
– Kiedy? – pyta cicho.
– Za dwa dni.

Patrzy mi w oczy, na usta, na policzki, jakby próbowała to wszystko zapamiętać. Pochyla głowę i kładzie ją na mojej piersi, tuż nad sercem.

Dolly i Kenny śpiewają o wspólnym żeglowaniu... do innego świata.
– Tak szybko?

Tulę ją.
– Tak.

Zaczynamy kołysać się do muzyki, nagle rodzi się nowy pomysł.
– Leć ze mną.

Olivia unosi głowę.
– Słucham?

Im więcej mówię, tym bardziej genialna zdaje się ta myśl.
– Spędź lato w Wessco. Możesz zamieszkać w pałacu.
– W pałacu?
– Wszystkim się zajmę. Pokażę ci miasto. Jest piękne, zwłaszcza nocą. Zapiera dech w piersiach. Pokażę ci morze, popływamy nago i odmrozimy sobie tyłki. – Śmieje się, więc dołączam się do niej. – Będzie fajnie, Olivio. – Głaszczę kciukiem jej policzek. – Nie jestem gotowy się pożegnać. A ty?

Przysuwa się do mojej dłoni.
– Nie.
– Więc się zgódź. Leć ze mną.
Niech szlag trafi wszystkie konsekwencje.
W jej oczach lśni nadzieja. Policzki dziewczyny różowieją ekscytacją. Obejmuje mnie mocno i mówi:
– Nicholasie... Nie mogę.

ROZDZIAŁ 15

OLIVIA

Nie takiej odpowiedzi się spodziewał. Nie taką chciałam mu dać, ale to jedyne możliwe rozwiązanie. Tuli mnie mocno, niemal desperacko.

– Chciałabym, Nicholasie. Boże, tak bardzo bym chciała, ale nie mogę wyjechać.

W kuchni rozlega się brzęk, głośny dźwięk metalu lądującego na podłodze, po czym moja młodsza siostra dosłownie wpada do pomieszczenia.

– O tak, możesz!
– Ellie? Co tu robisz?

Zbiera się z podłogi.

– Podsłuchuję. Ale wracając do tematu, nie ma mowy, byś nie poleciała do Wessco, Liv! Na lato! Do pałacu! – Obraca się, jakby była ubrana w suknię balową. – To szansa jedna na milion, a tobie przejdzie koło nosa. Nie ma mowy, byś odpuściła dla mnie, dla taty czy dla tego miejsca.

Kocham swoją siostrę. Bez względu na to, ile problemów może przysporzyć, w kryzysowych sytuacjach ma złote serce. Nie zmienia to jednak tego, że w tej konkretnej się myli.

– Niedługo wyjedziesz na studia. Nie możesz samodzielnie prowadzić kawiarni.

Krzyżuje ręce na piersiach.

– Marty tu będzie, poza tym interes kręci się wyśmienicie. Dzięki twojemu romansowi jesteśmy w stanie dać chłopakowi premię. I w końcu możemy pozwolić sobie na zatrudnienie kogoś na zmywak!

– Nie chodzi tylko o pracę w kawiarni, ale też prowadzenie ksiąg.

– Poradzę sobie.

– Chodzi też o zamawianie produktów do pieczenia i do sprzedaży.

– Pfff, ogarnę.

– Rozmowy z dostawcami i kurierami. – Obracam się do Nicholasa. – Niektórzy z nich to gnojki. – Przeskakuję wzrokiem pomiędzy nimi. – Chodzi również o tysiąc innych rzeczy. Jesteś zbyt młoda i niedoświadczona, by sobie z nimi poradzić.

Ellie nie ma na to odpowiedzi, ale wygląda, jakby zbierało jej się na płacz.

Aż Nicholas unosi palec.

– Znam kogoś, kto mógłby jej w tym pomóc.

***

Następnego popołudnia jestem w swoim pokoju – pakuję się, ponieważ lecę do Wessco. Zapomnijcie o motylach, czuję w brzuchu stado wróbli – dziwną mieszaninę ekscytacji i niepokoju. Nigdy nie leciałam samolotem. Nie mam paszportu, ale Nicholas zadzwonił tu i tam i załatwił dokument w trybie pilnym. Nigdy nie byłam na wakacjach, nie licząc okazjonalnych weekendowych wypadów z rodzicami nad ocean. I to nie są jakieś tam letnie wakacje – lecę z księciem do innego kraju! Będę mieszkać w pałacu!

Cholera, to surrealistyczne.

I wszystko byłoby cudownie, gdyby nie jedna sprawa – tata. Siedzi na moim łóżku, śledzi wzrokiem każdy mój ruch, a na jego twarzy maluje się zmartwienie, dezaprobata i poczucie winy.

– Nie wierzę, że naprawdę zamierzasz to zrobić, Liv. To szaleństwo. Nawet nie znasz tego typa.

Złość sprawia, że mocno wpycham szczotkę do torby.

– Znam go. Też go poznałeś, choć zapewne nie pamiętasz.

– Takich rzeczy spodziewałbym się po twojej siostrze, bo zawsze była impulsywna, ale nie po tobie.

Mam swój ulubiony lakier do paznokci, biustonosze i majtki, różano-jaśminowe perfumy, które tak lubi Nicholas.

– Dokładnie. Zawsze byłam tą odpowiedzialną, troskliwą, zaradną, a w tej chwili mam szansę zrobić coś wspaniałego. – Nie mogę ukryć bólu w swoim głosie. – Dlaczego nie możesz się cieszyć?

Mruży oczy, które są tej samej barwy co moje.

– Potrzebujemy cię tutaj. Siostra cię potrzebuje. Nie możesz obarczać jej tak wielką odpowiedzialnością.

– Ellie sobie poradzi. Wszystko jest załatwione. Ma zapewnioną pomoc. Logan St. James i Tommy Sullivan zostaną z nią na wakacje. Będą pilnować zarówno Ellie, jak i interesu, upewniając się, że nikt nie wyrządzi jej krzywdy, i pomagając, jak tylko zdołają. Nicholas poprosił, by zrobili to dla niego – aby wyświadczyli mu prywatną przysługę – na co obaj się zgodzili. Tommy był szczególnie chętny. Według niego brooklyńskie dziewczyny naprawdę lubią jego akcent. Wydaje mi się, że to dobre chłopaki – Nicholas im ufa, więc i ja powinnam.

– To egoistyczne – mówi ojciec, wstając.

Niemal się potykam.

– Egoistyczne? Ciekawe, że właśnie ty tak twierdzisz.

– Co to, u licha, miało znaczyć?

Podnoszę głos, z mojego gardła wylewa się dziewięć lat udręki:

– My też kochałyśmy mamę! Nie tylko ty ją straciłeś! W chwili, w której umarła, straciłyśmy z Ellie oboje rodziców. Po prostu się wycofałeś, tato. Mama nie miała wyjścia, ale ty podjąłeś decyzję!

Zwiesza głowę, nie patrząc mi w oczy.

– Ten facet, książę, jak mu tam, skrzywdzi cię, Liv. Kiedy odejdzie, a wiedz, że to zrobi, zniszczy cię. Nie chcę być świadkiem, jak złamie serce mojej córeczce.

Zapinam torbę i zarzucam ją sobie na ramię.

– Dobrze wiem, w co się pakuję. Zamierzamy przeżywać coś cudownego tak długo, jak to możliwe. A kiedy nasz czas dobiegnie końca, spojrzę wstecz i przypomnę sobie te wyjątkowe i cudowne chwile... Nawet jeśli zostanie ich w mojej pamięci tak niewiele. Wrócę i będę żyć dalej. – Obracam się i patrzę w oczy mężczyźnie, którego niegdyś uważałam za swojego bohatera. – To mnie nie zniszczy, tato. Nie jestem tobą.

***

Nicholas czeka przy drzwiach kawiarni, podczas gdy Ellie, Marty, Logan i Tommy stoją w rządku przy ścianie.

Najpierw podchodzę do ochroniarzy. Dotykam ich ramion.

– Dziękuję, że się tego podjęliście. Wiem, że nie należy to do waszych obowiązków i bardzo to doceniam.

Logan kiwa głową, patrząc na mnie spokojnie.

– Nie martw się, przypilnujemy wszystkiego. Zadbamy o twoją siostrę.

– Dobrej zabawy w Wessco – mówi Tommy, uśmiechając się szeroko. – Może spodoba ci się tam na tyle, że zechcesz zostać.

Logan kręci głową, dlatego zastanawiam się, czy wie coś więcej.

– Zamknij się, Tommy.

Podchodzę do Ellie i Marty'ego. Siostra dosłownie się na mnie rzuca.

– Będę tęsknić, ale chcę, byś robiła wszystko i wszędzie!

Ściskam ją mocno, serce nieznacznie mi pęka.

– Ja też będę tęsknić. Wiem, że sobie poradzisz, Ellie. Dasz radę, ale bądź ostrożna i słuchaj chłopaków, dobrze?

– Dobrze.

Jako następny ściska mnie Marty. Podnosi mnie z podłogi.

– Cudownej zabawy, dziewczyno. I pamiętaj, rób zdjęcia, inaczej nikt nie uwierzy. – Puszcza oko i ruchem głowy wskazuje na Nicholasa. – Rób dużo zdjęć.

Śmieję się i zmierzam do drzwi, ale zamieram, słysząc za sobą głos:

– Livvy.

W kuchni pojawia się tata. Podchodzi do mnie powoli i obejmuje silnymi rękami.

Zupełnie jak kiedyś.

Całuje mnie w skroń i szepcze do ucha:

– Kocham cię, skarbie.

Do oczu napływają mi łzy.

– Też cię kocham, tato.

Odsuwam się chwilę później. Czkam i się uśmiecham, następnie podchodzę do Nicholasa.

Kiedy mamy wyjść, tata woła:

– Nicholasie. Zatroszcz się o nią.
Mój towarzysz odpowiada z powagą:
– Taki mam zamiar. – Bierze mnie za rękę i prowadzi do drzwi.
Łzy płyną mi nadal, gdy wsiadam do limuzyny, gdzie czeka Henry.
– O nie, ona płacze. Nie znoszę babskich łez. Nicholasie, coś ty zrobił? – Unosi szklankę wypełnioną bursztynowym płynem i lodem. – Nie płacz, Olive. Pij!
Na tylnym siedzeniu Nicholas przyciąga mnie do siebie.
– Nadal wszystko w porządku, cukiereczku?
– Tak, wszystko dobrze. Rozczuliłam się tylko. – Ocieram oczy. – I boję się lotu.
Nicholas uśmiecha się, aż pokazują się jego dołeczki.
– Przez cały czas możesz trzymać mój drążek.
Chichoczę, a Henry krzywi się z obrzydzeniem.
– Czy to seksualna aluzja? Cholera, całe lato będzie takie obrzydliwe.

***

Przed wielkim, strasznym samolotem stojącym na pasie startowym wita nas osobista asystentka Nicholasa, Bridget. Przypomina mi ulubioną ciotkę – ma wiśniową garsonkę, a jej postawa jest zarówno wesoła, jak i profesjonalna.
– O rety. – Wzdycha, gdy Nicholas mnie przedstawia.
– Nie wiedziałam, że zabieramy gościa, Wasza Książęca Mość. – Odzyskuje trzeźwy osąd, a przynajmniej się stara.
– Królowa będzie… zaskoczona. – Mocno i pewnie ściska moją dłoń. – Miło mi poznać, panno Hammond. Gdyby potrzebowała pani czegoś podczas swojej wizyty, proszę się nie wahać i dać mi znać.

Mam przeczucie, że przelot prywatnym samolotem przyćmi całkowicie moje przyszłe powietrzne podróże. Przypominam starą Rose wspominającą Titanica, która powiedziała, że nigdy nie używano porcelany i nigdy nie spano w pościeli...

Wnętrze samolotu Royal I jest iście królewskie, fotele zostały wykonane z kremowej skóry, stoliki z polerowanego drewna. Na tyłach znajdują się dwie w pełni wyposażone sypialnie i nie jakieś standardowe pokoje, ale z królewskimi łożami. Dosłownie. Są również dwie marmurowe łazienki z prysznicami. Główny pokład wyposażono w mahoniowe biurko, komputer i telefony, a także długą sofę i parę foteli z lśniącymi stolikami przed nimi.

Dwie elegancko ubrane stewardesy czekają, aby spełnić każdą naszą zachciankę. Wyglądają jak supermodelki. Obie są wysokie i blondwłose i noszą niewielkie kapelusiki na głowach. Piloci kłaniają się przed Nicholasem, nim ten wchodzi do kokpitu – zauważam zmianę w jego postawie, a może to tylko reakcja na to, jak traktuje go załoga, która oddaje należny szacunek przywódcy. Szacunek graniczący z nabożnością. Nicholas prowadzi, a wszyscy z ochotą za nim podążają.

Start... jest absolutnie przerażający.

Przez cały czas mam zamknięte oczy i chce mi się wymiotować. Dobrze, że trzymam Nicholasa za rękę, a nie za „drążek", bo tak mocno zaciskam palce, że mogłabym go zmiażdżyć.

Trzymanie Nicholasa za rękę to jedyne, co mi się podoba.

Kiedy jesteśmy już w powietrzu, podają nam koktajle i ciepłe serwetki, po czym Nicholas wypytuje Bridget o sprawy w domu. O politykę. Kobieta zerka na mnie i na Henry'ego, więc zastanawiam się, czy to poufne informacje. Mimo wszystko po chwili odpowiada:

— Królowa podwoiła wysiłki, aby przekonać parlament do przeforsowania ustaw dotyczących handlu i zatrudnienia, ale rozmowy... toczą się zaciekle. Parlament żąda ustępstw.

Henry rozsiadł się wygodnie na kanapie, na której brzdąka na gitarze — Nicholas zdradził mi, że brat niegdyś wyobrażał sobie siebie jako „królewicza rocka".

— Jakich ustępstw? — pyta młodszy książę.

— Ustępstw królowej — wyjaśnia zawstydzona Bridget. — I rodziny królewskiej.

— Dwa lata to dość długo jak na absencję w domu, Henry — dodaje Nicholas. — Pewne sprawy znacznie się pozmieniały od twojego wyjazdu.

— W parlamencie od zawsze zasiadali bezużyteczni głupcy. — Krzywi się.

Nicholas przechyla głowę na bok.

— A teraz jest jeszcze gorzej.

Nieco później Bridget wprowadza mnie w protokół. Mówi, jak powitać królową i zachowywać się przy niej... a także w obecności jej dziedziców.

— W miejscach publicznych musi być pani świadoma swojego zachowania. Wszyscy znają księcia, więc nie uniknie pani nieustannego obserwowania. A jesteśmy konserwatywnym krajem. Żadnego publicznego okazywania uczuć.

Ha. Będzie zabawnie.

— Nie jesteśmy aż tak konserwatywni — sprzeciwia się Henry. — Znajdziecie sobie miły ciemny kątek, by nikt nie ześwirował. No chyba że naprawdę będziesz musiała wsadzić komuś język do gardła, to w takim razie powinienem trzymać

Trzymam się blisko pleców Nicholasa. Wyciąga rękę do tyłu i nie obracając się, szuka mnie. Podaję mu dłoń, którą ściska.

– Pilnujcie swoich tyłków, chłopcy, i zadu babki też!

Nicholas się spina, ale nadal idzie naprzód. Henry wykazuje jednak zgoła odmienną reakcję. Choć ochrona próbuje trzymać go z dala od barierek, ten się wyrywa, podbiega do ludzi i gestem wyzywa jednego z napastników, po czym odchyla się i pluje na niego.

I następuje koniec świata.

Ludzie krzyczą, barierki grzechoczą, żołnierze nas otaczają, ochrona pcha nas do drzwi. Nicholas ciągnie mnie za rękę, chowając ją bezpiecznie pod swoim ramieniem, praktycznie wnosi mnie do budynku.

W środku za zamkniętymi drzwiami krzyki cichną, a Nicholas obraca się do brata.

– Co ty sobie, u licha, myślałeś?

– Nie pozwolę im tak o nas mówić! Ty nic nie zrobiłeś, Nicholasie!

– Nie, nie zrobiłem! – krzyczy mój towarzysz. – Ponieważ wszystko, co robię, ma znaczenie. Moje słowa, moje czyny mają konsekwencje. Pluciem na ludzi nie zdobędziesz ich poparcia.

Zielone oczy Henry'ego lśnią, policzki czerwienią się ze złości.

– Pieprzę ich! Nie potrzebujemy ich poparcia.

Nicholas pociera oczy.

– To nasi ludzie, Henry. Nasi poddani. Są źli, ponieważ nie mają pracy. Są przerażeni.

Henry mierzy wzrokiem brata, z jego postawy bije upór.

– Przynajmniej ja coś zrobiłem.

Nicholas prycha.

– Tak, pogorszyłeś sytuację. Gratulacje. – Bierze mnie za rękę i zwraca się do Jamesa: – Pojadę z Olivią pierwszym samochodem. Henry może jechać za nami z Bridget.

Nikt nie ociąga się, by wypełnić rozkaz.

Tak właśnie wygląda nasze powitanie w Wessco.

***

W limuzynie Nicholas nalewa sobie drinka z butelki wyciągniętej z podświetlonego na niebiesko minibarku. Cały jest sztywny i zaciska usta. Pocieram więc jego ramię.

– Dobrze się czujesz?

Wzdycha głośno.

– Tak. Przepraszam za to, złotko. – Bawi się moimi włosami. – Nie tak miało być.

– Pfff. – Macham ręką. – Wychowywałam się w Nowym Jorku, Nicholasie. Protestujący i szaleńcy są tam na każdym rogu. To nic takiego, nie musisz się o mnie martwić.

Chcę, by do tych cudownych oczu wróciła beztroska, a na ustach znów zawitał przebiegły uśmieszek. Zastanawiam się, czy nie opaść pomiędzy jego nogi i nie zrobić mu loda, ale szczerze mówiąc, z przodu jest kierowca, a za nami jedzie Henry z obstawą, więc nie czuję się na siłach.

Zamiast tego przywieram do niego, przyciskając piersi do jego ramienia. Całuje mnie w czoło, zaciągając się moim zapachem. Wydaje się go to koić.

***

Jakąś godzinę później wjeżdżamy na drogę prowadzącą do pałacu. Nicholas mówi, bym wyjrzała przez szybę. Szczęka mi opada, gdy to robię.

Jestem porażona.

Wcześniej nie miałam ku temu powodów, teraz mam. Widziałam pałac na zdjęciach, ale widok na żywo... wydaje się nierealny. Wielka kamienna budowla jest podświetlona od spodu, praktycznie tysiąc świateł rozjaśnia jej fasadę. Z przodu znajduje się więcej okien, niż mogłabym zliczyć, a okalające mury zwieńczone są czarno-złotą kutą bramą. Nie widzę wyraźnie, ale wydaje mi się, że w kamieniu wyryte są skomplikowane wzory, a na kamiennych cokołach ustawiono rzeźby. Na środku jest też podświetlona fontanna wyrzucająca strumień przynajmniej do połowy wysokości budynku. Na wysokim maszcie powiewa bordowo-biała flaga Wessco. I kwiaty! Tysiące, może nawet miliony, kwiatów otaczają pałac od frontu i z boków, oszałamiając kolorami nawet w nocy.

– To zamek! – Tak, nie była to najmądrzejsza rzecz, jaką kiedykolwiek powiedziałam. Nicholas się śmieje. Biorę go więc za rękę i potrząsam nią. – Chyba nie rozumiesz. Mieszkasz w pieprzonym zamku!

– Ściśle rzecz biorąc, to pałac. Zamki budowano w celach obronnych, pałace jako siedziby monarchów, jak i ich dworu.

I Jezu, mam ochotę włożyć mu język do gardła.

– Mówiłam ci, jak bardzo jesteś seksowny, gdy wyrzucasz z siebie te królewskie informacje?

Jego oczy się rozjaśniają.

– Nie, ale dobrze wiedzieć. Znam ich więcej. Kiedy się z tobą nimi podzielę, zaczniesz drżeć.

Choć to przyjemna odpowiedź, zbliżamy się do pałacu, więc muszę wyglądać przez szybę.

– Nicholasie, macie fosę!

– Tak. Większość pałaców nie posiada fosy, ale praprapraprapradziadek kazał ją wykopać, bo podobał mu się jej dekoracyjny wygląd. Kiedy miałem jedenaście lat, pływałem w niej. Dostałem anginy, dlatego więcej nie próbowałem, ale na tyłach jest jezioro, więc kąpiel na golasa nadal może być w planach.

– Ile macie pokoi?

– Pięćset osiemdziesiąt siedem, nie licząc kwater służby. – Przysuwa się i skubie płatek mojego ucha, zupełnie jakby składał obietnicę. Drżę, a za sprawą jego następnych słów niemal osiągam orgazm. – I przez całe lato chcę pieprzyć cię w każdym z nich.

– Ambitnie – droczę się, szturchając go nosem. – A planujesz robić przerwy, by mnie nakarmić?

Przesuwa dłoń po moich plecach i chwyta za pośladek.

– Obiecuję, że o ciebie zadbam.

Obiecuję. Wiecie co to? Tak. Słynne ostatnie słowa.

ROZDZIAŁ 16

NICHOLAS

Babcia z natury jest jak sowa. Potrzebuje zaledwie trzech, czterech godzin snu. To powszechna cecha liderów, prezesów, managerów i psychopatów. Choć jest już po kolacji, wiem, że będzie chciała nas przyjąć, kiedy tylko przestąpimy próg pałacu. Nie mylę się. Jej osobisty lokaj, Alastair, wprowadza nas do złotego pokoju w jej prywatnych apartamentach. Zbieramy się w kupce – ja, Olivia, Henry, Fergus i Bridget – i czekamy.

Bez względu na to, jak długa jest moja nieobecność, królowa zachowuje się tak samo. Wygląda niezmiennie. To zarazem pocieszająca, jak i przerażająca myśl, która dopada mnie, gdy babcia staje w drzwiach – siwe, idealnie uczesane włosy, skromna różowa szminka, jasnozielona garsonka z brylantowo-szmaragdową broszką przypiętą do klapy.

I choć jej powierzchowność się nie zmieniła, wygląda na wybitnie niezadowoloną. Świdruje nas szarymi oczami – tęczówki mają kolor betonowego muru. Na początku zwraca uwagę na Henry'ego, każąc mu do siebie podejść.

Brat się kłania.

– Wasza Królewska Mość.

Babcia wpatruje się w niego, oceniając, a po chwili jej chłodne spojrzenie łagodnieje.

– Witaj w domu, mój chłopcze. Zbyt długo cię tu nie było.

– Dziękuję – mówi cicho, obdarowując ją nikłym uśmiechem.

Nie obejmuje wnuka, jak można by się tego spodziewać – nie jest to w jej stylu – ale dotyka jego ramienia, klepie go po policzku, bierze jego dłonie w swoje i ściska. Dla królowej tak właśnie wygląda tulenie.

Odsuwa Henry'ego na bok. Podchodzi do nas, wpatrując się we mnie. Kłaniam się i trzymając rękę Olivii, przesuwam dziewczynę do przodu.

– Wasza Królewska Mość, pozwól, że przedstawię mojego gościa. Olivia Hammond.

Nie mam najmniejszych wątpliwości, że babcię poinformowano już o mojej towarzyszce. Królowa mierzy ją wzrokiem z góry na dół, tak jak spojrzałaby na kudłatego kundla, gdyby znalazła go na progu.

Włos jeży mi się na głowie, ale powstrzymuję się od działania. Jeśli zareaguję zbyt gwałtownie, tylko pogorszę całą sprawę.

W samolocie wyjaśniliśmy z Bridget zasady protokołu, więc choć Olivia jest zdenerwowana i spięta, widzę, że się stara.

– To zaszczyt poznać Waszą Królewską Mość. – Dziewczyna skłania głowę i dyga, następnie szybko się prostuje.

Babcia piorunuje ją wzrokiem.

– Co to było?

Olivia patrzy na mnie zdezorientowana, po czym wraca wzrokiem do królowej.

– Dygnięcie.

Unosi się jedna siwa brew.

– Tak? A myślałam, że dokuczają ci gazy. – Problem z monarchami polega na tym, że ludzie rzadko mają jaja, by ich upomnieć. A nawet jeśli, monarcha się tym nie przejmie. – Ona sobie nie poradzi – dodaje babcia, patrząc na mnie.

Dla dobra dziewczyny próbuję zbyć jakoś tę uwagę.

– Spokojnie, oprowadzę Olivię, przedstawię wszystkim... Da radę. – Następnie kładę kres temu gównianemu przedstawieniu, biorąc swą towarzyszkę za rękę, i wchodzę pomiędzy nią a królową. Czuję ulgę, gdy dziewczyna się do mnie uśmiecha, nieporuszona dezaprobującymi komentarzami. – To była długa podróż, Olivio. Idź na górę i się rozpakuj.

Wyjaśniłem jej już, że według etykiety musi mieszkać w osobnym pokoju, jednak wcale mnie to nie martwi. Znam kilka sposobów.

– Chciałabym zamienić z tobą słowo na osobności, Nicholasie – mówi babcia.

Uśmiecham się łobuzersko.

– Tylko jedno? Sądziłem, że będzie ich przynajmniej kilkadziesiąt. Fergusie – wołam – zaprowadź, proszę, Olivię do Guthrie House. Umieść jej bagaże w białej sypialni.

Czuję, jakby pałac zamarł z powodu krystalizującego się napięcia.

– O tak – mówi cicho babcia – będzie więcej niż jedno.

Ignoruję ją i uspokajająco głaszczę Olivię po włosach.

– Idź, niedługo do ciebie dołączę.

Kiwa głową, po czym – ponieważ z natury jest uprzejma – zerka za mnie i mówi do królowej:

– Dziękuję za gościnę. Ma pani piękny dom.

Henry opuszcza głowę, tłumiąc śmiech, a Fergus wyprowadza dziewczynę z pomieszczenia.

***

się w pobliżu. – Nicholas piorunuje brata wzrokiem, a Henry tylko niewinnie wzrusza ramionami. – Tak tylko mówię. – Ścisza głos do szeptu. – Nikt nie zważa na moje zachowanie.

– Oczywiście, że wszyscy zważają – karci go Bridget.

– Ciebie to po prostu nie obchodzi – odpowiada oschle Nicholas.

Henry zaczyna wygrywać na gitarze *Stairway to Heaven*.

– Jedna z zalet niebycia pierworodnym.

***

Samolot ląduje w Wessco tuż przed zmrokiem. Kiedy drzwi się otwierają, do kabiny wpada ciepły wietrzyk, niosąc ze sobą woń oceanu. Schody wyłożono dywanem – purpurowym, królewskiej barwy. Żołnierze w mundurach z czerwonymi płaszczami i złotymi guzikami, a także czarnymi lśniącymi w niknącym słońcu butami stoją w szpalerze do terminalu.

Nicholas wychodzi pierwszy – słyszę głośny rozkaz oficera nakazującego baczność, a także odgłos butów na asfalcie, gdy wojsko ustawia się w szyku. Kiedy wychodzę za Nicholasem, stoję przez chwilę, rozglądając się, zapamiętując to wszystko, jednak gdy jestem w drzwiach, dobiega mnie inny, o wiele bardziej złowieszczy odgłos. To krzyki ludzi zebranych po drugiej stronie płyty, odgrodzonych barierkami. Niektórzy trzymają transparenty, inni mają na twarzach pogardę. I wszyscy nas wyzywają.

To, co zaczęło się jako ryk agresji, staje się wyraźniejsze, w miarę jak się zbliżamy.

– Nie mamy pracy, a wy wozicie się prywatnymi samolotami! Dranie!

– Pieprzę was! Pieprzę monarchię!

Kiedy Henry odchodzi do własnych apartamentów, a Bridget kłania się babci oraz mnie i również wychodzi, zostajemy wreszcie sami. Rozpoczyna się pojedynek na spojrzenia. Zaskakująco babcia mruga jako pierwsza.

– W co ty pogrywasz, Nicholasie?

– W nic nie pogrywam, Wasza Królewska Mość.

Jej głos tnie powietrze, granicząc z piskiem.

– Masz obowiązki. Uzgodniliśmy...

– Jestem świadomy swoich obowiązków i naszej umowy. – Mój ton nie jest łagodny, ale słychać w nim szacunek. – Dałaś mi pięć miesięcy, zostały mi trzy.

– Powinieneś spędzać ten czas, wertując listę ode mnie. Szukając kobiety, która być może zagości w pałacu u twego boku. Bratanie się z...

– Wykorzystam pozostały mi czas, jak uznam za stosowne. A uznaję za stosowne spędzić go z Olivią.

Nawet po śmierci rodziców nie zauważyłem, by królowa straciła panowanie nad sobą. I teraz też całkowicie go nie traci, ale jest tego bliska.

– Nie będę tu gościć jednej z twoich dziwek!

Podchodzę do niej i ściszam głos.

– Bacz na słowa, babciu.

– Mam baczyć na słowa? – pyta, jakby to zdanie było jej obce. – Ostrzegasz mnie?

– Nie pozwolę obrażać Olivii, nawet tobie. – Nasze spojrzenia krzyżują się jak miecze, aż lecą iskry. – Mogę uprzykrzyć ci życie. Nie chcę tego, ale zrozum, zrobię to, jeśli nie okażesz jej szacunku, na jaki zasługuje. – Wypuszczam wstrzymywane w płucach powietrze i wychodzę z pokoju.

Za moimi plecami królowa pyta cicho:

– Co, u licha, w ciebie wstąpiło, Nicholasie?
To dobre pytanie. Ostatnio nie czuję się sobą. Unoszę ramiona, bezradnie nimi wzruszając.
– Dopadł mnie początek końca.
Kłaniam się i wychodzę.

***

Znajduję Olivię stojącą na środku białej sypialni – dziewczyna rozgląda się niespiesznie, oceniając ściany, zasłony, meble. Próbuję sobie wyobrazić, jak musi to dla niej wyglądać. Zasłony są w kolorze opalu na tyle jasnego, by nadał lekkości wysokim oknom. Komoda i wielgachne łoże lśnią w świetle kryształowego żyrandolu niemal srebrzystym połyskiem, a na białych tapetach z miękką satynową wstążką wiszą oprawione w białe drewno dzieła sztuki.

Olivia wzdryga się nieznacznie, gdy widzi, że się jej przyglądam.

– Jezu, jesteś jak ninja. Dałbyś dziewczynie jakieś ostrzeżenie.

Wiedziałem, że pięknie zaprezentuje się w tym pokoju. Barwy pomieszczenia podkreślą jej atuty, jednak sprawia wrażenie jeszcze bardziej oszałamiającej, niż się spodziewałem. Dosłownie zapiera mi dech. Ciemne loki Olivii lśnią niesamowicie, a oczy błyszczą jak dwa szafiry na łożu z aksamitu.

– Podoba ci się? – pytam w końcu. – Pokój?

Ponownie się rozgląda.

– Jest piękny. Magiczny.

Podchodzę do niej.

– Dostałeś naganę? – pyta, żartując tylko po części. – Twoja babcia brzmiała jak moja mama, gdy czekała, aż wyjdą nasi znajomi, by na nas nawrzeszczeć.

Wzruszam ramionami.

– Przeżyłem.

– O co chodzi z tą białą sypialnią? Kiedy o niej wspomniałeś, wyraz twarzy twojej babci stwardniał na tyle, że mało nie zmienił się w kamień.

Podchodzę do okna i opieram się o parapet.

– Pokój należał do mojej matki. Nikt nie gościł w nim od jej śmierci.

– Oj.

Wiem, jak to musiało zabrzmieć.

– Ale nie odbieraj tego źle, tak jakbym miał jakiś problem. To po prostu... najładniejszy pokój w całym pałacu. I pasuje do ciebie.

Olivia przygryza dolną wargę.

– Ale babcia nie była zadowolona, prawda? Dlatego mnie tu przywiozłeś, Nicholasie? Żeby pokazać królowej środkowy palec?

– Nie. – Obejmuję ją jedną ręką w talii i przyciągam do siebie. Drugą rękę wsuwam we włosy dziewczyny, przytrzymując jej głowę, by na mnie spojrzała. – Nie. Chciałem, byś przyleciała, bo cię pragnę. Chcę, byś została, nawet jeśli babcia nie jest tym zachwycona.

– Nie polubiła mnie.

Nigdy nie karmiłem Olivii kłamstwami i nie zamierzam robić tego teraz.

– Nikogo nie lubi. Przeważnie nie lubi nawet mnie.

Dziewczyna uśmiecha się lekko. Odsuwam się i biorę ją za ręce.

– Ten pokój jest magiczny na wiele sposobów. – Obracam się do biblioteczki stojącej pod ścianą. Ciągnę za dźwignię umieszczoną w rogu i otwierają się sekretne drzwi. – Patrz.

Olivia wytrzeszcza oczy jak dziecko w bożonarodzeniowy poranek na widok prezentów pod choinką.

– To tajemne przejście! – Wkłada głowę za regał, włącza światło i przygląda się korytarzowi zakończonemu zamkniętymi drzwiami. – Super! Nie sądziłam, że takie coś naprawdę istnieje!

Jej ekscytacja przyprawia mnie o uśmiech. Czuję się, jakby z mojego serca spadło nieco ciężaru.

– Pałace je mają. A to prowadzi do jeszcze bardziej magicznego miejsca. – Puszczam do niej oko. – Do mojej sypialni.

Śmieje się i przygryza wargę.

– Sam je zbudowałeś? A może twoi rodzice?

– O nie, było tu na długo przed nami. Najprawdopodobniej po to, aby dworzanie lub książęta mogli mieć łatwy dostęp do kochanek, nie rozsiewając przy tym plotek po dworze.

– Spoko, zupełnie jak w *Harrym Potterze i Kamieniu Filozoficznym*. – Olivia wzdycha, ponownie patrząc na korytarz.

– Pokażę ci coś jeszcze. – Prowadzę ją do drzwi balkonowych. – Chciałem, abyś zamieszkała w tym pokoju nie tylko ze względu na oczywiste korzyści wynikające z przejścia, ale ponieważ pokój ten… – Otwieram drzwi, a Olivia sapie. –…ma również najlepszy widok na świecie.

Z rozchylonymi ustami przygląda się posiadłości, która wygląda jak z bajki. Kamienne ścieżki podświetlone są tysiącem latarni. Fontanny, labirynty zieleni, mnogość kwiatów w każdym kształcie i rozmiarze – kwitnące drzewa wiśniowe, róże i tulipany tak wielkie, że wyglądają jak kolorowe dzwony. A w dali staw błyszczący w srebrnej poświacie księżyca.

Wpatruję się w jej oszołomiony wyraz twarzy.

– Nie za bardzo obskurnie, co?
– To najpiękniejsze, co w życiu widziałam.
Nie odrywam wzroku od jej twarzy.
– Ja też.
Obraca się do mnie powoli, staje na palcach i mnie całuje. Dotyk warg Olivii jest miękki i czuły, a jej usta smakują jak dom. Pochylam się, by pogłębić pocałunek aż...
– Chryste, zachowujecie się jak piranie bez przerwy pożerające swoje twarze. Moglibyście przestać choć na chwilę?
Do pokoju wchodzi mój brat i ze stojącej przy kominku karafki nalewa sobie brandy.
Uśmiecham się do Olivii.
– Czego chcesz, Henry?
– Moje pokoje są w remoncie, babcia stwierdziła, że mam zamieszkać u ciebie.
Pięćset osiemdziesiąt siedem pokoi, a ona każe mu mieszkać w Guthrie House. Z nami. Subtelność nigdy nie leżała w naturze królowej.
– Nudzę się – narzeka. – Chodź, oprowadzimy Olivię. Przynajmniej czas jakoś zleci. Możemy odwiedzić Kucharkę i poprosić o moje ulubione ciasteczka. Tęskniłem za nimi.
To nie taki zły pomysł. Chcę, by Olivia dobrze się czuła, a ponieważ ma zostać tu na wakacje, powinienem przedstawić ją personelowi.
– Nie jesteś zbyt zmęczona na spacer? – pytam dziewczynę.
– Nie, ani trochę. Ale powinnam się rozpakować.
Macham ręką.
– Pokojówka się tym zajmie.
Żartobliwie stuka się palcem w skroń.

– Prawda, pokojówka, jak mogłam zapomnieć? – Bierze mnie za rękę. – Chodźmy więc. Pokaż mi swój pałac.

***

Zaczynamy od kuchni i pniemy się w górę. Kucharka – postawna, hałaśliwa, ale słodka kobieta, pracująca w Guthrie House, odkąd nasz tata był małym chłopcem, ściska mojego brata. Karci go za długą nieobecność, następnie daje mu całą blachę jego ulubionych ciastek.

Kobieta wita Olivię takim samym mocnym uściskiem. Choć wiemy, że jej nazwisko nie brzmi Kucharka, tak ją właśnie nazywamy. Ma najmocniejszy akcent, jaki słyszałem. Olivia uśmiecha się i uprzejmie kiwa głową, gdy Kucharka paple nieprzerwanie, choć dziewczyna nie ma zapewne pojęcia, co kobieta do niej mówi.

Olivia poznała już Fergusa, ale w drodze do sal balowych mijamy pokojówkę, panią Everson, więc i ją przedstawiam. Wpadamy również na Winstona, szefa Czarnych Garniaków – dowodzi on ochroną, zna każdy kąt, w którym może przebywać rodzina królewska, wewnątrz, jak i na zewnątrz pałacu. Henry zasłyszał gdzieś, że mężczyzna pracował jako zabójca do wynajęcia. Po jego zimnej, wyrachowanej postawie wnioskuję, że może być to prawdą. Spotykamy Jane Stiltonhouse – sekretarkę zajmującą się królewskimi podróżami; kobietę, która przywodzi mi na myśl nóż. Jest szczupła, ostra i ma piskliwy głos przypominający dźwięk uderzających o siebie sztućców.

Oczy Olivii lśnią, usta pozostają rozchylone w zachwycie, gdy przechodzimy z jednego błyszczącego pomieszczenia do drugiego. Ostatnim przystankiem jest hol z portretami – długi korytarz z olejnymi obrazami przedstawiającymi monarchów, ich rodziny i przodków. Olivia wpatruje się nieśmiało w ciemny hol – tak długi i mroczny, że nie widać jego końca, który po prostu niknie w ciemności.

– Wychowywałeś się tutaj? – pyta.

– W wieku siedmiu lat posłano mnie do szkoły z internatem, gdzie mieszkałem przez większość czasu, ale wakacje i święta spędzałem tutaj.

Drży.

– Bałeś się kiedyś, że to miejsce może być nawiedzone?

– Portrety mogą wydawać się przerażające, ale nie są tak straszne, gdy się do nich przyzwyczaisz. Nieustannie bawiliśmy się z Henrym w tym korytarzu.

– Uroczo – mówi cicho Olivia. – Jak to dziecko z *Lśnienia*.

Śmieję się.

– Pomijając windę wypełnioną krwią, ale tak, podobnie.

Przesuwa wzrokiem po mojej twarzy, w jej oczach lśni psota. Szepcze mi do ucha, by nie usłyszał mój brat:

– Kiedy się tak uśmiechasz, na twoich policzkach pojawiają się dołeczki, co sprawia, że mam ochotę przywrzeć do ciebie i je polizać.

Na ten pomysł natychmiast czuję zamieszanie w spodniach.

– Nie krępuj się, możesz lizać, co zechcesz.

***

Późnym wieczorem Kucharka przygotowuje nam wielką miskę popcornu z solonym karmelem. Ogromną przyjemność sprawia mi obserwowanie, jak Olivia oblizuje palce.

Zapamiętuję, by rano ucałować za to Kucharkę.

Popcorn jest do filmu, który chciała obejrzeć dziewczyna. Choć mamy pokój telewizyjny, wolała zostać u mnie, byśmy zalegli w piżamach pośród koców i poduszek na podłodze. Henry do nas dołącza.

– Nie wierzę, że nigdy nie widzieliście *Pięknej i Bestii*. Wasz pałac jest jak jej zamek, Kucharka mogłaby być panią Imbryk, a Fergus marudnym panem Trybikiem – mówi, wiążąc czarne loki w kok na czubku głowy.

– Chodzi o to, zwierzaczku, że mamy fiuty. – Uśmiecham się. – Ci z nas, którzy zostali tak hojnie obdarzeni, nie interesowali się za bardzo bajkami Disneya.

– Ale *Króla Lwa* widziałeś – spiera się.

– No tak... Bo są w nim lwy. I morderstwo.

– I królowie – dodaje Henry. – Już w samym tytule.

Oglądamy film albo raczej Olivia ogląda, uśmiechając się lekko przez cały czas. Ja przeważnie patrzę na nią, ponieważ jestem szczęśliwy w jej towarzystwie. Niemal nie mogę w to uwierzyć. Za każdym razem czuję w piersi ciepło, jakby topniało moje serce. I jestem... zadowolony.

Kiedy rozlega się muzyka i pojawiają się napisy końcowe, Olivia łapie się za serce i wzdycha.

– Nigdy mi się to nie znudzi, na zawsze pozostanie moim ulubionym filmem Disneya.

Henry wyciąga piersiówkę z brandy.

– Historia była w porządku, ale wolę *Małą Syrenkę*.

Olivia unosi brwi.

– Myślałam, że „fiuty" nie oglądają bajek o księżniczkach?

– Widziałaś Ariel? – pyta Henry. – Mój fiut ją polubił.

Olivia marszczy nosek.

– Ohyda. Chociaż kiedyś gdzieś czytałam, że większość chłopaków lubi Ariel.

– Też powinienem to przeczytać – wyznaje Henry.

– Świetny pomysł, braciszku. Może pobiegniesz do biblioteki poszukać jakiejś książki? – Wsuwam palec pod ramiączko topu do spania Olivii i głaszczę miękką, gładką skórę. Obniżam ton głosu: – Czuję się w tej chwili... bestią.

Olivia patrzy mi w oczy i się uśmiecha. Podoba jej się ten pomysł.

Niestety Henry mnie słyszał i teraz się krzywi.

– To znaczy, że chcesz to robić na pieska?

Ponieważ słyszał mnie głośno i wyraźnie...

– Tak.

...odrzuca koce i wstaje.

– Obrzydziłeś mi właśnie tę pozycję, a tak ją lubiłem. Dziękuję ci bardzo.

Zamykam za nim drzwi i przez resztę nocy odgrywamy z Olivią własną wersję *Pięknej i Bestii*.

ROZDZIAŁ 17

OLIVIA

Rankiem Nicholas prosi Fergusa o podanie nam śniadania do łóżka. Ukrywam się w łazience, gdy lokaj wraca. Nicholas twierdzi, że to głupie i muszę przywyknąć, iż Fergusa nie interesuje to, czy jestem w łóżku i czy uprawiałam w nocy dziki, fantastyczny seks. Już na samą myśl o tym się rumienię.

Mimo to jest mi głupio... Nie wiem, czy kiedykolwiek przywyknę do służby i... braku swobody. Poza tym przyjdzie wrzesień i nikt już nie poda mi śniadania, ani nie rozpakuje moich rzeczy. Może lepiej, bym się nie przyzwyczajała.

Po posiłku Nicholas bierze prysznic, a ja zajmuję miejsce na miękkiej ławeczce stojącej w wielkiej łazience, by przyglądać się, jak się goli – oczywiście zwykłą brzytwą. Jest w tym coś niebywale męskiego – pierwotnego i seksownego – gdy bez koszuli, w samym ręczniku okręconym wokół bioder, zgala włoski z policzków.

Mam ochotę ponownie lizać go po szyi i torsie.

Ubiera granatowy garnitur i bordowy krawat i idzie do pracy – do biura znajdującego się na drugim końcu pałacu. Twierdzi, że przez przedłużony pobyt w Nowym Jorku jego harmonogram jest „szalony", ale wróci na obiad, który zjemy razem w Guthrie House. A później zabierze mnie na przyjęcie.

A jeśli jesteśmy w temacie organizacji czasu, Nicholas twierdzi też, że mam swój własny „plan" na dziś: spotkanie z zespołem stylistek, który przyjedzie o dziesiątej, by zadbać o wszelkie moje potrzeby.

Dlatego też siedzę obecnie w fotelu w białej sypialni, poddawana przeróżnym zabiegom na twarz, ręce, nogi, włosy, paznokcie... Przeglądam się w lustrze i stwierdzam, że wyglądam jak Dorotka w Krainie Oz, nad którą pracuje drużyna kosmetyczek ze Szmaragdowego Grodu.

Po wszystkim moja skóra staje się gładsza i tak bardzo miękka, że nigdy nie sądziłam, iż to możliwe. Moje mięśnie odprężył masaż, zniknął ból, który je spinał.

Po wyjściu kosmetyczek ponownie spoglądam w lustro.

I... Wow.

Wciąż pozostaję sobą, ale jestem też elegancka i promienieję. Mam wyregulowane brwi, pomalowane paznokcie, skóra sprawia wrażenie jasnej mimo nienałożenia makijażu, a włosy lśnią i są sprężyste, bez ani jednej rozdwojonej końcówki.

Wyglądam dostojnie. Wyrafinowanie. Bogato.

Tak, ostatnie słowo trafia w dziesiątkę. To właśnie dzięki takim zbiegom bogaci ludzie zawsze tak ładnie wyglądają – stać ich na wynajęcie profesjonalistów od wizażu.

Kiedy po raz ostatni głaszczę się po policzku, rozlega się pukanie. Otwieram drzwi, za którymi zastaję Fergusa.

– Przyszła asystentka modowa, panno Hammond – mówi, jakby warczał, co przypomina mi nieco Bosca. – Przysłać ją tutaj?

Natychmiast rozglądam się po pokoju, z przyzwyczajenia sprawdzając, czy nie narobiłam bałaganu, jednak pokojówka, która zagląda tu co jakąś godzinę, nie dopuściłaby do tego.

– Ee... Jasne, Fergusie. Dziękuję.

Mężczyzna kiwa mi głową i odchodzi.

Chwilę później pojawia się u mnie niewysoka, piękna, ćwierkająca Francuzka. Wygląda na młodą, wydaje się być koło dwudziestki, i przypomina mi Ellie – siostrę różni jedynie to, że nie ma brązowych włosów i nie mówi po francusku. Kobiecie na imię Sabine, ale w myślach nazywam ją francuską Ellie.

Sześciu asystentów wnosi ubrania: suknie, spodnie, bluzki i spódnice. Następnie udają się na dół, by przynieść torby z koronkową bielizną: biustonoszami, majtkami, podwiązkami i pończochami. W końcu zostaje wniesiona platforma krawiecka, więc zakładam, że będę musiała na niej stać. Do czasu wyjścia ostatniego pomocnika biała sypialnia nie jest już biała, ale pokryta każdym możliwym odcieniem wszystkich znanych mi kolorów.

Wygląda, jakby rozrzucono tu całą zawartość magazynu Barristera.

Sabine podaje mi kartkę.

– To od Bridget.

Wiadomość od osobistej asystentki Nicholasa zawiera listę spotkań, na które muszę się ubrać: dzisiejsze przyjęcie, mecz polo, kolację, brunch, popołudniową herbatę z królową.

O Jezu. Nie po raz pierwszy zastanawiam się, co ja sobie myślałam, przyjeżdżając tutaj.

Wyrzucam jednak te myśli z głowy, ponieważ już tu jestem i zamierzam zostać. Nie bać się. Zrobić wszystko i wszystko zobaczyć – z Nicholasem.

***

Przymierzanie jest męczące. Nie zdawałam sobie sprawy z tego, aż nie minęły bite dwie godziny. Kiedy mam ochotę prosić o przerwę, drzwi otwierają się i do środka wchodzi książę Henry. Niesie dwa wysokie kieliszki i dwie butelki szampana Dom Pérignon. Ma na sobie czarny kaszmirowy sweter, pod nim białą elegancką koszulę i beżowe spodnie. Wygląda schludnie, co kontrastuje z jego dziką jasną fryzurą i wytatuowanymi przedramionami wystającymi spod podwiniętych mankietów.

Henry Pembrook – żywa sprzeczność.

– Wszyscy pracują – mówi, unosząc butelki i kieliszki. – A ja się nudzę. Napijmy się, Olivio.

Spoglądam na Sabine. Podwija nogawki czarnych spodni za pomocą szpilek, których zapas trzyma w ustach.

Kiedy jesteś w Rzymie... lub w Wessco...

– Okej.

Po odkorkowaniu butelek i napełnieniu kieliszków Henry przegląda leżącą na łóżku bieliznę.

– W tym będziesz fantastycznie wyglądać. I w tym. – Bawi się różowymi wstążeczkami przyszytymi z przodu czarnego koronkowego gorsetu. – To się otwiera? Tak, z pewnością. Braciszek skończy w spodniach, gdy cię w tym zobaczy. – Bierze brzoskwiniową koszulkę nocną i wpycha ją sobie do kieszeni. – Ten kolor ci nie posłuży.

– Nie sądzę, by było to w twoim rozmiarze, Henry – droczę się. – Zawsze lubiłeś przebierać się w damskie ciuszki?

Jego uśmiech przypomina ten brata.

– Lubię kobiety. Znam jedną, której by się to bardzo spodobało, a ja miałbym frajdę, widząc ją w tym. – Podchodzi do wieszaka z sukienkami koktajlowymi i przerzuca je po kolei. – Syf, syf, syf...

Sabine prycha z oburzeniem:

– To oryginalna kolekcja Louisa La Chera.
– Och. – Henry porusza figlarnie brwiami. – Kosztowny syf. Zatrzymuje się przy seksownym czarnym fatałaszku wykończonym koronką.
– Ta. Zdecydowanie. – Trzyma ją przede mną. – Ze srebrnymi dodatkami. Stworzono ją specjalnie dla ciebie. Zostaniesz do końca lata?
– Taki jest plan.
Zerka na Sabine.
– Będzie potrzebowała jeszcze sukni balowej. Czegoś błękitnego – wyjaśnia. – Na Letni Jubileusz. To coroczne wydarzenie, prawdziwy bal z wyszukanymi kapeluszami, trenami i gorsetami. Wszyscy się zjawiają.
– Zatem będę potrzebowała sukni balowej.
Henry podchodzi powoli do Sabine i odzywa się pospiesznie po francusku. Nie mam pojęcia, o czym mówi, ale po rumieńcu dziewczyny, uwielbieniu w jej oczach i uśmiechu chyba się domyślam.
– *Oui* – mówi i odchodzi posprzątać i przynieść nowe rzeczy do przymierzenia.
Siadamy z Henrym na śnieżnobiałej kanapie.
– Takie to dla ciebie łatwe, co? – pytam, odnosząc się do propozycji, na którą przystała dziewczyna.
– Tak, łatwe – odpowiada i wychyla zawartość kieliszka. Natychmiast go uzupełnia. W słońcu jego oczy na chwilę przybierają dziwny blask. Jak określił go Nicholas? Jakby coś prześladowało Henry'ego? Jakby się ukrywał?
Odzywa się we mnie starsza siostra.
– Dobrze się czujesz? Wiem, że niedawno się poznaliśmy, ale twój brat... martwi się o ciebie.

Posyła mi wymuszony uśmiech.
– Oczywiście, że dobrze się czuję. Na tym polega moje zadanie. Cały czas mam się dobrze czuć.

Kładę rękę na jego ramieniu.
– Ale możesz czuć się inaczej. Wszyscy mają czasami kiepskie chwile, nikt nie jest przez cały czas szczęśliwy. – Upijam łyczek szampana i dodaję: – Zapewne poza seryjnymi mordercami, ale ich nikt nie lubi.

Henry śmieje się, tym razem bardziej naturalnie. Wbija zielone spojrzenie w moją twarz.
– Lubię cię, Olivio. Naprawdę. Jesteś słodka i... naturalnie szczera. To tu rzadkie. – Przełyka pół kieliszka szampana, po czym wzdycha i mówi: – A ponieważ cię lubię, dam ci radę.
– Okej.
– Nie przywiązuj się do mojego brata.

Wszystko we mnie tężeje, jakby kości zmieniły się w sople, mimo to pocą mi się dłonie.
– On do ciebie nie należy. On nie należy nawet do siebie samego.

Przełykam ślinę.
– Rozumiem.
– Widzisz... – Macha palcem. – ...mówisz tak, ale wydaje się, że nie rozumiesz. Nie kiedy na niego patrzysz.

Gdy nie odpowiadam, Henry kontynuuje:
– Na uniwersytecie miałem też teologię, dyskutowaliśmy na niej o pojęciu nieba i piekła. W teorii niebo oznacza obecność Boga, znajdowanie się w świetle Jego oblicza. Piekło jest wtedy, gdy Go brak, gdy wiesz, że już nigdy nie poczujesz Jego ciepła i miłości. – Ścisza głos. – Właśnie taki jest Nicholas. Kiedy znajdujesz się w jego towarzystwie, lśni cały świat, ale

gdy jest rozczarowany, a ponieważ jego standardy są wyższe niż boskie, więc prędzej czy później będzie rozczarowany... Nastaje piekielny chłód.

Z trudem przełykam ślinę. Przypuszczam, że to zdenerwowanie. Może nawet strach przed nieznanym.

Wyznaję więc prawdę, w którą wierzę:

– To nie jest Nicholas, jakiego znam.

– Tak, przy tobie wydaje się być inny. Szczęśliwszy. Wolny. – Henry kładzie dłoń na moim kolanie. – Ale musisz pamiętać, bez względu na to, czy zdajesz sobie z tego sprawę, czy jednak nie, że właśnie taki jest.

***

Po obiedzie pojawia się kolejna stylistka, by przygotować mnie na przyjęcie. Prostuje mi nieco włosy u nasady, a ich końce podwija w duże, grube loki. Makijażem zajmuję się jednak sama, nie chcę być aż tak rozpieszczana.

Nicholas nie wygląda na zbyt podekscytowanego z powodu „konieczności stawiennictwa", ale bardzo podoba mu się moja sukienka – błyszcząca, szara, z dość dużym dekoltem.

Około dziewiątej stajemy przy domu na wzgórzu. Nie, nie domu – posiadłości, pośrodku której stoi historyczna rezydencja wielkości połowy pałacu. Pojawia się ochrona, mężczyźni w garniturach w typie agentów z małymi słuchawkami w uszach, mimo to Nicholas zabiera swoich ludzi. Całą watahę prowadzi James.

Nicholas trzyma mnie za rękę. Nie jestem pewna, czy to zgodne z protokołem, ale wydaje się tym nie przejmować. Przeprowadza mnie przez przepastne *foyer* i otwiera drzwi do sali balowej. I wprowadza do kasyna! Pełnowymiarowego kasyna jak w Vegas z drewnianymi stołami i ruletką. Pomieszczenie jest zatłoczone, znajdują się tu elegancko ubrani ludzie, każdy z nich wydaje się młody i piękny, śmieje się, rozmawia głośno i pije.

Jestem zdziwiona, że z taką łatwością zauważam Henry'ego. Stoi przy barze i choć nie wygląda tak dostojnie jak jego brat, jest przystojny w czarnym smokingu, otoczony grupką mężczyzn i kobiet chłonących każde jego słowo.

– No i co myślisz? – szepcze mi Nicholas do ucha, przez co mam gęsią skórkę.

– Chyba wiem, gdzie znalazła się Alicja, gdy wpadła do króliczej nory.

Puszcza do mnie oko.

– Tu wszyscy jesteśmy szaleni.

Przede mną pojawia się czerwony jedwab, a ubrana w niego kobieta rzuca się na Nicholasa. Ma gęste, miodowe włosy, a wzrostem dorównuje Amazonce. Jest bardzo piękna. To kobieta z magazynów i telewizji, „stara znajoma", o której wspominał Nicholas.

– Przyjechałeś, cholerny draniu! Mrugnęłam, a ty zniknąłeś na dwa miesiące. Co tam u ciebie, skarbie?

Nicholas się uśmiecha.

– Cześć, Ezzy. Wszystko w porządku.

Oczy w kolorze brandy, błyszczące jak zwisające z uszu rubiny, skupiają wzrok na mnie.

– Widzę. Co za urocze maleństwo.

Nicholas nas przedstawia.

– Lady Esmeraldo, to Olivia Hammond. Olivio, poznaj Ezzy.

– Cześć.

Dziewczyna przyjaźnie ściska mi dłoń.

– Miło mi cię poznać, cukiereczku. Powiedz, jesteś dziewicą?
Nicholas jęczy.
– Ezzy.
– No co? Nawiązuję rozmowę. – Szturcha go łokciem. – Jeśli chcesz zatrzymać tego żałosnego dziada, musisz być dziewicą. Jesteś, Olivio?
Staję prosto.
– Anal się liczy? Jeśli tak, to się kwalifikuję.
Esmeralda rozchyla czerwone usta i głośno się śmieje.
– Już ją lubię, Nicky.
Nicholas również się śmieje, a w jego zielonych oczach lśni duma.
– Ja też.
Z tacy kelnera bierze dwa kieliszki wina i podaje mi jeden, jednak w tej samej chwili podchodzi do nas inna kobieta, kolejna blondynka ubrana w niebieską suknię. Ma łagodne rysy twarzy i jasne niebieskie oczy. Pomiędzy Nicholasem a Ezzy zapada niezręczna cisza.
– Witaj, Nicholasie. – Głos kobiety jest delikatny, a jego ton brzmi jak dzwonki na wietrze.
Nicholas kiwa głową.
– Lucy.
Dziewczyna wpatruje się we mnie.
– Zamierzasz przedstawić mnie swojej nowej zabaweczce?
Mój towarzysz zaciska usta.
– Nie, nie zamierzam.
Wzrusza lekko ramionami.
– Nieważne. – Wyciąga rękę. – Lady Deringer, a ty?
– Olivia Hammond.

– Słyszałam o tobie. Kelnerka w kawiarni. – Wydyma usta i spogląda na Nicholasa. – Zawsze lubiłeś się szlajać, prawda, kochanie?

To „kochanie" mnie kłuje, trafia prosto w serce niczym cierń.

– Wystarczy, Lucy – mówi surowo Nicholas głębokim, autorytarnym głosem.

Nie wywiera to jednak na niej żadnego efektu.

– Nie sądzę, by wystarczyło – syczy jak przyparty do muru kot. – Wcale. – Ponownie na mnie spogląda i się przysuwa. – On cię zmiażdży. To właśnie robi. Złamie cię, następnie zmiele na popiół, który osiądzie na jego lśniących butach.

Najbardziej niepokoi mnie sposób, w jaki to mówi. Łagodnie. Z uśmiechem.

– Na miłość boską, Lucille, przestań – warczy Ezzy, machając ręką. – Odejdź, nim ktoś urwie ci głowę.

Lucy unosi kieliszek w moją stronę.

– Pamiętaj, że cię ostrzegałam.

Odchodzi z wdziękiem.

Upijam spory łyk wina i postanawiam nie drążyć tematu. Przynajmniej na razie.

– Była dziewczyna? – pytam, bo najwidoczniej nie potrafię się powstrzymać.

– Bardziej była zwariowana prześladowczyni – odpowiada za niego Esmeralda. Bierze mnie za rękę. – Zapomnij o niej. Chodź, wydamy trochę pieniędzy mojego tatusia.

Nicholas wzdycha, kiwa głową i idzie za nami w kierunku stołów.

***

Nie wydaję jednak niczyich pieniędzy. Godzinę później przy stoliku blackjacka zgromadziłam osiem czarnych żetonów. Wydaje mi się, że każdy wart jest tysiąc. Jeśli więcej, będę bała się ich dotknąć. Tata nauczył mnie tej gry, gdy miałam dwanaście lat. Czasami, kiedy jest z nim lepiej, nadal razem gramy.

Wielkie, ciepłe dłonie Nicholasa ściskają moje ramiona, jego usta przysuwają się do mojego ucha, gdy mówi:

– Muszę wyjść do toalety.

Zerkam na niego przez ramię.

– Dobrze.

Nasze spojrzenia się krzyżują i znam go już na tyle, by rozpoznać intencję lśniącą w jego oczach. Pragnie mnie pocałować – bardzo. Wpatruje się w moje usta jak spragniony w oazę na pustyni. Cofa się jednak i rozgląda, przypominając sobie, gdzie się znajdujemy.

– Ezzy, zostałabyś na chwilę z Olivią?

– Tak, jasne. – Kiwa głową, a Nicholas odchodzi.

Kwadrans później nie ma go jednak nadal, a Esmeralda zauważa ludzi, których nie widziała od wieków. Klepie mnie w ramię i mówi, że niedługo wróci. Następnie odchodzi do nich.

Jestem zupełnie sama. Czuję się jak kosmitka otoczona pocącymi się pieniędzmi i srającymi złotem Marsjanami.

Przyglądam się, jak kelner w białych rękawiczkach przechodzi do innego pomieszczenia – prawdopodobnie do kuchni – nogi świerzbią mnie, by pójść za nim, ponieważ za tymi drzwiami są moja ojczyźniana planeta i moi ludzie.

Wiele zaciekawionych, nieżyczliwych spojrzeń ląduje na mnie, gdy pary i niewielkie grupki osób przechodzą tuż obok. Chwytam więc skraj mojej błyszczącej sukienki i podchodzę do ściany, by nie rzucać się w oczy. Wyciągam komórkę z torebki i piszę do Ellie, pytając, co u niej słychać. Wczoraj po zamknięciu kawiarni rozmawiałam zarówno z nią, jak i z Martym. Wszystko było u nich dobrze. Wysłałam im zdjęcie mojego pokoju i pałacowego ogrodu, na co chłopak odpowiedział tyloma emotkami, że zapewne zepsuł ekran. Jest aż tak ekspresyjny.

Kiedy siostra nie odpowiada przez dłuższą chwilę, chowam telefon. Nie chcę nękać Nicholasa, ale gdzie on się, u diabła, podziewa? Po pięciu minutach żołądek mi się kurczy. Wiedział, że nie znam tu nikogo, więc dlaczego zostawił mnie samą?

A pieprzyć to. Odkładam kieliszek z szampanem na tacę przechodzącego kelnera i postanawiam poszukać Nicholasa. Każde pomieszczenie, do którego wchodzę, wygląda jak wnętrze kryształowego żyrandola – jest błyszczące i bogate. I głośne z automatami do gry i rozweselonymi ludźmi.

Szlachta też lubi wygrywać, nawet jeśli ma już sporo pieniędzy. Kto by przypuszczał?

Jedno pomieszczenie jest ciemne, czarne. Są w nim jedynie kolorowe światła oświetlające parkiet. Puszczana przez DJ-a muzyka klubowa dudni z głośników. Pośrodku parkietu zauważam jasną czuprynę Henry'ego. Książę jest otoczony rozkołysanymi kobietami, więc trudno mi będzie się do niego dostać, by zapytać, czy nie widział brata.

Ale w tej samej chwili – i nie potrafię powiedzieć dlaczego – zwracam uwagę na drzwi po drugiej stronie pokoju. Prowadzą na zewnątrz, na ogrodzony balustradą taras. Kiedy do nich docieram, moje dłonie są śliskie i lepkie od potu. Gdy wychodzę na zewnątrz, moje szpilki stukają na kamieniu. Udaje mi się jednak ujść zaledwie kilka kroków, nim dostrzegam ich w najdalszym kącie, oświetlonych miękkim światłem latarni w kształcie łzy.

To Nicholas i... Lucy.

Przełykam żółć, która podchodzi mi nagle do gardła.

Ona stoi plecami do mnie, jasne włosy opadają jej na plecy, ręce kładzie na jego szerokich ramionach, których tak uwielbiam dotykać. Nie jestem pewna, czy Nicholas ją odepchnie, czy przyciągnie do siebie – kwas z żołądka przedostaje się do moich kości.

Złość miesza się z zażenowaniem i postanawiam działać.

Kiedy ponownie otwieram drzwi tarasowe, wydaje mi się, że słyszę swoje imię, ale dźwięk ten zostaje zagłuszony przez bas odbijający się od ścian. Pospiesznie przedzieram się przez klub i wracam do sali gier.

Zmierzam do drzwi, gdy ktoś mocno chwyta mnie za rękę.

– A ty dokąd się wybierasz? – pyta kobiecy głos z wessconskim akcentem.

Unoszę głowę i sapię, bo stoi przede mną najpiękniejsza kobieta, jaką w życiu widziałam. Jest ode mnie wyższa o jakieś piętnaście centymetrów. Ma lśniące ciemne włosy, oczy koloru onyksu i jasną, nieskazitelną cerę jak u lalki.

– Słucham?

Niezła odpowiedź, Liv.

– Niech zgadnę, wyszłaś na zewnątrz i zobaczyłaś Nicholasa z Lucille, którzy tak jakby się całowali?

– Skąd wiesz?

Prycha, choć w jej wykonaniu to urocze.

– Ponieważ Lucy to najbardziej nieoryginalna zdzira, jaką kiedykolwiek znałam. – Stuka mnie palcem w nos. – Ale ty stąd nie zwiejesz, co to to nie. Nie możesz dać jej satysfakcji.

Z tacy przechodzącego kelnera zabiera dwa kieliszki szampana, podaje mi jeden, po czym stuka o niego swoim.

– Pij z uśmiechem, jesteś obserwowana.

Rozglądam się.

– Przez kogo?

– Przez wszystkich, oczywiście. Jesteś nowa, błyszcząca i... biedna. I masz w rękach to, czego pragnie tutaj każda kobieta, może z wyjątkiem mnie i Esmeraldy. Klejnoty rodziny królewskiej. – Przechyla głowę na bok. – Naprawdę jesteś kelnerką?

Dlaczego wszyscy wciąż mnie o to pytają?

Piję szampana, wychylam duszkiem cały kieliszek, bo na to zasługuję.

– Ee... tak.

– Kretyn. Nie wierzę, że cię tu przywiózł. – Z litością kręci głową. – Świat pełen jest cip, moja droga, niektóre po prostu bardziej śmierdzą. Pamiętaj o tym, a nie zdołają cię skrzywdzić.

Wpatruję się w nią przez chwilę.

– Kim jesteś?

Uśmiecha się, dzięki czemu zdaje się być jeszcze ładniejsza.

– Lady Frances Eloise Alcott Barrister... Ale możesz mówić mi Franny.

Franny.

– Franny! Franny od Simona, dziewczyna z wanny!

Kobieta zaciska usta.

– Dał tę rozmowę na głośnik w pomieszczeniu pełnym ludzi? Chyba będę musiała uciąć sobie dłuższą pogawędkę z moim mężem.

– Dłuższą pogawędkę na temat czego, kochanie? – pyta Simon, stając za nią i czule obejmując ją w talii.

Franny uśmiecha się do niego.

– O wilku mowa.

Simon pokazuje kły, warcząc nieco, po czym uśmiecha się do mnie, jego niebieskie oczy przesuwają się po moim ciele.

– Miło mi cię znów widzieć, Olivio.

Jest w nim ciepło, prawdziwa słodycz, dzięki której mi dobrze. Czuję się lepiej, a on się nawet nie starał. Simon Barrister jest człowiekiem, który zatrzymałby się, by pomóc komuś, kto złapał kapcia, nawet w największą ulewę, albo zaniósłby staruszce zakupy, albo robiłby głupie miny do zapłakanego dziecka.

– Witaj, Simonie. Ciebie również miło widzieć.

– Jak się miewasz, moja droga?

– Cóż to za pytanie, Simonie! – karci go żona. – Spójrz tylko na tę sierotkę. Jest przytłoczona. Lucille ponownie bawi się w te swoje gierki.

Simon marszczy nos.

– Zignoruj Lucy, Olivio. To podła suka.

– To cipa – poprawia go Franny. – Mój ukochany jest po prostu zbyt grzeczny, by nazywać rzeczy po imieniu. – Klepie mnie po ramieniu. – Ale nie ja.

Ponownie zaczynam źle się czuć.

– Chyba powinnam się przewietrzyć.

– Genialny pomysł – mówi Franny, biorąc mnie za rękę i ciągnąc do podwójnych drzwi. – Chodźmy zapalić na werandę. Wkręciłam się w ten nałóg, próbując zgubić kilogramy, które przybyły mi w podróży poślubnej.

Podejrzewam, że Franny może być lekko stuknięta. W zabawny sposób. Na zewnątrz odpala sobie papierosa, a Simon rozpoczyna rozmowę ze stojącym nieopodal mężczyzną. Kobieta opiera się pośladkami o barierkę, wbijając wzrok w drzwi prowadzące do sali balowej.

– Znalazł cię.

Obracam się.

– Nicholas?

Nie pozwala mi spojrzeć.

– Tak, idzie tu. – Klaszcze. – A kiedy tu dotrze, powinnaś uśmiechać się wdzięcznie i udawać, że nie stało się nic złego.

– Dlaczego miałabym to zrobić? – pytam.

– Nie będzie wiedział, jak się zachować. Doprowadzisz go do szału. Obojętność i dezorientacja są kobiecą bronią masowego rażenia.

Mam ochotę to sobie zapisać.

– Idzie, przygotuj się. – Klepie mnie w pośladek. – Głowa do góry, cycki przed siebie.

Unoszę głowę i prostuję plecy, przez co wypycham piersi. I możecie wierzyć lub nie, czuję się silniejsza. Zdolna do większych rzeczy...

– Olivio.

...do czasu, aż wypowiada moje imię. Zamykam oczy, gdy pada z jego ust. Sposób, w jaki je wymawia – nie będzie dnia, kiedy przestanie mi się to podobać.

Przygotowana obracam się ku niemu, ale nie patrzę mu w oczy. Zamiast tego spoglądam ponad jego prawym ramieniem na połyskujący złotym światłem żyrandol.

Czuję, że patrzy mi w twarz, przygląda się, próbuje mnie rozgryźć.

Nie mam szans udawać, że wszystko jest w porządku, ponieważ Nicholas bierze mnie bez słowa za rękę i ciągnie w kierunku schodów prowadzących do ogrodu.

– Chodź.

Idziemy krętą ścieżką do białej altanki, którą z zewnątrz oświetlają latarenki, rzucające miękką poświatę. Pod dachem zabudowania jest jednak ciemno i intymnie. Wchodząc do niej, przytrzymuję rąbek sukienki.

– Dlaczego nie lubisz Franny?

W Nowym Jorku powiedział mi, że się z nią nie dogaduje, że jej nie znosi. W tej chwili zaskakuje go moje pytanie.

– Simon zakochał się w niej od pierwszego wejrzenia, ale ona nieustannie go spławiała. W chwili, gdy wyznał jej miłość, stwierdziła, że nigdy nie mogłaby z nim być, a kiedy wróciłem do domu, znalazłem ją w swoim łóżku. Nagą.

Dopada mnie ostra zazdrość. I wielkie zdziwienie.

– Przespałeś się z nią?

– Oczywiście, że nie – odpowiada cichym, gardłowym głosem. – Nigdy nie zrobiłbym czegoś takiego Simonowi. Powiedziałem mu o tym, ale się nie przejął. Stwierdził, że muszą popracować nad swoimi „problemami". Niedługo później byli już razem, a kilka miesięcy temu się pobrali. Odpuściłem sobie próby zrozumienia tego.

Siadam na ławce.

– Jezu. Nie wygląda na kogoś... kto zrobiłby coś takiego. Dla mnie była miła.

Nicholas staje przede mną, jego twarz częściowo spowija cień.

– Cieszę się, że była dla ciebie miła, ale tutaj rzeczy nie zawsze mają się tak, jak na to wyglądają. Powinienem był wcześniej cię ostrzec. – Przeczesuje palcami włosy. – Powinienem był opowiedzieć ci o wielu rzeczach, Olivio, ale nie przywykłem do wypowiadania myśli... na głos.

– Nie rozumiem, o co ci chodzi.

Siada obok mnie i ścisza głos.

– Chcę ci opowiedzieć o Lucy. Wyjaśnić.

Chciałabym być lepsza – chciałabym stwierdzić, że nie musi mi dawać żadnych wyjaśnień, że nasz związek i tak jest tymczasowy, ale moje serce... Moje serce bije żwawiej, niż powinno.

– Dlaczego z nią wyszedłeś? Dlaczego zostawiłeś mnie samą? Pocałowałeś ją, Nicholasie? Wyglądało to tak, jakbyś tego chciał.

Przesuwa palcami po moim policzku.

– Przepraszam, że zostałaś sama. Nie chciałem do tego dopuścić. I nie, nie całowałem jej. Przyrzekam, na grób rodziców, że do tego nie doszło.

Ulga zalewa moje rozedrgane serce, ponieważ wiem, że nie wspomniałby o rodzicach, gdyby nie była to prawda.

– Co się więc stało?

Przysuwa się, kładzie łokcie na kolanach i się rozgląda.

– Poznałem Lucy w szkole, w Briar House, dokąd oboje trafiliśmy, gdy mieliśmy po dziesięć lat. Była najładniejszą dziewczyną, jaką kiedykolwiek widziałem. Kruchą, dlatego chciałem ją chronić. Po jakimś czasie zostaliśmy parą, a media oszalały i martwiłem się, że to odstraszy Lucy, ale to jej wcale nie przeszkadzało. Pamiętam, jak zrozumiałem, że jest silniejsza, niż mi się wydawało. – Bierze głęboki wdech, kładzie sobie rękę na karku. – Gdy mieliśmy po siedemnaście lat, zaszła w ciążę. Byłem głupi, beztroski.

– O Boże.

Kiwa głową, patrząc mi w oczy.

– Ciąża w tym wieku dla każdego jest trudna, a dodając do tego...

– Całą sprawę z następcą tronu... – kończę za niego.
– To był prawdziwy koszmar. Jej rodzina pragnęła natychmiast zająć się organizacją ślubu. Chciała, by pałac ogłosił zaręczyny. Babcia zażądała badań, by potwierdzić, że dziewczyna naprawdę jest w ciąży i że nosi moje dziecko.

Ponownie zostaję zaskoczona brakiem normalności w życiu Nicholasa – archaicznymi zasadami, które go więżą.

– A czego ty chciałeś? – pytam, ponieważ mam przeczucie, że nikt go o to nie zapytał.

– Chciałem... postąpić właściwie. Kochałem ją. – Pociera twarz. – Jednak nie było to dla nikogo ważne. Kilka tygodni po tym, jak dowiedziała się o ciąży, poroniła. Załamała się.

– A ty?

Nie odpowiada od razu, następnie cicho wyznaje:

– Ja poczułem... ulgę. Nie chciałem tej odpowiedzialności. Jeszcze nie.

Pocieram jego ramię.

– To zrozumiałe.

Przełyka ślinę i kiwa głową.

– Kiedy rok szkolny dobiegł końca, babcia wysłała mnie na wakacje z misją humanitarną do Japonii. Z początku rozmawiałem z Lucy telefonicznie, pisałem do niej, ale... byłem też zajęty. Kiedy jesienią wróciłem do szkoły, wszystko się zmieniło. Ja się zmieniłem. Zależało mi na niej, lecz moje uczucia były już inne. Zerwałem z nią tak łagodnie, jak tylko umiałem, ale i tak mocno to przeżyła.

Dopada mnie smutek.

– Jak mocno?

– Tydzień później próbowała się zabić. Rodzina oddała ją do szpitala. Było to dobre miejsce, lecz nie wróciła już do szkoły, a ja zawsze czułem się winny. Odpowiedzialny. Nie trafiło to do gazet. Nie wiem, czy pałac zapłacił za milczenie, ale nie napisano o tym ani linijki.

– Właśnie dlatego zawsze jesteś tak ostrożny? Z prezerwatywami?

– Tak.

Sadza mnie sobie na kolanach i tuli. Wiem, że to wyznanie nie było dla niego łatwe.

– Dziękuję, że mi powiedziałeś, że wyjaśniłeś.

Pozostajemy w tej pozycji przez dłuższą chwilę, otuleni mrokiem i ziemistą wonią powietrza, następnie pytam:

– Powinniśmy tam wrócić?

Nicholas się nad tym zastanawia, po czym lekko mnie ściska.

– Mam lepszy pomysł.

***

Jurny Kozioł klimatem przypomina nowojorski pub – jest przytulny, znajomy i trochę lepki. Nicholas zabiera Simona i Franny, a Henry uroczego rudzielca, gdy wychodzimy z kasyna i kierujemy się na resztę nocy do Jurnego Kozła.

Piję z Franny tequilę. Henry śpiewa karaoke. Simon i Nicholas wyzywają się nawzajem odnośnie tego, który z nich jest lepszy w rzutki.

Pod koniec nocy, a właściwie nad ranem, zataczamy się z Nicholasem w kierunku sypialni i opadamy na łóżko, a następnie zasypiamy w pełni ubrani, objęci i… szczęśliwi.

ROZDZIAŁ 18

NICHOLAS

Następny tydzień jest spokojny. Za dnia poświęcam się obowiązkom pałacowym, noce spędzam z Olivią – czuję się z nią lepiej niż błogo.

Przedpołudniami dziewczyna odpoczywa. Zwiedza pałacowe włości i spotyka się z Franny. Kilkakrotnie jadły już razem lunch, co mnie niespecjalnie cieszy, ale przynajmniej czuję spokój, bo wiem, że z żoną Simona jest bezpieczna. Żmijowaty język Franny uchroni Olivię przed Lucy, która pragnie zasypać ją swoimi półprawdami.

Przy rzadkich okazjach, gdy mój brat jest trzeźwy, staje się niesamowicie pobudzony – jakby nie był w stanie usiedzieć spokojnie ani znieść własnego towarzystwa tak samo jak ciszy. W końcu postanawia urządzić sobie przyjęcie powitalne.

Jestem w łazience, przygotowuję się do jego imprezy na królewskim jachcie. Stoję wykąpany, przepasany jedynie ręcznikiem, zeskrobując ostatnie kawałki pianki do golenia z policzków, gdy w drzwiach pojawia się Olivia.

Myślałem, że jest urocza, kiedy zobaczyłem ją po raz pierwszy, ale tutaj i teraz – odziana jedynie w różowy jedwabny szlafrok z twarzą promieniującą szczęściem – jest... wspaniała.

– Macie tutaj jakiś sklep z pamiątkami albo chociaż zwykłą drogerię?

Śmieję się.

– Sklep z pamiątkami?

Trzyma niebieską jednorazową maszynkę.

– Stępiła się. Mogłabym przejechać po niej językiem i nic by mi się nie stało.

– Nie sprawdzajmy tego, za bardzo lubię twój język. – Wycieram twarz ręcznikiem. – Mogę poprosić, by dostarczono ci maszynki do pokoju. – Diabełek na moim ramieniu, jak również aniołek, klepią mnie w tył głowy. I podpowiadają lepsze rozwiązanie. – Albo... sam mogę ci pomóc.

Marszczy brwi.

– Pomóc? Nie mogę używać twojej brzytwy.

– Nie, na pewno nie. Pocięłabyś się na plasterki. – Dotykam ostrego, ciężkiego ostrza. – Chodziło mi o to, że ja mógłbym cię ogolić.

Jej oczy ciemnieją żądzą jak wtedy, gdy jest na krawędzi, zaraz przed orgazmem. Podchodzi do mnie.

– Chciałbyś?

Przeciągam wzrokiem po jej ciele.

– O tak.

– W porządku – zgadza się bez tchu.

Uśmiecham się nieznacznie, gdy powoli zsuwam szlafrok z jej ramion, odsłaniając jasne, miękkie ciało, przez co ślinka napływa mi do ust. Biorę ją na ręce i sadzam na blacie.

Jednocześnie piszczy i chichocze, gdy siada na zimnym marmurze. Wyciąga się w górę, by mnie pocałować, ale się odsuwam.

– U-u-u, nie teraz. Muszę skupić całą swoją uwagę... tutaj. – Głaszczę udo dziewczyny, po czym chwytam jej nogę.

Na mój dotyk Olivia zamyka oczy i unosi lekko biodra.

Mam przemożną ochotę, by wsunąć palec w jej ciasne, ciepłe

wnętrze. Sprawić, by zacisnęła się na moim członku z rozkoszy.

Wzdycham. To będzie trudniejsze, niż przypuszczałem. Zwilżam wargi językiem, ubijając krem do golenia na gęstą ciepłą pianę. Widzę, że śledzi wzrokiem każdy mój ruch. Wkładam ręcznik pod ciepłą wodę, następnie go wykręcam i otulam nim jej łydkę, zmiękczając skórę. Za pomocą pędzla rozsmarowuję krem na nodze Olivii. Przeciągam włosiem w górę i w dół jej łydki, pozostawiając na skórze białą maź. Oddycham równomiernie, uspokajając się, a następnie sięgam po brzytwę i delikatnie przesuwam nią po nodze dziewczyny. Płuczę ostrze pod wodą, po czym wracam – w ten sposób wielokrotnie powtarzam procedurę.

Kiedy kończę z łydkami i kolanami, biorę się po kolei za uda. Olivia dyszy i sapie, gdy pędzel łaskocze delikatną skórę pachwiny. Kiedy tą samą drogą podąża brzytwa, zaczyna jęczeć.

Mam wielką ochotę zerwać ręcznik z bioder i pieprzyć ją do utraty tchu na tym blacie w łazience. Czuję mocny ból w dolnej części ciała, napina się również każdy mój mięsień.

Na koniec zostawiam sobie najlepsze – jej słodką, piękną cipkę. Powtarzam cały proces od początku – nakładam najpierw ciepły ręcznik, pieszcząc przy okazji jej łechtaczkę, bo dlaczego miałbym tego nie robić? Zaczyna się wiercić, więc muszę ją upomnieć, by się nie ruszała:

– Spokojnie. Nie dokończę, jeśli będziesz się wiercić.

Tak, droczę się z nią, ponieważ nie ma mowy, bym porzucił zabawę.

Olivia chwyta się brzegu blatu, aż bieleją jej knykcie, i patrzy na mnie lśniącymi z pożądania oczami.

Kiedy jest już pokryta kremem, wrzucam pędzel do umywalki. Przyciskam brzytwę do skóry na dole, do pełnych warg Olivii, i zamieram, patrząc jej głęboko w oczy.

– Ufasz mi?

Kiwa głową prawie szaleńczo, więc ciągnę brzytwą w górę, usuwając krem z maleńkimi włoskami. Przenoszę się niżej i golę ją krótkimi, ostrożnymi ruchami, zostawiając wyżej ciemną, ładną kępkę włosków, które tak uwielbiam.

Wkrótce odkładam brzytwę i biorę wciąż ciepły ręcznik. Klękam przed Olivią i wycieram resztki kremu z jej skóry. Patrzę przy tym dziewczynie w oczy.

Widzę, że mi się przygląda, gdy przysuwam się i przywieram ustami do jej łona.

– Tak, tak... – piszczy.

Ssę, liżę i smakuję ją jak szaleniec – być może właśnie oszalałem.

Jest gładka i gorąca pod moim językiem. Mógłbym zostać w tym miejscu, przy niej, na zawsze.

Ale „zawsze" to zbyt długo dla mojego pulsującego fiuta.

Oddycham ciężko, serce szybko kołacze mi w piersi, gdy wstaję i zrywam ręcznik z bioder. Rozchylam jej nogi, pociągam ją na skraj blatu, gdzie ukazuje mi się całkowicie obnażona. Jest piękna.

Biorę sztywnego penisa w dłoń i przeciągam jego żołędzią po wilgoci, pieszcząc łechtaczkę, pocierając różowy pąk.

Nie martwię się niczym, nie myślę o konsekwencjach czy odpowiedzialności, ponieważ to Olivia, a to stanowi wielką różnicę.

– Jesteś pewien? – pyta.

Przesuwam członek w dół, ku jej wejściu, mając wielką ochotę znaleźć się w niej jednym mocnym pchnięciem.

– Tak, całkowicie.

Olivia kiwa głową, więc się w nią wsuwam.

Zaciska się wokół mnie, ociera się, wije, przez co jęczę głośno.

– Chryste...

Ciało przy ciele, bez żadnych barier, jest cudowne. Śliski żar sprawia mi tak wiele przyjemności. Przyglądam się, gdy z niej wychodzę, odczuwając błogość.

To najbardziej erotyczny obraz, jaki w życiu widziałem. Olivia jęczy, oboje zachowujemy się głośno.

Nie mam żadnych wątpliwości, że mocno spóźnimy się na imprezę Henry'ego.

OLIVIA

Kiedy udaje nam się w końcu wyjść z pałacu, jest tak późno, że Nicholas dzwoni do Bridget, by ta kazała załodze zaczekać na nas z zabraniem trapu. Informuje mnie, że będziemy krążyć jachtem po zatoce, ale i tak mam nadzieję, że Henry nie wścieknie się za opóźnienie startu imprezy.

Nie powinnam się jednak martwić. Wsiadamy i dowiadujemy się, że Henry jest zbyt pijany, by się tym przejmować – albo w ogóle zauważyć, że jacht nie wypłynął.

Ściska nas mocno, jakbyśmy nie widzieli się od tygodni.

– Tak się cieszę, że przyjechaliście! – woła, szeroko rozkładając ręce. – Kocham tę pieprzoną łódkę!

Na twarzy Nicholasa maluje się troska.

– Braciszku, to tak naprawdę statek.

Henry przewraca oczami i niemal upada.

– Nie nudzi ci się nieustanne poprawianie ludzi? Napij się czegoś.

Idziemy do baru.

Próbowałam sobie wcześniej wyobrazić, jak wygląda królewski jacht, ale jak w przypadku wszystkiego w tej szalonej przygodzie, nie jestem w stanie objąć tego rozumem.

„Statek" jest tak luksusowy, jak tylko można sobie wymarzyć. To pływający pałac – jest też niemal tak samo duży. Snopy światła strzelają w niebo, niektórzy goście – również pijani, choć nie tak bardzo jak Henry – tworzą na pokładzie prowizoryczny parkiet do tańca. Kołyszą się i wyginają w takt muzyki, którą wygrywa im DJ. Z głośników płynie właśnie utwór Kanye'a Westa – śmieję się w duchu, przypominając sobie pierwszą randkę z Nicholasem.

Wydaje się, że odbyła się tak dawno temu. Od tamtego czasu tyle się wydarzyło. Tak wiele się zmieniło.

Z drinkami w dłoni przechodzimy, by przywitać się z gośćmi. Nicholas przedstawia mnie arystokracie za arystokratą – hrabiom i baronom, damom i markizom, choć myślałam, że te ostatnie to tylko daszki nad drzwiami. Spotykamy Franny oraz Simona i trzymamy się z nimi.

Godzinę później stoimy na burcie przy barierkach, lekki wietrzyk rozwiewa mi włosy, ale nie na tyle, by zniszczyć moją fryzurę, i słuchamy, jak Simon rozwodzi się nad rozbudową sieci Barristera oraz mówi o tym, że chce wejść w nowe gałęzie produktów.

Spoglądam na Nicholasa, a moje serce przyspiesza, ponieważ mężczyzna nie słucha Simona, ale wpatruje się w coś po drugiej stronie pokładu. Nigdy nie widziałam go tak przerażonego.

– Henry – szepcze do siebie. Następnie krzyczy: – Henry! Puszcza się biegiem przez pokład, a ja obracam się na czas, by zobaczyć, co nim tak wstrząsnęło. Henry się śmieje, wychylając się za bardzo przez barierę.

I nagle... po cichu... wypada za nią.

Ktoś krzyczy. Nicholas ponownie wykrzykuje imię brata. Ochroniarz popełnia błąd, próbując go zatrzymać, za co dostaje łokciem w nos.

Kiedy Nicholas w końcu dociera do miejsca, w którym stał jego brat, nie waha się ani sekundy, ale wchodzi na reling i skacze z niego na nogi.

Obaj książęta Wessco znajdują się za burtą.

***

Ochroniarze w czarnych garniturach stoją pod drzwiami sali szpitalnej. Ktoś przywiózł Nicholasowi suche ubrania – jeansy i zwykły czarny podkoszulek.

Przebrał się po tym, jak lekarze przekazali jemu i królewskiemu doradcy najnowsze informacje dotyczące stanu Henry'ego. Stwierdzili uraz głowy, podejrzewają, że powstał podczas upadku. Lekkie wstrząśnienie mózgu z oznakami wskazującymi na brak trwałych uszkodzeń.

To jednak nie poprawia nastroju Nicholasa, który siedzi na krześle u stóp łóżka brata, opierając łokcie na kolanach i zaciskając usta. Nie odrywa wzroku od nieprzytomnego Henry'ego, jakby miał moc obudzenia go intensywnością swojego spojrzenia. W pokoju panuje śmiercionośna cisza, słychać jedynie głęboki, równy oddech śpiącego i pikanie maszyny monitorującej jego puls.

Jesteśmy tu tylko we dwoje, ale nie czuję się niezręcznie, ani nie na miejscu. Nie mam ochoty proponować Nicholasowi czegoś do jedzenia czy picia, ponieważ wiem, że chce jedynie mojego towarzystwa. Potrzebuje tego. Nie istnieje więc inne miejsce na ziemi, w którym wolałabym w tej chwili przebywać.

Kładę rękę na ramieniu Nicholasa i uciskam twardy mięsień. Obraca głowę i patrzy mi w oczy. Boże, jego tęczówki tak mocno błyszczą smutkiem, złością i poczuciem winy. Nicholas wygląda, jakby nie mógł zdecydować, czy się rozpłakać, czy stłuc brata na miazgę. Czułabym to samo, gdyby chodziło o Ellie. Chciałabym ją jednocześnie uderzyć, przytulić i udusić. Uśmiecham się więc słabo i kiwam głową.

Henry, jakby wyczuwając, że stracił pełną uwagę brata, porusza się. Marszczy gęste jasne brwi i jęczy, następnie powoli otwiera piękne, zielone oczy, tak podobne do oczu brata. Zamglonym wzrokiem omiata pomieszczenie, następnie skupia go na Nicholasie, a jego zdenerwowanie wyraźnie rośnie. Ochrypłym głosem mamrocze:

– Pieprzona łódź.

Po chwili Nicholas kręci głową, przyszpilając brata wzrokiem, i odzywa się cichym, drżącym głosem:

– Dosyć, Henry. Zostaliśmy tylko my. Nie możesz... Dosyć.

Na twarzy Henry'ego maluje się ból, jego zwyczajowa wesołość odchodzi w niepamięć.

– Co się stało? – pyta Nicholas. – Wiem, że coś jest nie tak. Pożera cię to kawałek po kawałku. Powiedz mi. Teraz.

Henry kiwa głową, zwilża wargi językiem i prosi o szklankę wody. Z plastikowego dzbanka stojącego na stoliku przy łóżku nalewam mu płynu do kubka. Upija kilka łyków przez słomkę, po czym przeciera oczy. Kiedy się odzywa, patrzy w bok, w odległy kąt pokoju, niemal jakby widział słowa przewijające się na ścianie.

– Stało się to jakieś dwa miesiące przed zakończeniem mojej służby wojskowej. Do tej pory trzymano mnie z dala od wszystkiego, co przypominało prawdziwą akcję. Czułem się tam jak na pikniku. Wiesz, jak jest.

Nicholas wcześniej mi to wyjaśnił. „Atrakcyjny cel" – tym właśnie byli dla wroga. Choć ich treningi wyglądały identycznie jak te dla reszty żołnierzy, po rozmieszczeniu w terenie otrzymywali specjalne zadania, ponieważ groziło im wyjątkowe niebezpieczeństwo. Książęta stanowią bardzo błyszczące trofea.

– Pewnego dnia wraz z Czarnymi Garniakami dostaliśmy misję. Miałem szansę się pokazać. Poproszono, bym odwiedził placówkę znajdującą się w strefie działań wojennych, ale poza główną lokalizacją. Od jakiegoś czasu przebywała tam grupa mężczyzn, którym potrzeba było wsparcia. Wizyty księcia. Nagrody za dobrze wykonywaną służbę. – Henry przygryza wargę. – Pojechaliśmy tam, spotkałem się chyba z piętnastoma żołnierzami. Dobrymi ludźmi. Jeden był jak stary buldog, chciał mnie wyswatać ze swoją wnuczką. Inny miał tylko osiemnaście lat... – W oczach Henry'ego lśnią łzy i głos mu się łamie, ale po chwili mężczyzna kontynuuje: – Nigdy nie całował dziewczyny. Zamierzał to zmienić po powrocie do domu. – Przesuwa dłońmi po twarzy, wcierając słone krople w skórę. – Opowiadałem kawały, rozśmieszałem ich. Zrobiliśmy milion zdjęć, następnie udałem się w drogę powrotną. Jechaliśmy może... od siedmiu minut... kiedy pojawiła się pierwsza rakieta. Kazałem kierowcy zawracać, ale mnie nie posłuchał. Jaki sens w tym wszystkim, jeśli nie słuchają? –

pyta udręczonym głosem. – Uderzyłem siedzącego obok mnie chłopaka, przeczołgałem się przez jego kolana i wyskoczyłem z humvee. I pobiegłem. – Szlocha. – Przyrzekam, Nicholasie, biegłem tak szybko, jak tylko mogłem, ale gdy dotarłem na miejsce... Nic już z niego nie zostało. Wszystko było... w strzępach.

Zakrywam usta, ponieważ płaczę wraz z nim. Henry pociąga nosem i ponownie ociera twarz.

– Nie potrafię się z tym pogodzić. Może nie powinienem. Może powinienem pozwolić, by mnie to pożarło. – Patrzy na Nicholasa i mówi z goryczą: – Ci mężczyźni zginęli przeze mnie. Zginęli za zdjęcie ze mną.

Nicholas milczy przez chwilę. Wpatruje się w brata z przeróżnymi uczuciami malującymi się na twarzy. Następnie wstaje i odzywa się kojącym, choć pewnym, wymagającym głosem:

– Za tymi drzwiami znajduje się dwóch mężczyzn, którzy oddaliby za ciebie życie. Setki w pałacu, tysiące w mieście, którzy zginęliby za ciebie lub za mnie. Za to, co reprezentujemy. To nasze brzemię, zapłata za życie, które prowadzimy. Nie zmienisz tego. Możesz jedynie oddać cześć tym żołnierzom, Henry. Postarać się...

– Nie mów mi, że mam dla nich żyć! – krzyczy młodszy z braci. – To głupie, bo oni nie żyją! Wpadnę w szał, jeśli to powiesz.

– Nie powiem – przyznaje cicho Nicholas. – Nie możemy za nich żyć. Możemy się za to postarać, by być wartymi ich poświęcenia. Jesteśmy, kim jesteśmy, a kiedy umrzesz, na twoim nagrobku napiszą: „Henry, książę Wessco", jednak gdybyś zginął dzisiejszego wieczoru, napisano by: „Henry, książę

Wessco, który wypadł za burtę pieprzonej łodzi". I nie byłoby to zupełnie nic warte. – Nicholas się przysuwa, aby spojrzeć bratu głęboko w oczy. – Na świecie istnieje zaledwie kilku ludzi, którzy mają moc i szansę, by go zmienić. Możemy tego dokonać, Henry. Jeśli postanowisz zrobić ze swoim życiem coś wspaniałego, okaże się, że ci żołnierze zginęli za wspaniałą sprawę. Tylko tyle możemy zdziałać.

Obaj milkną. Henry wydaje się spokojniejszy, rozważając słowa brata.

– Kontaktowałeś się z ich rodzinami? – pytam łagodnie. – Może… Może poczułbyś się lepiej, gdybyś im pomógł? Okazał wsparcie, sprawdził, jak wygląda ich sytuacja finansowa…

– Nie mam zamiaru ich opłacać. To nie w porządku. – Henry kręci głową.

– Mówisz tak tylko dlatego, że jesteś bogaty – odpowiadam. – Kiedy walczysz o lepszą rzeczywistość, to błogosławieństwo. I nie chodzi mi tylko o pieniądze. Możesz z nimi porozmawiać, zaprzyjaźnić się, zapełniać pustkę, którą muszą odczuwać. Nie dlatego, że jesteś księciem, ale ponieważ jesteś fajnym facetem.

Henry zastanawia się nad tym przez chwilę. Pociąga nosem i ociera policzki.

– Jestem całkiem fajny.

Śmieję się. Moje oczy nadal są wilgotne, ale się śmieję. Nicholas i Henry idą w moje ślady.

Nicholas siada na łóżku, pochyla się i mocno ściska brata. Zupełnie jak na nagraniu z tego straszliwego dla książąt dnia.

I jak tamtego dnia, Nicholas mówi mu, że wszystko będzie dobrze.

ROZDZIAŁ 19

NICHOLAS

W następnym tygodniu ma odbyć się mecz polo, w którym zamierzamy uczestniczyć wraz z Henrym. Brat jest zmuszony się jednak z niego wycofać ze względów zdrowotnych, lekarze nie pozwalają mu na grę z powodu wstrząśnienia mózgu. Babcia nie robi wymówek młodszemu księciu za „incydent na statku", choć w prasie pojawiają się nagłówki typu: „Pijany książę Henry znów daje pokaz głupoty". Wydaje mi się, że królowa wie, iż jej wnuk z czymś walczy i bez względu na fizyczny stan zdrowia nie jest gotowy na publiczne wystąpienie.

Ja z drugiej strony nie mam się czym wykręcić. I nawet tego nie chcę. Polo to wymagająca gra, ale i relaksująca, bo brakuje w niej czasu na zastanawianie się nad czymś innym. Czasami nazywana jest grą królów, ponieważ niegdyś służyła do trenowania kawalerii – aby dobrze grać, trzeba było instynktownie kontrolować konia.

Innym powodem, dla którego cieszy mnie gra, jest reakcja Olivii na mój strój. Wchodzę do jej pokoju przez sekretne przejście, a dziewczyna omiata mnie wzrokiem z góry na dół – czarno-biała koszula opina moje bicepsy, a wybrzuszenie w kroku jest wyraźnie widoczne w sportowych spodniach.

Olivia odwraca się bez słowa, a różowa letnia sukienka do kolan wiruje. Dziewczyna zamyka drzwi na zamek. Kiedy słyszę jego zgrzyt, wiem, że będę miał szczęście.

Olivia podchodzi do mnie i klęka. Śmiejąc się, wyciąga mi koszulę ze spodni i rozpina pasek. Buty do jazdy konnej stanowią pewien problem, więc je zostawia, skupiając się na pracy wprawnymi pięknymi ustami i językiem, aż przeżywam mocny orgazm w jej ustach i widzę gwiazdy. Zapewne nawet światło boże.

Tak, naprawdę mam szczęście.

***

Prasa i widzowie zajmują wszystkie miejsca na trybunach, ponieważ nie tylko ja występuję na boisku, ale także królowa przyszła obejrzeć mecz. Jasna skóra widoczna pod prześwitującą białą bluzką Olivii znacznie mi to utrudnia, lecz zmuszam się, by utrzymać bezpieczny dystans, gdy zmierzamy do miejsca, gdzie usiądzie obok Franny. Simon również gra. W drodze na trybuny Olivia się śmieje, pokazując mi wiadomość od Marty'ego – odpowiedź na zdjęcie jednego z koni, które mu wysłała. „Jakbym patrzył w lustro", pisze, odsyłając fotkę z zaznaczonym w czerwonym kółku końskim fiutem.

Kiedy dziewczyna zajmuje miejsce, zakładam kask i zdejmuję tekową bransoletkę ojca, po czym podaję ją Olivii.

– Przypilnujesz jej dla mnie?

Rumieni się zaskoczona.

– Będę strzegła jej z narażeniem życia. – Wsuwa ją na własny nadgarstek. – Baw się dobrze – mówi, następnie dodaje ciszej: – Chciałabym cię teraz pocałować. Na szczęście. Wiem jednak, że nie mogę tego zrobić, więc tylko ci o tym powiem.

Puszczam do niej oko.

– Pocałowałaś mnie na szczęście w swoim pokoju. Gdyby było to lepsze, z pewnością bym oślepł.

Odchodzę w kierunku stajni, słysząc za plecami jej śmiech.

***

Choć niebo zasnute jest ciężkimi chmurami, a w powietrzu wisi deszcz, jesteśmy w stanie rozegrać dwie partie. Moja drużyna wygrywa obydwa mecze, dzięki czemu mam dobry nastrój. Spocony i ubłocony odprowadzam klacz do stajni. Szczotkuję ją samodzielnie w boksie, mówiąc jej, jaka jest piękna, ponieważ człowiek czy zwierzę, każda kobieta zasługuje na komplementy.

Wychodzę w końcu ze stajni i staję twarzą w twarz z Hannibalem Lancasterem. Jęczę w duchu. Chodziliśmy razem do szkoły – nie jest kanibalem jak jego imiennik, ale za to obślizgłym, obrzydliwym fiutem. Rodzice Hannibala są jednak dobrymi ludźmi i potężnymi sojusznikami korony. Co udowadnia, że nawet najwspanialsza jabłoń może wydać parszywy owoc.

Rodzice nie wiedzą o podłości syna, przez co reszta – wliczając w to mnie – zmuszona jest od czasu do czasu ustawić go do pionu, nie używając przy tym pięści.

Kłania się i pyta:

– Co tam, Pembrook?

– W porządku, Lancaster. Dobry mecz.

Prycha.

– Czwórka w ogóle się nie przyłożył. Dopilnuję, by wyleciał z klubu.

Nie zamierzam się z nim wdawać w dyskusje, ale okazuje się, że nie jest to takie łatwe.

– Chciałem zapytać o tę pamiątkę, którą przywiozłeś sobie ze Stanów.

– Pamiątkę? – pytam.

– Dziewczynę. Całkiem elegancka.

Buraki jak Lancaster mogą mieć wszystko, czego zapragną. Dosłownie. Właśnie dlatego kiedy znajdują coś, co trudno zdobyć, lub coś, co należy do kogoś innego, czują, że pragną tego mocniej, i bezlitośnie próbują to mieć za wszelką cenę.

Dawno temu nauczyłem się, że świat pełen jest oszołomów, którzy chcą tego, co mam ja, tylko dlatego, że to mam, a najlepszym sposobem, by trzymać od tego ich lepkie paluchy, to udawać obojętność – zupełnie się tym nie przejmować i zaprzeczać, by w ogóle to do mnie należało.

Wiem, że to pokręcone, ale to jedyna skuteczna metoda na świecie.

– Tak. – Uśmiecham się. – Ale nie powinno cię to dziwić. Zawsze gustowałem w eleganckich.

– A jednak dziwi. Zazwyczaj nie przyprowadzasz swoich ladacznic do domu i nie przedstawiasz ich babci.

Zerkam na stojący pod ścianą młotek do gry w polo i wyobrażam sobie, jak miażdżę nim jego jaja.

– Nie analizuj tego za mocno, Lancaster, bo zrobisz sobie krzywdę. Odkryłem właśnie wygodę posiadania chętnej cipki na wyciągnięcie ręki. I jest Amerykanką, a one zachwycają się książętami. – Wzruszam ramionami, choć kurczy mi się żołądek, a żółć podchodzi do gardła. Jeśli szybko od niego nie odejdę, to się porzygam.

Lancaster się śmieje.

– Też chcę spróbować amerykańskiej cipki. Pożycz mi ją. Nie masz nic przeciwko, co?

Albo zabiję sukinsyna.

Zaciskam dłonie w pięści i się obracam. To, co wychodzi z moich ust, nie jest tym, o czym myślę.

– Oczywiście, że nie, ale dopiero jak skończę. Rozumiesz, Hannibal? Jeśli wcześniej zobaczę, że przy niej węszysz, przybiję ci fiuta do ściany.

A może było w tym jednak nieco moich myśli.

– Chryste, nie musisz się wściekać. – Unosi dłonie. – Wiem, że nie lubisz się dzielić. Daj znać, kiedy ci się znudzi, do tego czasu się powstrzymam.

Jestem gotowy od niego odejść.

– Pozdrów ode mnie rodziców.

– Jak zawsze – woła za mną.

Chwilę później niebo się otwiera, uderza błyskawica i rozlega się grzmot, a deszcz leje, jakby płakały wszystkie anioły.

***

– Jak to nie wiesz, gdzie się podziała?

Jestem w salonie w Guthrie House. Patrzę wprost na młodego ochroniarza, który gapi się pod nogi.

– Poszła do ubikacji. Chyba się zasiedziała, więc chciałem sprawdzić, ale jej tam nie było.

Po meczu polo musiałem udzielić wywiadów. Olivia powinna była przyjechać tutaj, by się ze mną spotkać, ale nie dotarła do celu.

Podczas gdy traciłem czas, odpowiadając na głupie pytania i rozmawiając z ludźmi, którymi się brzydzę, Olivia... zaginęła? Została uprowadzona? Tysiąc przerażających myśli wiruje w mojej głowie, sprawiając ból.

Żywo gestykuluję.

– Wynocha!

Winston się tym zajmie. Znajdzie ją, bo właśnie na tym polega jego praca, a jest dobry w tym, co robi. Mimo to chodzę w kółko po pokoju, bo sam chciałbym jej szukać.

– Wszystko będzie dobrze, Nick – próbuje mnie pocieszyć Simon, siadając obok żony na kanapie. – Znajdzie się. Zapewne tylko zabłądziła.

Na zewnątrz grzmi, aż drżą szyby. Odzywa się telefon. Fergus podnosi słuchawkę i odwraca się do mnie z czymś, co przypomina uśmiech.

– Panna Hammond przekroczyła właśnie południową bramę, Wasza Książęca Mość. Zaraz ją przywiozą.

Czuję ogromną ulgę... do czasu aż staje przede mną – przemoczona z podkrążonymi oczami. Przebiegam pokój i porywam ją w ramiona.

– Jesteś ranna? Boże, co ci się stało?
– Musiałam pomyśleć – mówi oschle. – Lepiej mi to wychodzi podczas spaceru.

Chwytam ją za ramiona i odchylam się, pragnąc nią potrząsnąć.

– Nie możesz wałęsać się po mieście bez ochrony, Olivio.

Patrzy na mnie pustym wzrokiem.

– Mogę. Ty nie możesz, ale ja tak.
– Odchodziłem od zmysłów!

Jej głos pozbawiony jest emocji.

– Dlaczego?
– Dlaczego?
– Tak, dlaczego? Przecież jestem tylko wygodną amerykańską cipką, która ci się jeszcze nie znudziła.

Uderza we mnie przerażenie, wyciskając całe powietrze z moich płuc, przez co się duszę.

– Twój kolega ma na mnie ochotę, ale poczeka, aż ze mną skończysz, bo wie, że nie lubisz się dzielić.

– Olivio, nie chciałem...

– Nie chciałeś, bym to usłyszała? Tak, rozumiem. – Wyrywa mi się i odsuwa, patrząc na mnie nieufnie. – Jak mogłeś powiedzieć coś takiego?

– Nie to miałem na myśli.

– W dupie mam, co miałeś na myśli. Właśnie w ten sposób rozmawiasz o mnie z przyjaciółmi, Nicholasie? – Wskazuje na Simona.

Zupełnie nie obchodzi mnie to, że mamy widownię. Podchodzę do niej i syczę:

– Lancaster nie jest moim przyjacielem.

– Wyrażał się, jakby nim był.

– Ale nie jest! Chodzi o to… Niektóre sprawy takie już tu są.

Olivia kręci głową, głos jej drży, gdy próbuje się nie rozpłakać.

– Jeśli tak tu właśnie jest, to wracam do domu. Myślałam, że dam radę, ale… już tego nie chcę.

Kiedy się odwraca, krzyczę:

– Stój!

Nawet się nie odwraca.

– Odwal się!

Chwytam ją za rękę, więc się odwraca i uderza mnie tak mocno w twarz, że aż głowa odskakuje mi na bok, a policzek pulsuje.

– Nawet mnie nie dotykaj! – Stoi przede mną na szeroko rozstawionych nogach, z rękami zaciśniętymi w pięści, piorunując mnie wzrokiem pięknych, dzikich oczu, jak u zapędzonego w kozi róg zwierzęcia.

– Wyjaśnię.

– Wyjeżdżam! – piszczy.

Wpatruję się w nią hardo, gdy gniew tryska z moich słów, ponieważ dziewczyna mnie nie słucha.

– Musisz wiedzieć, kochaniutka, że samochód jest mój, dom jest mój, cały ten pieprzony kraj jest mój! Nigdzie nie pójdziesz, bo nie pozwolę, by dokądkolwiek cię zabrano.

Unosi głowę i prostuje plecy.

– Więc pójdę na lotnisko.

– Jest za daleko, nie dojdziesz tam.

– No to patrz!

Franny staje pomiędzy nami i odzywa się głosem przedszkolanki:

– Dzieci, dzieci... wystarczy.

Bierze dziewczynę za obie ręce i odwraca ją plecami do mnie.

– Olivio, Nicholas ma rację, na zewnątrz jest okropnie, nie możesz tam wyjść. I wyglądasz strasznie, nie powinnaś pokazywać się w takim stanie.

Patrzy na mojego lokaja.

– Fergusie, przygotuj kąpiel i przynieś butelkę Courvoisiera do pokoju Olivii.

Odsuwa jej włosy z twarzy w sposób, w który zrobiłaby to matka zasmuconemu dziecku.

– Weź miłą kąpiel i napij się dobrego alkoholu, a jeśli rano nadal będziesz chciała wyjechać, sama cię odwiozę. – Rzuca mi ostre spojrzenie. – Mam własny samochód.

Olivia drży, kiedy wzdycha, jakby była na granicy płaczu, co mnie rozdziera.

– Idź – mówi jej Franny. – Zaraz do ciebie przyjdę.

Kiedy Olivia opuszcza pokój, chcę za nią pójść, ale Franny zagradza mi drogę.

– O nie, ty zostajesz tutaj.

– Simonie – mówię, krzywiąc się – zabierz żonę, nim powiem coś, czego będę żałował.

Franny jednak przechyla głowę na bok, przyglądając mi się.

– Sądziłam niegdyś, że jesteś egoistycznym draniem, ale zaczynam wierzyć, że jesteś po prostu kretynem. Że jesteś podwójnie przeklętym idiotą. I nie wiem co gorsze.

– W takim razie dobrze, że mam w głębokim poważaniu twoją opinię.

Jedyną oznaką, że usłyszała moje słowa, jest drgnienie kącika jej różowych ust.

– Wydaje mi się, że lubisz trzymać Olivię w nieświadomości, bo to czyni ją zależną od ciebie. I sprawia, że jest niewinna. Nieskażona tym ściekiem, w którym na co dzień pływa reszta z nas. Ale zostawiłeś ją bezbronną. A ona nie zna zasad. Nie zna nawet nazwy tej gry.

– To co zamierzasz? – warczę. – Nauczyć ją grać?

Ciemne oczy Franny błyszczą.

– O nie, głuptasie. Nauczę ją wygrywać.

OLIVIA

Nigdy wcześniej nie próbowałam brandy. Kiedy Franny podała mi pierwszą szklankę, ostrzegła, by pić małymi łyczkami. Pierwszy był gorący i palił w gardle, ale teraz, trzy szklaneczki później, czuję się, jakbym piła słodki brzoskwiniowy syrop.

Wypity alkohol i gorąca kąpiel mnie uspokajają. Nie, czuję się raczej odrętwiała. Nie wiem, czy to lepiej, czy też gorzej, ale nie myślę w tej chwili o Nicholasie, bo Franny dotrzymuje mi towarzystwa.

Otulona kaszmirowym szlafrokiem leżę na białej kanapie, pozwalając włosom schnąć swobodnie i zwijać się w loki. Trzymam w dłoni telefon Franny, przeglądając zdjęcia na jej Instagramie. W kręgach tutejszych bogaczy dość istotne jest, kto jest kim, więc Franny wprowadza mnie w świat świńskich ploteczek i skandali.

– Ta zdzira bierze metę. – Franny spaceruje za kanapą niczym żołnierz. – Sama próbowała jej sobie nawarzyć i niemal całkowicie spaliła rodzinny zamek.

Opowiada o blondynce, która na zdjęciu pokazuje język i wystawia środkowy palec do obiektywu. Co za klasa.

Przesuwam do następnego zdjęcia.

– Zdzira z bulimią. Wszyscy myślą, że została wyleczona, ale nie ma posiłku przechodzącego przez jej usta, który by nie wrócił. Ma zgniłe zęby. Te koronki są tak sztuczne jak jej cycki.

Według Franny wszystkie te dziewczyny to „zdziry". Nieślubna zdzira (córka lokaja), łysa zdzira (stany lękowe i wyrywanie sobie włosów), drapiąca się zdzira (zrobię jej prezent na święta i wyślę tubkę Vagisilu). Według Franny nawet faceci to zdziry: pierdząca zdzira (gazy – spędź więcej czasu w jego towarzystwie, a nos ci odpadnie), mikroskopijna zdzira (zauważam, że gość jest dość duży, na co Franny porusza zabawnie małym palcem i wyjaśnia: „nie cały").

Rzucam telefon na kanapę i kładę głowę na jej oparciu.

– Dlaczego to w ogóle robimy?

– Ponieważ tak to działa. Oni cię nienawidzą, nawet ci, których jeszcze nie poznałaś. W razie gdybyś została, potrzebna ci będzie amunicja.

– Ale przecież nie podejdę do nieślubnej zdziry i nie powiem jej, naśladując głos Lorda Vadera, kim jest jej ojciec.

Różowe usta Franny rozciągają się w uśmiechu.

– Właśnie dlatego Nicholas cię uwielbia. Nie jesteś podobna do żadnej znanej mu kobiety. – Klepie mnie po kolanie. – Jesteś miła. Ale – ciągnie – nie chodzi o wykorzystanie tych informacji. Wystarczy, by wiedziały, że ty wiesz. Ich zdzirowate zmysły powiedzą im o tym w chwili, w której cię zobaczą. Będzie to widoczne w twojej postawie, w twoim spojrzeniu, gdy popatrzysz im w oczy. Patrzenie jest ważne. Jeśli zdołasz je odpowiednio opanować, będziesz mieć władzę nad światem. Właśnie tak to działa. Właśnie to Nicholas starał się dziś zrobić.

Upijam łyk alkoholu, zastanawiając się nad jej słowami. Aby poprawić nieco nastrój, pytam:

– A jaką ja będę zdzirą? Biedną?

– Z pewnością.

– A moja siostra małą, ponieważ nie jest wysoka?

– No i załapałaś.

Przyglądam się profilowi Franny – idealnej cerze, uroczemu nosowi, błyszczącym, egzotycznym oczom z długimi rzęsami. Jej uroda naprawdę zapiera dech.

– A ty?

Franny śmieje się gardłowo i głośno.

– Paskudną zdzirą.

– Chyba wręcz przeciwnie.

Odpowiedź zajmuje jej dłuższą chwilę. Podwija rękaw jedwabnej bluzki, by na wysadzanym brylantami zegarku sprawdzić godzinę.

– Dobrze, moja droga, rozsiądź się, a Franny opowie ci historyjkę. Dawno temu była sobie dziewczynka, najpiękniejsza na całym świecie. Wszyscy tak o niej mówili: mama, tata, nieznajomi na ulicy... wujek. Powtarzał to za każdym razem, gdy przyjeżdżał z wizytą, co działo się przerażająco często. Mawiał, że była jego „śliczną księżniczką".

Żołądek mi się ściska, a od brandy mnie mdli.

– Zawsze kochałam zwierzęta – mówi Franny, uśmiechając się nagle. – Mają szósty zmysł, jeśli chodzi o ludzi, nie sądzisz?

– Tak, chyba tak. Nie ufam nikomu, kogo nie lubi mój pies.

– No właśnie. – Patrzy na kominek. – Wujek dziewczynki zginął w wypadku podczas jazdy konnej. Spadł i został stratowany, kopyto zmiażdżyło jego głowę jak melon.

No i dobrze.

– Ale do tego czasu dziewczynka marzyła, by pociąć sobie twarz, by jej oblicze pasowało do tego, jak okropnie się czuła, jednak nie zdołała tego zrobić. – Franny milknie na moment, zatracona we wspomnieniach odbijających się w jej ciemnych oczach. – Zamiast tego brzydko się zachowywała. Była okrutna. Jadowita. I dobrze jej to wychodziło. Stała się najbrzydszą piękną dziewczyną na całym świecie.

Franny wypija swoją brandy.

– Aż pewnego dnia poznała chłopaka. Był głupiutki, niezgrabny, ale jednocześnie niesamowicie miły i słodki. Dziewczyna wiedziała, że nigdy nie mogliby być razem, bo gdy chłopak pozna jej wewnętrzną brzydotę, zostawi ją i złamie jej serce. Zatem była dla niego bezlitosna. Próbowała odpędzić go od siebie w każdy możliwy sposób. Chciała nawet uwieść jego przyjaciela, ale jej nie wyszło. Chłopak czekał. Nie dlatego, że był słaby. Czekał, ponieważ był cierpliwy. W sposób, w jaki rodzic pozwala dziecku się wypłakać, póki nie obezwładnia go zmęczenie. Pewnej nocy właśnie to się wydarzyło. Dziewczyna szlochała, wydzierała się, kopała... i powiedziała mu o wszystkim. Odkryła przed nim swoją brzydotę, a on nie tylko nadal kochał dziewczynę, ale obdarzył ją jeszcze większym uczuciem. Wyznał, że nie zakochał się w jej wyglądzie. Stwierdził, że zakochałby się w niej nawet, gdyby była niewidoma, ponieważ w chwili, gdy się poznali, jego uwagę przyciągnęła jej wewnętrzna iskra. A dziewczyna w końcu zaczęła mu wierzyć. Czuła się przy nim bezpieczna... dobra i może nawet piękna.

Tulę Franny, głaszcząc ją po miękkich włosach. Siadam prosto i patrzę jej w oczy.

– Dlaczego mi o tym opowiadasz?

– Ponieważ to miejsce, Olivio, to gówniana nora pełna krwiożerczych much, ale jest tu też dobro. Czułam i znalazłam je. – Bierze mnie za rękę. – Mój Simon kocha Nicholasa jak brata, więc uważam, że młody książę to jeden z tych dobrych.

Rozlega się pukanie do drzwi. Franny klepie mnie w kolano, następnie wstaje, by otworzyć. Simon Barrister patrzy na żonę – nie jak na najpiękniejszą dziewczynę na świecie, ale jak na centrum swojego wszechświata.

– Czas na nas, kochanie. – Uśmiecha się.

Franny mi macha.

– Dobranoc, Olivio.

– Dziękuję, Franny. Za wszystko.

Kiedy odchodzą korytarzem, słyszę, jak Franny mówi:

– Jestem bardzo pijana, Simonie. W nocy będziesz musiał sam się wszystkim zająć.

– Dobrze, kochanie. To mój ulubiony sposób.

***

Stawiam szklankę z brandy na stole i zamykam drzwi. Gaszę światło, zdejmuję szlafrok i idę się położyć.

W pokoju panuje cisza i mrok. Słyszę zgrzyt otwieranego przejścia, następnie przemierzające pomieszczenie kroki. Nicholas staje przy moim łóżku. Klęka jak jakiś święty z kościelnego witrażu i pełnymi bólu oczami wpatruje się we mnie w ciemności.

– Wybacz mi.

Trudno się nad nim nie litować, kiedy wyrzuty sumienia są tak wyraźne i prawdziwe.

– W chwili, w której się poznaliśmy – mówię – zanim cię zobaczyłam, usłyszałam twój głos. Jest piękny. Silny, głęboki, kojący. – Przełykam łzy. – Ale niedawno usłyszałam, jak wypowiadasz tym głosem straszne rzeczy.

– Wybacz mi – szepcze ze smutkiem. – Przyrzekam, że chciałem cię chronić. Sprawić, byś była... bezpieczna.

Wybaczam mu. To takie proste, bo już rozumiem.

I ponieważ go kocham.

Mój wzrok przyzwyczaił się do mroku, więc widzę Nicholasa wyraźnie. W poświacie księżyca dostrzegam kształt twarzy, kości policzkowe, podbródek, linię żuchwy i zarys pełnych warg.

To twarz anioła. Upadłego anioła z tajemnicami w oczach.

– Nie podoba mi się tutaj, Nicholasie.

Marszczy brwi, jakby cierpiał.

– Wiem. Nie powinienem był cię tu przywozić. Przemawiał przeze mnie egoizm. Ale... nie żałuję, ponieważ stałaś się dla mnie wszystkim.

Unoszę kołdrę i wskazuję ruchem głowy, więc kładzie się obok i tulimy się w ciemności. Czule, choć z desperacją, przywiera do moich warg. Jęczy, gdy wsuwam mu język w usta. Dźwięk ten mnie roztapia. Smutek między nami zmienia się w pożądanie. Potrzebujemy siebie nawzajem.

Zsuwam mu piętami spodnie, następnie przesuwam się w dół, całując go po torsie. Jego członek jest już twardy i piękny. Nie sądziłam, by penis mógł być piękny, ale ten Nicholasa taki właśnie jest. Ma idealny kształt, w mojej dłoni staje się gruby, ciepły i gładki. Na jego główce błyszczy kropelka.

Wsuwam sobie go głęboko w usta. Nicholas sapie moje imię, gdy zaczynam ssać, śledząc językiem jedwabistą skórę. Po chwili wzdycha i mnie podnosi. Całuje mnie, obraca, unosi moją koszulkę nocną i wsuwa się we mnie. Czuję cudowne wypełnienie. Zamiera, gdy znajduje się we mnie cały – gdy jesteśmy tak blisko, jak tylko dwoje ludzi może być.

Jego oczy lśnią w ciemności, kiedy głaszcze mnie po policzku, wpatrując się w moją twarz.

Wiem, że go kocham. Mam to wyznanie na końcu języka, czeka na wargach, bym je wypowiedziała. Nicholas mnie całuje, więc mu je przekazuję, choć w cichy, milczący sposób.

Ponieważ wszystko między nami jest tak bardzo skomplikowane. Mam wrażenie, że jeśli wypowiem to na głos, przekroczę pewną granicę, zza której nie będzie powrotu.

Nicholas porusza się nade mną i we mnie, powoli, zapewniając przyjemność nam obojgu. Zamykam oczy i ściskam go, obejmując rękami, wyczuwając, że z każdym ruchem jego bioder tężeją mu mięśnie na plecach.

Jestem stracona. Przepadłam. Wzbijam się w przestworza na skrzydłach rozkoszy. Błogość wzrasta we mnie, aż jęczę głośno, gdy dochodzę na szczyt. Przyciskam usta do szyi Nicholasa, z każdym sapnięciem zaciągając się wonią jego skóry.

Przyspiesza, staje się ostrzejszy, gdy odczuwa coraz intensywniejsze doznania. Wbija się we mnie po raz ostatni i z cichym jękiem osiąga spełnienie. Czuję go w sobie, gdy pulsuje. Zaciskam się mocno wokół niego, pragnąc zatrzymać go tam na zawsze.

Nieco później, kiedy leżę na jego ciepłej piersi, a on mnie obejmuje, pytam:

– Co zamierzasz zrobić?

Całuje mnie w czoło i mocniej otacza rękami.

– Nie wiem.

ROZDZIAŁ 20

NICHOLAS

– Odwal się, draniu! Nigdy cię nie lubiłem.
– Wszystko, co miało być w tobie najlepsze, wyciekło z twojej matki i zmoczyło łóżko, niedorobiony gnoju.
– Najmądrzejszą rzeczą, która kiedykolwiek wyszła z twoich ust, był kutas sir Aloysiusa!

Witajcie w parlamencie. I pomyśleć, że to Brytyjczycy się awanturują.

Choć muszę przyznać, że zazwyczaj nie jest aż tak źle.

– Zabiję cię! Zabiję twoją rodzinę! I zeżrę ci psa!

O rety.

Normalnie królowa uczestniczy w sesjach parlamentu tylko po to, by otworzyć i zamknąć rok, ale biorąc pod uwagę stan gospodarki Wessco, zwołała posiedzenie nadzwyczajne, aby te dwie zwaśnione strony mogły się dogadać.

Najwyraźniej nie idzie im za dobrze. Głównie dlatego, że rodzina królewska i parlamentarzyści, których ten kraj w ogóle obchodzi, są po jednej stronie... a po drugiej znajduje się wielki wór śmierdzących fiutów.

– Spokój! – wołam. – Panie i panowie, na miłość boską, to nie stadion futbolowy ani pub na rogu. Pamiętajcie, kim i gdzie jesteście.

Znajdujemy się w doniosłej sali, w której jeden z moich przodków, szalony król Clifford II, zasiadł w koronie. Tylko w niej. Ponieważ było mu gorąco. Nie powinniśmy o nim w ogóle wspominać.

W końcu krzyki cichną.

Zwracam się do przewodzącego:

– Sir Aloysiusie, jakie jest pańskie stanowisko dotyczące proponowanego ustawodawstwa?

Pociąga nosem.

– Moje stanowisko pozostaje niezmienne, Wasza Książęca Mość. Dlaczego powinniśmy przegłosować te ustawy?

– Ponieważ na tym polega wasza praca. Ponieważ kraj ich potrzebuje.

– Sugeruję zatem, by Jej Królewska Mość przystała na nasze żądania – mówi drwiąco.

Nagle pożeranie psów nie wydaje się tak okropne. Wpatruję się w niego, wyraz mojej twarzy jest równie surowy, i chłodny jak ton głosu.

– Nie tak to działa, sir Aloysiusie. Może pan wziąć swoje żądania i wsadzić je sobie w dupę.

Z sali pada kilka okrzyków poparcia.

Aloysius warczy:

– Nie jesteś jeszcze królem, Wasza Książęca Mość.

– Nie, nie jestem. – Patrzę mu prosto w oczy. – Ale powinien pan cieszyć się stanowiskiem, póki pan może, ponieważ kiedy nim zostanę, postaram się, by pan je stracił.

Widzę, że rozszerzają mu się nozdrza, gdy mężczyzna zwraca się do królowej:

– Czy wnuk przemawia w imieniu pałacu, Wasza Królewska Mość?

W oczach mojej babci tli się światło, a na jej twarzy maluje się uśmieszek. Choć zapewne wolałaby, by temat nie był tak poważny, całe przedstawienie jej się podoba. Walka, konfrontacja, utarczki – to jej piaskownica.

– Nie wybrałabym tak... zapalczywych słów, ale tak, książę Nicholas wyraził nasze stanowisko.

Widzicie? Też miała ochotę posłać go w diabły.

Królowa wstaje, wraz z nią podnoszą się wszyscy na sali.

– Zakończyliśmy na dzisiaj. – Rozgląda się, dotykając spojrzeniem każdego członka parlamentu. – Nasz kraj znalazł się na rozdrożu. Bądźcie pewni, że jeśli nie wybierzecie odpowiedniej drogi, zostanie ona wybrana za was.

Odwracamy się i ramię w ramię wychodzimy przez wielkie wrota. W korytarzu, w drodze do limuzyny, nie patrząc na mnie, królowa mówi:

– To nie było zbyt mądre, Nicholasie. Zyskałeś właśnie wroga.

– Był nim od dawna. Teraz ma po prostu świadomość, że o tym wiemy. Musiałem coś powiedzieć.

Śmieje się.

– Zaczynasz mówić jak twój brat.

– Może on ma rację.

***

A jeśli jesteśmy już przy Henrym, brat ma się lepiej. Od wypadku na łodzi minęło kilkanaście dni, przez które... uspokoił się. Skontaktował się również z rodzinami poległych żołnierzy, jak zasugerowała mu to Olivia. Odwiedziny u nich przyniosły mu pewien spokój.

Jedzie ze mną i z Olivią nad morze. Na weekend.

Nie mam nic przeciwko, to znaczy prowadzę kabriolet z otwartym dachem, a niezliczona liczba ochroniarzy jedzie obok, więc Olivia i tak nie bardzo może zrobić mi loda.

Chociaż minęło zaledwie czterdzieści minut z tej pięciogodzinnej podróży... i zaczynam zmieniać zdanie.

– Trzeźwość jest nudna – mówi siedzący z tyłu brat. – Nuuudzę się. – Przysuwa się, kładzie przedramiona na oparciach naszych foteli i wciska pomiędzy nas głowę. – Tak ma wyglądać cała ta podróż? Będziecie robić do siebie maślane oczka? Widzisz tamto drzewo, Nicholasie? Dodaj gazu i skręć w jego kierunku, by zakończyć moje męki.

Ignorujemy go. Olivia wyjmuje komórkę i robi zdjęcia klifów. Według niej wyglądają jak Patryk ze *SpongeBoba*. Następnie dodaje tę uwagę do fotografii, którą wysyła siostrze. Cały dzień pisze z Ellie i z Martym – sprawdza, jak mają się sprawy w Nowym Jorku. Wczoraj siostra napisała, że ojciec czuje się lepiej, co nieco uspokoiło dziewczynę.

– O, Ellie – rzuca słodko mój brat, zaglądając Olivii przez ramię. – Zadzwońmy do niej. Sprawdźmy, czy już osiągnęła pełnoletniość.

– Moja siostra nie jest dla ciebie, koleżko. – Olivia marszczy brwi.

Henry opada na siedzenie.

– Nudzę się.

To będzie bardzo długa podróż.

***

Dojeżdżamy do zamku Anthorp, który znajduje się na klifie, pod nim pieni się morska woda, więc sceneria jest przeciwieństwem nudy. Henry nie lubi pływać, ale interesuje się skokami z wysokości. Dzięki Bogu udaje mi się go od tego odwieść.

Nie kąpiemy się z Olivią na waleta, ponieważ mamy towarzystwo, a jej nagie ciało przeznaczone jest tylko dla moich oczu. Mimo to odmrażamy sobie tyłki na plaży – dziewczyna ma na sobie turkusowe bikini, a ja spodenki. Oboje rzucamy się na wysokie fale jak napalone delfiny.

Zimna woda ma swoje plusy, ponieważ po czasie wszystko i tak drętwieje.

Zaletą starych zamków jest kominek w każdym pomieszczeniu. Rozgrzewamy się przed tym w wielkiej sali, siedząc na dywanie zrobionym z króliczych skórek. Olivia suszy włosy przy ogniu, a ja obserwuję, jak płomienie tańczą w jej oczach, dzięki czemu tęczówki wydają się fioletowe.

Na obiad jemy pyszny gulasz i świeżo pieczony chleb.

A w nocy, w wielkim antycznym łożu, widzę gwiazdy, gdy Olivia mnie ujeżdża. Wpatruję się w nią, niczym szukający odkupienia grzesznik. Poświata księżyca otula jej skórę niesamowitym blaskiem – cholera, ależ jest piękna. Głęboko wzrusza mnie ten widok.

Ale nie płaczę, ponieważ znam lepsze sposoby na okazanie uwielbienia.

Przesuwam dłonie po jej plecach aż do łopatek. Odchylam ją do tyłu – wciąż się w niej znajduję, ale ciężar Olivii spoczywa na moich rękach, następnie opadam ustami na jej biust i kocham te miękkie pagórki wargami, zębami i językiem. Wielbię je, jakby były moim bóstwem.

Olivia piszczy, gdy ją liżę. Czuję, jak jej mięśnie zaciskają się wokół mnie. To cholernie cudowne.

Od meczu polo coś się między nami zmieniło. Sprawy nabrały głębi... Wiem, że oboje to czujemy, choć o tym nie rozmawialiśmy. Jeszcze nie.

Gdy Olivia ociera się o mnie, czuję skurcz w jądrach. Unoszę ją, by móc spojrzeć jej w twarz. Trzymając ręce na ramionach dziewczyny, wbijam się w nią, gdy idealnie mnie pieprzy. I kończymy razem – pieszcząc się, jęcząc i przeklinając.

Akustyka tych ścian nie jest tak wspaniała jak w pałacu... Ale niemalże jej dorównuje.

***

Następnego dnia w drodze powrotnej zatrzymujemy się na obiad w pubie. To mało znany lokal, choć podają tu dobre kanapki i wyśmienitą whisky. Ponieważ przystanek nie był planowany, ochrona wychodzi przed nami, by sprawdzić bezpieczeństwo, następnie siedzi nieopodal, gdy spożywamy posiłek.

Kiedy wstajemy od stołu, Henry mruży oczy, wpatrując się w blondynkę stojącą po drugiej stronie sali, następnie przyciska sobie palec do ust, po czym wskazuje na nią.

– Znam tę dziewczynę. Ale skąd?

– Titebottum[*] – mówię.

– Tak, widzę. Chociaż dziwi mnie, że wspomniałeś o tym przy Olivii.

Moja towarzyszka krzyżuje ręce na piersiach, oczekując wyjaśnień. Śmieję się, ponieważ brat jest kretynem.

– Tak się nazywa – mówię. – To córka lady Von Titebottum, ta młodsza... Penelope.

Henry pstryka palcami.

– Tak, właśnie. Poznałem ją u barona Fossbendera kilka lat temu, kiedy była jeszcze na studiach.

W tej samej chwili obok Penelope staje dziewczyna z długimi brązowymi włosami i okularami na nosie, więc dodaję:

– A to chyba jej siostra... Sarah.

---

[*] Wymawiane podobnie do *tight bottom*, co oznacza małe, jędrne pośladki (przyp. tłum.).

Kiedy udajemy się do drzwi, Penelope podchodzi do mojego brata, a po jej minie wnoszę, że nie ma problemu z odgadnięciem, kim jest.

– Henry Pembrook! Wieki się nie widzieliśmy. Co u ciebie słychać?

– Wszystko dobrze, Penelope.

Obie dziewczyny dygają pospiesznie, następnie Penelope krzywi się przesadnie, patrząc na Henry'ego.

– Nawet nie mów, że przyjechałeś z wizytą i nie zamierzałeś do mnie wpaść. Nigdy bym ci nie wybaczyła.

Henry się uśmiecha.

– Pojedźcie z nami, wynagrodzę ci to.

Zaciska usta.

– Nie mogę. Mama nie znosi miasta, bo jest zbyt głośne, zbyt przepełnione ludźmi.

– I musimy zabrać obiad do domu. Właśnie go nam pakują – mówi Sarah delikatnym, dźwięcznym głosem, przyciskając do piersi oprawioną w skórę książkę.

– Co czytasz? – pyta Olivia.

Dziewczyna się uśmiecha.

– *Rozważną i romantyczną*.

– Po raz tysięczny – mamrocze Penelope. – I nie czyta tego jak normalna osoba. Podarowałam jej na urodziny czytnik, ale w ogóle go nie używa! Wszędzie nosi ze sobą książki w tym rozpadającym się pokrowcu.

– Czytnik to nie to samo, Penny – wyjaśnia cicho Sarah.

– Lektura to lektura. – Henry wzrusza ramionami. – To tylko słowa… Czyż nie?

Sara rumieni się mocno, ale kręci głową, patrząc na mojego brata z politowaniem. Otwiera książkę i podtyka mu pod nos.

– Powąchaj.

Po chwili Henry pochyla się i obwąchuje ostrożnie stronice.

– Czym pachną? – pyta Sarah.

Henry ponownie zaciąga się wonią.

– Pachną... starością.

– Właśnie! – Sama mocno się zaciąga. – Papier i tusz to niezastąpiona woń. Jedyne, co pachnie lepiej niż nowa książka, to ta stara.

Ktoś upuszcza tacę ze szklankami za barem, brzęk tłuczonego szkła rozchodzi się po pomieszczeniu. Sarah Von Titebottum nieruchomieje, jej oczy robią się puste, skóra staje się biała jak papier, który ma w rękach.

– Sarah? – pytam. – Dobrze się czujesz?

Nie odpowiada.

– Wszystko w porządku – szepcze Penelope, ale ta jej nie słyszy.

Henry chwyta ją za rękę.

– Sarah?

Wciąga gwałtownie powietrze – sapie – jakby przed chwilą nie oddychała. Mruga, rozgląda się wokoło spanikowana, po czym bierze się w garść.

– Proszę o wybaczenie... Przestraszyłam się. – Chwyta się za serce. – Muszę się przewietrzyć. Poczekam na zewnątrz, Pen.

W tej samej chwili kelner przynosi ich zamówienie. Penelope prosi mężczyznę, by zaniósł paczkę do samochodu. W drzwiach dziewczyna przypomina Henry'emu:

– Zadzwoń do mnie. Nie zapomnij.

– Dobrze. – Macha jej, po czym wpatruje się w nią, gdy ta odchodzi.

– Dziwne małe kaczątko, co?
– Kto? – pytam.
– Lady Sarah. Szkoda, byłaby ładna, gdyby nie ubierała się w szaty pokutne jak mnich.

Olivia cmoka, jak robią to rozczarowane starsze siostry.

– Wcale nie wygląda jak mnich, palancie. Może jest bardzo zajęta i nie ma czasu na kontemplowanie wyglądu. Rozumiem ją. – Wskazuje na swoją sylwetkę. – Wierz lub nie, ale w prawdziwym życiu tak nie wyglądam.

Obejmuję ją w talii.

– Bzdury. Jesteś piękna bez względu na to, co nosisz – mówię, po czym pochylam się i szepczę jej do ucha: – Zwłaszcza kiedy nie masz nic na sobie.

– Mimo to – mruczy Henry, gdy wychodzimy – nie miałbym nic przeciwko, by zajrzeć pod tę długą spódnicę panny rozważnej i romantycznej. Po nazwisku Titebottum spodziewam się czegoś dobrego.

ROZDZIAŁ 21

NICHOLAS

Mama powiedziała mi kiedyś, że czas jest jak wiatr. Pędzi, uderza w ciebie i bez względu na wysiłki, bez względu na to, jak bardzo byś chciał, nie zatrzymasz go, a nawet nie spowolnisz.

Jej słowa kołaczą mi się w głowie, gdy leżę w łóżku, za oknem budzi się szary świt, a Olivia śpi smacznie tuż obok.

Cztery dni. Tylko tyle nam zostało. Czas upłynął tak szybko, jakby ktoś przewracał strony w książce. Chwile, które spędziliśmy wspólnie, były wspaniałe – pełne śmiechu, pocałunków, jęków i okrzyków; podczas nich przeżyłem więcej przyjemności, niż mógłbym sobie wymarzyć.

Przez ostatnie pięć miesięcy naprawdę rozkoszowałem się czasem spędzanym z Olivią. Jeździliśmy rowerami po mieście – oczywiście wokół była ochrona. Ludzie nam machali, wołali do nas – nie tylko do mnie, ale do niej również. „Urocze dziewczę" – mówili.

Robiliśmy sobie pikniki nad stawem, spacerowaliśmy po pałacowych włościach, pełen radości głos Olivii rozbrzmiewał w starych salach. Nauczyłem ją jeździć na koniu, choć wolała rower. Kilka razy była ze mną i Henrym na strzelaniu do rzutków – za każdym razem, gdy ciągnąłem za spust, w ten uroczy sposób zakrywała uszy.

Było też więcej okazji, by Olivia nawiązała kontakt z babcią, i choć za każdym razem królowa traktowała ją uprzejmie, to jednak w jej postawie odczuwalny był chłód. Pewnej niedzieli Olivia zrobiła drożdżówki na herbatkę. Piekła coś po raz pierwszy, odkąd wyjechała z Nowego Jorku, i naprawdę się tym cieszyła. Przygotowała je według swojego ulubionego przepisu, z migdałami i żurawiną. Babcia nie skosztowała nawet kęsa. Nie spodobało mi się to. Ta mroczna chwila nie przyćmiła jednak tysiąca jasnych. Tysiąca idealnych wspomnień.

Lecz nasz czas niemal się skończył.

Miesiące temu pewna myśl zasiała ziarno w mojej głowie, ale nie pozwoliłem, by zaczęło kiełkować. Aż do teraz.

Obracam się na bok, całuję Olivię po ręce aż do ramienia i przyciskam nos do szyi dziewczyny. Budzi się z uśmiechem.

– Dzień dobry.

Przysuwam usta do jej ucha i werbalizuję tę myśl. Tę moją nadzieję.

– Nie wracaj do Nowego Jorku. Zostań.

Odpowiedź przychodzi sekundę później. Szeptem.

– Na jak długo?

– Na zawsze.

Dziewczyna obraca się w moich ramionach, ciemnoniebieskie oczy wpatrują się we mnie, usta zaczynają rozciągać się w uśmiechu.

– Rozmawiałeś ze swoją babcią? Nie masz zamiaru… ogłaszać zaręczyn?

Z trudem przełykam ślinę, ponieważ czuję ucisk w gardle.

– Nie. Odwołanie zaręczyn nie jest możliwe. Ale tak się zastanawiałem… Mógłbym przesunąć ten ślub o rok. Może dwa. Wciąż mielibyśmy czas.

Wzdryga się. Jej uśmiech natychmiast niknie. Mimo to kontynuuję, próbując sprawić, by zrozumiała.

– Mógłbym poprosić Winstona, aby przejrzał listę kobiet. Może któraś z nich łączy z kimś to samo co nas? Mógłbym... dogadać się z nią. Zawrzeć umowę.

– Małżeństwo z rozsądku – mówi oschłym tonem.

– Tak. – Obejmuję jej twarz, zmuszając, by na mnie popatrzyła. – Zawiera się je od wieków, ponieważ się sprawdza. Albo... mógłbym ożenić się z Ezzy. Ułatwiłoby to życie zarówno jej, jak i nam.

Olivia spogląda w sufit, przeczesując mocno włosy.

– Jezus Maria, Nicholasie.

W moim głosie pobrzmiewa czysta desperacja.

– Zastanów się nad tym. Nawet tego nie przemyślałaś.

– Wiesz, o co w ogóle prosisz?

Frustracja sprawia, że mój ton staje się chłodny.

– Proszę, żebyś została. Tutaj. Ze mną.

Zaczyna się w niej gotować.

– Tak, mam tutaj zostać i przyglądać się z boku, jak ogłaszasz światu, że żenisz się z inną! Jak chodzisz na przyjęcia, lunche i pozujesz do zdjęć z inną. Zobaczyć, jak... dajesz jej pierścionek matki.

Krzywię się. Olivia szturcha mnie, odrzuca kołdrę i wstaje.

– Jesteś strasznym dupkiem!

Kieruje się do przejścia za regałem, ale wyskakuję z łóżka, by ją złapać. Obejmuję Olivię w talii, nie pozwalając jej odejść. Przyciskam dziewczynę plecami do swojej piersi, wsuwam rękę w jej włosy i mówię ochryple do ucha:

– Tak, jestem dupkiem i draniem na dokładkę, ale... nie potrafię pogodzić się z myślą, że będziesz po drugiej stronie oceanu. Że nigdy cię nie zobaczę, że już nigdy cię nie dotknę.

Zamykam oczy i opieram czoło o skroń Olivii, zaciągając się jej zapachem, trzymając ją za mocno, zbyt zdesperowany, by rozluźnić uścisk.

– Kocham cię, Olivio. Kocham cię. I nie mam pojęcia, co z tym zrobić. Nie wiem, jak dać ci odejść.

Drży w moich ramionach, po chwili szlocha, zakrywając twarz dłońmi. Rozrywa mi to serce na kawałki.

Powinienem był zostawić Olivię w spokoju. Odsunąć się w chwili, w której zacząłem... czuć. Nie miałem powodu, by ją zatrzymać. Na zawsze pozostanie to najokrutniejszym z moich czynów.

Obraca się, kładzie twarz na mojej piersi, mocząc ją łzami. Tulę dziewczynę i głaszczę po włosach.

– Nie płacz, kochana. Ciii... Proszę, Olivio.

Patrzy na mnie zbolałym wzrokiem.

– Ja też cię kocham.

– Wiem. – Głaszczę jej twarz. – Wiem, że mnie kochasz.

– Ale nie mogę... – Jej głos drży. – Jeśli tu zostanę... Jeśli będę musiała oglądać... Będę się czuła, jakbym płonęła na stosie, aż nic już ze mnie... z nas, nie zostanie.

Ściska mi się pierś, jakby otoczył mnie wielki wąż, przez co nie mogę oddychać.

– Nie powinienem był cię o to prosić, Olivio. – Ocieram jej łzy. – Proszę, nie płacz. Proszę... zapomnij o tym. Zapomnij, że cokolwiek powiedziałem. Cieszmy się...

– ...pozostałym nam czasem – dokańcza za mnie cicho.

Dotykam palcem jej nosa.

– Dokładnie tak.

OLIVIA

Czekam przed gabinetem królowej. Jej sekretarz, Christopher, powiedział, że nie znajdzie dziś dla mnie czasu, ale i tak siedzę w poczekalni. Ponieważ muszę coś zrobić. Muszę spróbować.

Kiedy królowa wchodzi do pomieszczenia zamaszystym krokiem, mówię:

– Muszę porozmawiać z Jej Królewską Mością.

Nawet na mnie nie patrzy.

– To ważne!

Mija mnie na korytarzu, idąc do drzwi swojego gabinetu.

– Błagam, Wasza Wysokość!

W końcu się zatrzymuje i obraca głowę. Zaciska usta, spoglądając na mnie. Ten cały Christopher musi być z nią połączony telepatyczną więzią, ponieważ kiedy królowa bez słowa wchodzi do swojego gabinetu, mężczyzna unosi rękę i prowadzi mnie za nią.

Nie wiem, jak długo zechce ze mną rozmawiać, więc zaczynam mówić od razu, gdy tylko zamykają się za mną drzwi.

– Nicholas potrzebuje więcej czasu.

– Czas w niczym mu nie pomoże. – Jej słowa do mnie są lekceważące.

– On nie jest gotowy.

Wchodzi za swoje biurko i przegląda leżące na blacie dokumenty.

– Oczywiście, że jest. Urodził się do tego. Dosłownie.

– On tego nie chce.

– Ale to zrobi, ponieważ jest honorowy, a to jego obowiązek!

– Kocham go!

Królowa zamiera. Zatrzymuje rękę nad jakąś kartką i powoli unosi głowę, by spojrzeć mi w oczy.

Wyraz jej twarzy łagodnieje – linie wokół ust i oczu wygładzają się, dzięki czemu kobieta wygląda delikatniej. Jak babcia, którą powinna być.

– Tak, wierzę ci. Wiesz, on również cię kocha. Kiedy na ciebie patrzy... Ojciec Nicholasa patrzył na jego matkę w ten sam sposób, jakby była ósmym cudem świata. Przez ostatnie miesiące wnuk bardzo przypominał mi swojego ojca, niekiedy czułam się niemal, jakby stał obok mnie mój syn. – Wskazuje na ustawioną przy kominku sofę. – Siadaj.

Ostrożnie spełniam polecenie, gdy królowa zajmuje fotel naprzeciw mnie.

– Po Thomasie miałam drugie dziecko. Córkę. Nicholas mówił ci o tym?

– Nie – odpowiadam ze smutkiem.

– Była piękna, ale słaba. Urodziła się z wadą serca. Sprowadziliśmy najlepszych lekarzy, wybitnych specjalistów z całego świata. Edward odchodził od zmysłów ze smutku, a ja oddałabym koronę, by ją uratować... Ale nic nie można było zrobić. Powiedziano mi, że nie przetrwa miesiąca. Przeżyła aż sześć. – Zatraca się na chwilę we wspomnieniach. Mruga, a z szarych oczu znika zaduma. Wzrok wraca do teraźniejszości i do mnie. – Wtedy nauczyłam się, jak okrutna jest nadzieja. Jak bardzo bezlitosna. Szczerość może wydawać się brutalna, ale w ostatecznym rozrachunku okazuje się zbawienna. – Ton jej głosu zmienia się w stal. – Nie ma przyszłości dla ciebie i mojego wnuka. Żadnej. Musisz się z tym pogodzić.

– Nie mogę – szepczę.

– Musisz. Prawo stanowi wyraźnie.
– Ale Jej Królewska Mość może je zmienić. Dla nas. Dla niego.
– Nie, nie mogę.
– Wasza Wysokość jest królową!
– Tak, zgadza się, tak jak twój kraj ma prezydenta. A co by się stało, gdyby twój prezydent ogłosił jutro, że wybory będą odbywały się co osiem lat zamiast co cztery? Co zrobiłby twój rząd? Co zrobiliby ludzie?

Otwieram usta, ale nic się z nich nie wydostaje.

– Zmiany wymagają czasu i chęci, Olivio, a w Wessco nie ma w tej chwili chęci do tego typu zmian. A nawet gdyby były, to nie najlepszy czas. Prawo obowiązuje nawet monarchów. Nie jestem Bogiem.

– Nie – warczę, tracąc nad sobą panowanie. – Ale potworem. Jak Jej Królewska Mość może mu to robić? Dlaczego, widząc, co do mnie czuje, zmusza go Wasza Wysokość do ożenku?

Królowa obraca się do okna i patrzy na nie.

– Matka grzebiąca dziecko sama pragnie umrzeć w nadziei, że po śmierci znów zobaczy swojego potomka. Za pierwszym razem przeżyłam dzięki Thomasowi, ponieważ wiedziałam, że mnie potrzebował. A kiedy chowałam jego i Calistę, przeżyłam dzięki Nicholasowi i Henry'emu. Oni potrzebowali mnie nawet jeszcze bardziej. Jeśli uważasz mnie za potwora, to twoja sprawa. Być może nawet nim jestem, ale wierz mi, że nie ma nic… nic… czego nie zrobiłabym dla tych chłopców.

– Poza pozwoleniem, by mieli własne życie. Pozwoleniem, by ożenili się z kim zechcą.

Krzywi się, patrząc na mnie, i kręci głową.

– Jeśli ja jestem potworem, ty jesteś naiwną, egoistyczną dziewuchą.
– Bo kocham Nicholasa? Bo chcę z nim być, by go uszczęśliwić? Dlatego jestem egoistyczna?

Unosi głowę niczym profesor dający wykład.

– Jesteś zwyczajna, ale nie mam tu nic złego na myśli. Pospolici ludzie patrzą na egzystencję poprzez pryzmat jednego życia. Za sto lat nikt nie będzie o tobie pamiętał. Jesteś identyczna jak reszta ziarenek piasku na plaży. Monarchowie patrzą na świat poprzez pryzmat dziedzictwa. Zapytaj Nicholasa, odpowie ci w ten sam sposób. Co po sobie zostawimy? Jak zostaniemy zapamiętani? Bez względu na to, czy jesteśmy wyklinani, czy szanowani, zostaniemy zapamiętani. Nicholas to przywódca. Ludzie są mu oddani, podążają za nim w naturalny sposób, musiałaś to widzieć.

Myślę o ochroniarzach: Loganie, Tommym i Jamesie, którzy nie tylko sprawują nad nim pieczę, bo taka jest ich praca, ale także dlatego, że tego pragną.

– Kiedy zostanie królem, polepszy życie wielu milionów ludzi. Wprowadzi nasz kraj w nową erę. Może dosłownie zmienić świat, Olivio, a ty chcesz go tego pozbawić? W imię czego? Kilku dekad własnego szczęścia? Tak, dziecko, według mnie to czyni cię egoistką.

Próbuję się trzymać, ale frustracja wyciska z moich oczu łzy i sprawia, że wyrzucam ręce w górę, ponieważ nie wiem, jak się z tym kłócić.

– Zatem to koniec? – pytam zniszczona. – Nie ma żadnego wyjścia?

Królowa nie jest zła ani złośliwa. Po prostu ucina sprawę raz na zawsze.

– Nie, nie ma.

Zamykam oczy i biorę głęboki wdech. Unoszę głowę i patrzę jej w twarz.

– Nie zostało mi więc nic do dodania. Dziękuję za rozmowę, Wasza Królewska Mość. – Podnoszę się, ale gdy chwytam za klamkę, słyszę swoje imię. – Tak? – Odwracam się.

– Obserwowałam cię przez te ostatnie miesiące. Widziałam, jak radziłaś sobie z personelem i zwykłymi ludźmi, z Nicholasem i Henrym. Zauważałam cię. – Oczy królowej zdają się błyszczeć. Niemal jakby było w nich wzruszenie. – Myliłam się w chwili, gdy cię poznałam i powiedziałam, że sobie nie poradzisz. Gdyby tylko to wszystko wyglądało inaczej i istniałaby dla was szansa…poradziłabyś sobie, moja droga.

Łzy znów napływają mi do oczu, emocje ściskają gardło. Zabawne – kiedy ludzie skąpiący pochwał w końcu je dają, wydają się one znaczące.

Pochylam głowę, zaplatam nogi i powoli, idealnie dygam. Ćwiczyłam. Ponieważ ta kobieta jest królową, ale też matką oraz babką i należy jej się szacunek.

Wzdycham głęboko, gdy zamykają się za mną drzwi, bo wiem już, co muszę zrobić.

ROZDZIAŁ 22

NICHOLAS

Dni poprzedzające Letni Jubileusz zawsze są pełne szaleńczych wydarzeń i planowania. Atmosfera jest napięta, wszyscy się denerwują, ponieważ tak wiele trzeba przygotować.

Przyjeżdżają dygnitarze i głowy państw z całego świata, a pałac musi ich ugościć. Rodzina królewska ma sesję fotograficzną, przeprowadzane są spotkania i wywiady. Organizacyjny chaos tylko wzrasta wraz z nadejściem wielkiego finału, niczym lawa gotująca się w wulkanie przed wielkim wybuchem.

Przeżywam to jak co roku – z uśmiechem na ustach i niewypowiedzianymi słowami zamkniętymi szczelnie wewnątrz mojego umysłu – ale ostatnia doba była dla mnie wyjątkowo trudna. Mówię wszystkie właściwe rzeczy, których się ode mnie oczekuje, ale czuję się coraz bardziej przytłoczony tymi kłamstwami, wręcz mnie duszą.

To jak żałoba... Czuję się jak po śmierci rodziców, kiedy pomimo miażdżącego żalu, niszczącego każdą komórkę w moim ciele, musiałem żyć i chodzić z uniesioną głową.

Jestem jednak zdeterminowany, by dobrze się dziś bawić, naprawdę. Olivia nigdy nie była na balu z tak wielką pompą. Chciałbym zobaczyć jej reakcję – zarejestrować uśmiech i iskrę zdziwienia, która pojawi się w oczach dziewczyny. Mam zamiar zebrać te chwile, zatrzymać w pamięci, by móc do nich wracać, gdy już jej nie będzie.

Czekam w pokoju dziennym w Guthrie House na Olivię, która się stroi. Mam zamiar zaprowadzić ją do salonu, gdzie komendant policji przekaże nam ostatnie instrukcje, po czym będziemy mogli pójść na bal.

Słyszę dochodzący ze szczytu schodów szelest materiału, więc się obracam i zostaję powalony widokiem.

Dziewczyna ma na sobie jasnoniebieską satynowo-szyfonową suknię o klasycznym kroju z dekoltem i fantazyjnym szalem okręconym wokół rąk, ale odsłaniającym ramiona. To staromodny styl, lecz strój nie wygląda jak kostium z teatru. Gorset ozdobiony jest kamieniami, a satyna opina szczupłą talię, spływając na halkę, która musi być na kole, choć nie jest ono jakieś wielkie. Z jednej strony spódnica sukni została rozcięta i ozdobiona klejnotami jak gorset, pod spodem widać błękitny szyfon, również podobnie udekorowany. Włosy Olivii zaplecione są w piękne, błyszczące czarne loki, pomiędzy nimi połyskują inkrustowane brylantami grzebienie.

Za moimi plecami stoi Fergus. Stary wyga głośno wzdycha.

– Wygląda jak anioł.

– Nie – mówię, gdy Olivia dociera na dół. – Wygląda jak królowa.

Staje przede mną i przez chwilę po prostu na siebie patrzymy.

– Nigdy nie widziałam cię w mundurze wojskowym – mówi, omiatając mnie wzrokiem, nim powraca spojrzeniem do moich oczu. – To powinno zostać zabronione.

– To ja powinienem tu rzucać komplementami. – Z trudem przełykam ślinę, tak bardzo jej pragnę. W każdy możliwy sposób. – Twój widok zapiera dech w piersi, kochana. Nie potrafię zdecydować, czy chciałbym, byś została w tej sukni na zawsze, czy może raczej wolałbym już teraz ją z ciebie zedrzeć.

Śmieje się.

Z jej uszu zwisają proste, brylantowe kolczyki, ale szyja jest naga – tak jak prosiłem jej stylistkę. Wyciągam z kieszeni niewielkie pudełko i je otwieram.

– Mam coś dla ciebie.

Rumieni się, nim patrzy na jego zawartość. Następnie sapie, gdy unoszę wieczko.

Zawieszka jest jak płatek śniegu o skomplikowanym, misternym wzorze, otoczonym setką brylantów i szafirów. Brylanty są bez skazy jak skóra Olivii, szafiry głębokie jak jej oczy.

Szczęka opada dziewczynie.

– Jest… wspaniała. – Dotyka czerwonego materiału wyścielającego pudełeczko, ale nie zawieszki, niemal jakby się bała. – Nie mogę tego zatrzymać, Nicholasie.

– Oczywiście, że możesz – rzucam niemal oschle. – Sam ją zaprojektowałem i kazałem wykonać. – Wyjmuję całość z pudełka i staję za dziewczyną, by zawiesić jej jedwabną wstążkę na szyi. – Na świecie istnieje tylko jeden taki płatek. Zupełnie jak ty.

Całuje Olivię w kark, następnie w ramię. Dziewczyna odwraca się twarzą do mnie, bierze mnie za rękę i ścisza głos.

– Nicholasie, wiele myślałam…

– Chodźmy, maślane oczka, jesteśmy spóźnieni – mówi Henry, również ubrany w mundur, wchodząc do pokoju i stukając palcem w zegarek. – Po balu się pomigdalicie.

Pochylam się i całuję Olivię w policzek.

– Wieczorem powiesz mi o wszystkim.

***

Zbieramy się w przedsionku sali balowej, gdy dźwięki przyjęcia: rozmowy, muzyka, brzęk szkła, wypływają spod drzwi jak dym. Jest kuzynostwo – Marcus z rodziną. Pozdrawiamy się niebywale szybko i trzymamy od siebie z daleka. Tak na wszelki wypadek unikam również wszystkich przekąsek, które znalazły się w ich zasięgu.

Moja asystentka Bridget klaszcze, śmieje się i tryska energią, jakby przewodniczyła komitetowi rodzicielskiemu w szkole.

– Okej, powtórzmy wszystko jeszcze raz: królowa zostanie zapowiedziana jako pierwsza, następnie książę Nicholas i książę Henry, który wprowadzi pannę Hammond. – Obraca się do mojego brata. – Wszyscy będą stać, więc Wasza Książęca Mość musi zaprowadzić pannę Hammond do wyznaczonego miejsca pod ścianą, po czym wrócić do brata. Wszyscy zapamiętali, prawda?

Za drzwiami rozlegają się fanfary. Bridget wręcz podskakuje z podekscytowania.

– O, nasz sygnał. Zajmijcie miejsca, panowie i panie! – Staje obok Olivii, ściska jej rękę i piszczy. – To takie ekscytujące!

Kiedy odchodzi, Olivia się śmieje.

– Naprawdę podoba mi się ta kobieta.

Ustawia się obok mojego brata. Rozmawialiśmy o tym – o przejściu z Henrym, o oczekiwaniach, tradycjach... Ale kiedy zostaję sam, wszystko staje się takie bezsensowne. Głupie.

Obracam się i klepię brata w ramię.

– Hej.
– Co?
– Zamień się.

– Czym mam się zamienić? – pyta Henry.
Wskazuję palcem.
– Miejscami.
Przesuwa się, wbijając wzrok w plecy babci.
– Powinieneś iść za królową. Jesteś drugi w linii dziedziczenia.
Wzruszam ramionami.
– Nie obejrzy się. Nie zorientuje się, póki koło niej nie staniesz, a wtedy będzie musiała się z tym pogodzić. Poradzisz sobie z witaniem gości, wierzę w ciebie.
– Ale to sprzeczne z protokołem – droczy się Henry, ale i tak wiem, że się zgodzi.
Ponownie wzruszam ramionami.
– A pieprzyć go.
Śmieje się i patrzy na mnie z dumą w oczach.
– Zmieniłaś mojego brata w buntownika, Olivio. – Dotyka jej dłoni. – Dobra robota.
Zamieniamy się miejscami. Olivia bierze mnie pod rękę, moje udo muska jej sukienka.
– Od razu lepiej. – Wzdycham, ponieważ kiedy stoi obok, czuję, że to zawsze było jej miejsce.

***

Bal trwa w najlepsze. Wszyscy się bawią, muzyka jest lżejsza niż w poprzednich latach, orkiestra miesza znane popularne utwory z klasycznymi melodiami. Goście tańczą, jedzą, śmieją się – a ja stoję samotnie, obserwując. Przyglądając się Olivii.

Odczuwam coś przedziwnego – radość, którą zawsze sprowadza do mojej piersi jej widok. Dumę, gdy zachowuje się z pewnością siebie, rozmawiając z żonami ambasadorów, przywódców i członków rodzin królewskich, jakby robiła to przez całe życie – jakby się do tego urodziła. Odczuwam również przemożny ból, ponieważ przypominam sobie, że niedługo wyjedzie. Jeszcze parę dni i zniknie, stracę ją już na zawsze.

– Dobrze się czujesz, Nicky? – pyta z troską Henry. Nie widziałem, gdy podszedł, nie wiem, jak długo tu stoi.

– Nie, Henry – mówię głosem, który nawet nie brzmi jak mój. – Chyba nie.

Brat kiwa głową, ściska moje ramię i klepie mnie po plecach – próbując pocieszyć, dodać mi siły. Tylko to może zrobić, ponieważ jak powiedziałem mu niedawno... jesteśmy tym, kim jesteśmy.

Odsuwam się i podchodzę do orkiestry. Rozmawiam z nią przez chwilę, a kiedy wszystko jest już ustalone, idę do Olivii. Docieram do niej, gdy w powietrzu rozchodzą się pierwsze nuty *Everything I Do*.

Wyciągam rękę.

– Mogę prosić do tańca, panienko Hammond?

Na twarzy dziewczyny pojawia się zrozumienie... i uwielbienie. To piosenka z jej balu maturalnego, o której mi wspominała. Uwielbia ją, ale nie miała szansy do niej zatańczyć.

Przechyla głowę na bok.

– Zapamiętałeś.

– Wszystko pamiętam.

Podaje mi dłoń, więc prowadzę ją na parkiet. Ściągamy na siebie uwagę wszystkich gości. Nawet pary, które zaczęły już tańczyć, zatrzymują się i na nas spoglądają.

Kiedy biorę swoją partnerkę w ramiona i prowadzę w tańcu, szepcze mi nerwowo do ucha:

– Wszyscy nas obserwują.

Całe życie byłem na świeczniku. Znosiłem to niechętnie, akceptowałem, mimo iż mi to przeszkadzało.

Aż do teraz.

– No i dobrze.

***

We wczesnych godzinach porannych, tuż przed świtem, wsuwam się w Olivię, leżąc na niej, a niesłychana rozkosz przepływa przez nasze ciała przy każdym powolnym ruchu moich bioder. Kocham się z nią w najprawdziwszym, najszczerszym tego słowa znaczeniu.

Nasze myśli, ciała, dusze nie są już nasze. Wirują i mieszają się, stając się nową, idealną istotą. Obejmuję twarz dziewczyny, całując ją głęboko, gdy nasze serca biją wspólnym rytmem. Czuję iskry w podbrzuszu, przeszywa mnie prąd, który zwiastuje potężny orgazm, ale jeszcze nie... Nie chcę jeszcze kończyć.

Zwalniam ruchy, zatrzymuję się w Olivii. Czuję, że kładzie mi dłoń na policzku, więc otwieram oczy. Wciąż ma naszyjnik, który błyszczy w poświacie księżyca, ale nie tak mocno jak jej oczy.

– Zapytaj raz jeszcze, Nicholasie.

Szept nadziei. Błogosławionej, pięknej, porywającej nadziei.

– Zostań.

Uśmiecha się łagodnie.

– Na jak długo?

Błagam ochryple:

– Na zawsze.

Olivia patrzy mi głęboko w oczy, a jej uśmiech się poszerza, kiedy kiwa lekko głową.

– Dobrze.

ROZDZIAŁ 23

OLIVIA

Następnego ranka Nicholas tryska nadmierną energią. Oboje tak się czujemy. Całujemy się i śmiejemy – praktycznie nie potrafimy oderwać od siebie rąk. To nowy dzień. Nie rozumiałam wcześniej tego wyrażenia. To znaczy, czyż nie każdy dzień jest nowym dniem? Ale teraz już wiem, o co w tym wszystkim chodzi. Ponieważ nasza przyszłość – jaka by nie była – zaczyna się właśnie dzisiaj.

I wejdziemy w nią razem.

Śniadanie jemy w jego pokoju. Razem bierzemy długi prysznic, parny na tak wiele sposobów. Późnym popołudniem udaje nam się ubrać i wyjść z apartamentu. Nicholas chce mnie zabrać na rower, ale gdy docieramy na dół, Winston, szef Czarnych Garniaków, jak nazywa go Nicholas, już na nas czeka.

– Musimy porozmawiać, Wasza Książęca Mość – mówi do niego, w ogóle na mnie nie patrząc.

Nicholas powoli głaszcze kciukiem grzbiet mojej dłoni.

– Właśnie wychodzimy, Winstonie. Czy to nie może zaczekać?

– Obawiam się, że nie. To raczej pilna sprawa.

Nicholas wzdycha.

A ja próbuję pomóc.

– Pójdę do biblioteki i poczekam, aż skończycie.

Kiwa głową.

– W porządku. – Całuje mnie pospiesznie, choć czule, następnie odchodzi wypełnić obowiązki.

Czterdzieści pięć minut później nadal znajduję się w majestatycznej bibliotece – dwupiętrowej, z polerowanym drewnem pachnącym cytrynowym nabłyszczaczem, z półkami wypełnionymi starymi, oprawionymi w skórę księgami. Przerzucam strony *Rozważnej i romantycznej*, tak naprawdę jej nie czytając.

– Jesteśmy już gotowi, panno Hammond.

Unoszę głowę i widzę, że Winston wpatruje się we mnie z rękami założonymi za plecami.

– Co oznacza, że „jesteście gotowi"?

Pokerowa twarz tego mężczyzny fascynuje mnie i nieco przeraża jednocześnie. Jego usta nie są spięte, a oczy pozostają niewzruszone – jakbym miała przed sobą oblicze manekina. Albo bardzo dobrego, bardzo zimnego zabójcy.

– Tędy, proszę.

NICHOLAS

Wchodząc do pomieszczenia, Olivia wygląda na zaciekawioną i jest bardzo malutka w porównaniu do stojącego obok Winstona. Dziewczyna zerka na siedzącego w skórzanym fotelu przy kominku Henry'ego, następnie uśmiecha się, gdy zauważa mnie po drugiej stronie.

– Co się dzieje?

Wodzę wzrokiem po jej twarzy, a także przeszukuję swoją pamięć, zastanawiając się, czy nie przeoczyłem jakiegoś znaku. Czegoś, co mogłoby wzbudzić moje podejrzenia... Ale nic nie znajduję.

Olivia przygryza wargę, patrząc na mnie bez wyrazu. Winston obraca ekran stojącego na biurku komputera.

– Takie nagłówki pojawiły się w „Daily Star". To tabloid.

Niechciany tajemniczy potomek Jego Seksownej Mości.

Nastoletnia wpadka w rodzinie królewskiej zakończona poronieniem – zdradzamy wszystkie szczegóły.

Na twarzy Olivii pojawia się przerażenie.

– O nie! Jak... Jakim cudem się dowiedzieli?

– Mieliśmy nadzieję, że zdoła nam to pani wytłumaczyć, panno Hammond – mówi Winston. – Ponieważ to pani im powiedziała.

Żałuję, że się na to zgodziłem i dobrowolnie oddałem Winstonowi dowodzenie w tym przesłuchaniu.

– O czym mówicie? – Patrzy na mnie. – Nicholasie?

Winston podaje jej kartkę. Dziewczyna wpatruje się w nią, marszcząc w zadumie brwi.

– Co to?

To hipoteka Amelii – zadłużenie budynku z kawiarnią i mieszkaniem Olivii w Nowym Jorku. Lokal miał zostać zajęty pięć miesięcy temu. W zeszłym tygodniu wszystkie należności spłacono.

Winston przedstawia fakty.

– Nie rozumiem. Wczoraj rozmawiałam z Ellie i nic nie powiedziała. – Przysuwa się do mnie. – Nicholasie, chyba nie wierzysz, że mogłabym to zrobić?

Żołądek wywraca mi się na tę myśl, ale mam przed sobą dowód, czarno na białym.

– O nic cię nie oskarżam.

– Tak, ale mnie też nie bronisz.

Biorę raport z biurka.

– Wyjaśnij mi to. Spraw, by nabrało sensu. – Nawet w moich własnych uszach brzmi to jak błaganie. – Spraw, bym zrozumiał, co się tu stało.

Kręci głową.

– Nie potrafię.

Czuję, jakby wielki głaz zaległ mi na sercu, miażdżąc je.

– Wszystko bym ci wybaczył, Olivio. Wiedziałaś o tym? Wszystko. Ale... nie pozwolę się okłamywać.

– Nie kłamię.

– Może powiedziałaś komuś niechcący. Może wspomniałaś siostrze, Marty'emu czy ojcu?

Odsuwa się o krok.

– Więc to nie ja jestem szmatą, ale chcesz zeszmacić moją rodzinę?

– Tego nie powiedziałem.

– Dokładnie to powiedziałeś.

Rzucam raport bankowy na stół.

– Przez dziesięć lat ani słówko nie przedostało się do prasy. Dziesięć tygodni po tym, jak ci o wszystkim powiedziałem, pojawiło się to w każdej gazecie, a przypadkowo w tym samym czasie zostaje spłacona twoja hipoteka. Co niby miałem pomyśleć?

Olivia się wzdryga i pociera czoło.

– Nie wiem, co powiedzieć.

Podnoszę głos:

– Powiedz, że tego nie zrobiłaś!

Patrzy mi prosto w oczy, unosząc głowę.

– Nie zrobiłam.

Kiedy milczę, wyraz jej twarzy się zmienia, niczym rozsypujący się domek z kart.

– Nie wierzysz mi.

Odwracam wzrok.

– Postaw się na moim miejscu.

– Próbuję. – Drży jej warga. – Ale ja bym ci uwierzyła, więc nie mogę tego zrobić. – Kręci głową. – Czy kiedykolwiek dałam ci odczuć, że chcę od ciebie jakieś pieniądze?

– Może nie chciała ich pani... na początku – wtrąca Winston jak oskarżyciel zarzucający podejrzanego pytaniami podczas przesłuchania procesowego. – Ale kiedy przyjechała pani tutaj i na własne oczy zobaczyła ten przepych, zmieniła pani zdanie. Może w końcu postanowiła pani zdobyć wszystko, co tylko możliwe.

– Zamknij się! – krzyczy na niego Olivia.

Chwytam ją za rękę i odciągam do tyłu.

– Dosyć.

Patrzy na mnie błagalnym wzrokiem. Prosi, bym jej uwierzył. I Chryste, bardzo tego chcę, ale niepewność ściska mi pierś, przez co nie mogę oddychać.

– Zadzwonię do ojca – deklaruje. – On ci powie, że to jakaś pomyłka. – Wyciąga komórkę z kieszeni, wybiera numer i czeka. Po czasie, który wlecze się w nieskończoność, patrzy na mnie zdenerwowana. – Nie odbiera. Spróbuję jeszcze raz.

Kiedy ponownie próbuje się połączyć, pytam Winstona:

– Skąd się wzięły te pieniądze?

– Nie byliśmy w stanie prześledzić drogi przelewu, ale pracujemy nad tym.

Mówię mocnym, rozkazującym głosem:

– Potrzebuję tej informacji, Winstonie. To jedyny sposób, by się upewnić.

Olivia powoli opuszcza rękę z telefonem i patrzy na mnie jak na kogoś nieznajomego. Nie, gorzej, jak na potwora.

– Po wszystkim, co się wydarzyło, po wszystkim, co ci oddałam, wszystkim, co powiedzieliśmy i kim byliśmy dla siebie przez ostatnie pięć miesięcy... potrzebujesz oficjalnego potwierdzenia, byś mógł zdecydować, czy jestem osobą, która wykorzystałaby twoją najbardziej bolesną tajemnicę i sprzedała ją jak ścierkę na targu?

W jej głosie brzmi ostrzeżenie, które każe mi przestać. Uciąć łeb sprawie tu i teraz i już nie drążyć. Mówi, że nie mam powodu, by jej nie ufać. Że nigdy by mi czegoś takiego nie zrobiła. Nie Olivia, którą znam.

Uciszam jednak ten głos, ponieważ kłamie. Słyszałem go już wielokrotnie wcześniej, gdy byłem młody, głupi i nieodpowiedzialny.

Nie chcę powtórki. Nie w tej sprawie, nie w przypadku Olivii. To złamie mi serce.

Moja twarz wydaje się być jak maska – wykuta z zimnego kamienia.

– Tak. Potrzebuję.

Dziewczyna pęka – jak szyba, w którą uderzyła pięść.

– Pieprz się! – Odsuwa się, krzycząc, płacząc i kręcąc głową. – Mam w dupie ciebie i ten pieprzony pałac, w którym się wychowałeś. Jesteś walnięty. Przez gierki tych pokręconych ludzi masz namieszane we łbie. Nawet nie widzisz jak bardzo. Nie potrafię na ciebie patrzeć.

– Więc odejdź! – krzyczę. – Tam są drzwi. Wynoś się! Jeśli nie możesz mnie znieść, to wracaj do Nowego Jorku!

W chwili, w której te słowa opuszczają moje usta, chcę je cofnąć. Nie myślę w ten sposób, ale to tak nie działa. Raz wypowiedziane słowa nie mogą zostać cofnięte. Mogą się jedynie odbić echem.

Kolor odpływa z twarzy Olivii, powieki opadają. Dziewczyna zwiesza głowę, jakby... miała dosyć. Jakby nic już w niej nie zostało.

Bierze drżący oddech i nie podnosząc głowy, nawet na mnie nie patrząc, odwraca się i wychodzi.

Przez dłuższy moment nikt się nie odzywa. Stoję jak kretyn, wpatrując się w miejsce, w którym przed chwilą była.

Głos Henry'ego przerywa ciszę:

– Popełniasz błąd. To było podłe, Nicholasie. Nawet jak na ciebie.

Zwracam się do Winstona:

– Dowiedz się, skąd są te pieniądze. Teraz.

Mężczyzna kłania się i wychodzi.

Czuję na sobie spojrzenie Henry'ego, ale się nie odwracam. Nie mam mu nic do powiedzenia. Brat nie daje jednak za wygraną.

– Halo? – Obchodzi mnie i stuka w głowę. – Jest tam ktoś? Kim ty w ogóle jesteś?

Kiedy na niego patrzę, wydaje się inny, wyższy, starszy. Bardziej poważny. Nie wiem, dlaczego wcześniej tego nie zauważyłem ani dlaczego widzę to teraz.

– O czym mówisz?

– Cóż, wyglądasz jak mój brat, gadasz jak on, ale nim nie jesteś. Jesteś jakąś alternatywną wersją, taką, która daje nic nieznaczące odpowiedzi w wywiadach. Blaszanym Drwalem.

– Nie jestem w nastroju do żartów, Henry.

Brat ciągnie, jakbym nie zwrócił mu uwagi:

– Prawdziwy Nicholas wiedziałby, że Olivia nie mogłaby zrobić i nie zrobiłaby czegoś takiego. Wiedziałby to tutaj. – Szturcha mnie w mostek. – Albo za bardzo boisz się zaufać własnemu instynktowi, albo jej. Tak czy inaczej, właśnie pozwoliłeś wyjść najlepszej osobie, jaką w życiu poznałeś. A przy żywocie, jaki prowadzimy, to naprawdę coś znaczy.

Przełykam z trudem ślinę, czując się w środku pusty i odrętwiały. Mój głos jest równie matowy i wyprany z wszelkich emocji.

– Jeśli tego nie zrobiła, to cholernie wielki zbieg okoliczności. Będę wiedział, co zrobić, kiedy Winston zdobędzie potrzebne informacje.

– Wtedy będzie za późno!

Milczę. Skończyłem z dyskutowaniem, ale mój brat jeszcze nie.

– Wielokrotnie sądziłem, że mama wstydziłaby się za mnie, ale pierwszy raz w życiu uważam, że wstydziłaby się... za ciebie – mówi i również wychodzi.

OLIVIA

Nie przystaję w drodze powrotnej do swojego pokoju. Załamię się, jeśli to zrobię. Przygryzam wargę, obejmuję się rękami, mijając na korytarzach ochroniarzy, kiwając głową pokojówkom. Rozpadam się jednak w chwili, gdy zamykają się za mną drzwi.

Szlocham głośno, od czego cała się trzęsę. To mieszanina wściekłości i bólu, najgorszy rodzaj złamanego serca. Jak on mógł? Po wszystkim, co zrobiłam, po wszystkim, co chciałam mu dać...

Widziałam to w jego oczach – tych pięknych, udręczonych oczach. Chciał mi uwierzyć, ale tego nie zrobił. Nie mógł. Ilekroć w przeszłości rozpalała się w nim iskra zaufania, zostawała zgaszona.

Czy w ogóle mi ufał? Czy kiedykolwiek wierzył, że moglibyśmy być razem... na zawsze? A może częściowo czekał, aż go wykiwam?

A pieprzyć go. Pieprzyć jego i ten pałac. Koniec. Mam dosyć.

– Podać herbatę, panno Hammond?

Sapię głośno, gdy zatrzymuje się moje serce. To przydzielona do mnie pokojówka, Mellie. Nie widziałam jej, bo płakałam, zakrywając twarz dłońmi.

Na jej młodej twarzy maluje się współczucie, ale jestem zmęczona towarzystwem – pokojówek, ochroniarzy i... dupków z Twittera, pieprzonych asystentek i sekretarek. Chcę zostać sama. Mam ochotę wpełznąć do jakiejś dziury, w której nikt mnie nie zobaczy i nie usłyszy, bym mogła odetchnąć... i wypłakać sobie oczy.

Szlocham, gdy mówię:

– N-nie, dzię-kuję.

Przytakuje i zwiesza głowę niczym dobra służąca. Obchodzi mnie i bez słowa wychodzi. Och, tak dobrze wyszkolona.

Przekręcam za nią zamek, po czym podchodzę do regału stanowiącego przejście do pokoju Nicholasa i go blokuję. Idę do łazienki i puszczam gorącą wodę pod prysznicem. Rozbieram się, nadal szlochając, gdy pomieszczenie wypełnia para. Wchodzę do kabiny, opadam na jej dno i kładę głowę na kolanach. Płaczę nieprzerwanie, a woda nie przestaje się na mnie lać.

NICHOLAS

Odwiedziłem raz szpital dla dzieci, zajmujący się najrzadszymi, najcięższymi przypadkami. Poznałem tam dziewczynkę – zabandażowane maleństwo – która nie była w stanie odczuwać bólu. Zaburzenie związane z przekazywaniem bodźców z nerwów do mózgu. Na pierwszy rzut oka można by pomyśleć, że takie życie to błogosławieństwo – nigdy nie doświadczyła bólu zęba, brzucha, rodzice nie musieli ocierać jej łez po rozbitym kolanie.

Ból to jednak dar. Ostrzeżenie, że coś jest nie w porządku i należy podjąć działanie, by naprawić sytuację. Bez bólu nawet niewielkie obrażenia mogą doprowadzić do śmiertelnych powikłań.

Poczucie winy działa w ten sam sposób. To sygnał sumienia, że coś jest nie tak.

Moje wyrzuty pożerają mnie żywcem, powoli odgryzając kawałek po kawałku, 0kiedy spędzam czas w pustym gabinecie. Wbijają we mnie szpony, gdy wracam do swoich pokoi. Duszą mnie, kiedy nalewam sobie szkockiej, której nie jestem w stanie przełknąć.

Nie potrafię wyrzucić z głowy wyrazu twarzy Olivii. Porażki. Bólu.

Nie powinienem się tak czuć. To ja jestem tu ofiarą. To mnie okłamano. Zdradzono. Dlaczego więc czuję się tak cholernie winny?

Kłuje mnie to od środka jak złamane żebro.

Szklanka dźwięczy, kiedy odstawiam ją na stolik. Następnie podchodzę do regału, za którym znajduje się korytarz prowadzący do pokoju Olivii. Gdy jednak docieram na jego koniec i naciskam dźwignię, nic się nie dzieje.

Zapomniałem o blokadzie.

Mama ją zamontowała. To wtedy jedyny raz widziałem ją ze śrubokrętem w dłoni; jedyny raz słyszałem, jak wyzywała ojca od pieprzonych palantów.

Rodzice się w końcu pogodzili, ale zasuwka została. Najwyraźniej ponownie została użyta.

Przeczesuję włosy palcami i obchodzę wszystko dookoła, by stanąć pod właściwymi drzwiami. Pukam mocno, ale nikt ich nie otwiera.

Młoda pokojówka kiwa głową, gdy przechodzi, na co odpowiadam w ten sam sposób.

Ciągnę za klamkę, ale te drzwi również zablokowano, więc pukam ponownie, tym razem jeszcze mocniej, bo czuję, jak wzbiera we mnie gniew.

– Olivio? Chciałbym z tobą porozmawiać.

Czekam, ale nikt się nie odzywa.

– Olivio. – Ponownie pukam. – Sprawy... wymknęły się wcześniej spod kontroli i chciałbym o tym z tobą porozmawiać. Możesz mnie wpuścić?

Kiedy obok przechodzi ochroniarz, czuję się jak skończony idiota. I właśnie tak muszę wyglądać, pukając i błagając pod drzwiami w moim własnym przeklętym domu.

Tym razem walę w drzwi pięścią.

– Olivia!

Pół minuty później, gdy nadal nie otrzymuję odpowiedzi, moje wyrzuty sumienia znikają.

– W porządku. – Wpatruję się w zamknięte drzwi. – Jak chcesz.

Odchodzę, natrafiając we *foyer* na Fergusa.

– Powiedz, żeby podstawili samochód.

– Dokąd się wybierasz, książę?
– Wychodzę.
– A kiedy wrócisz?
– Późno.

Karci mnie wzrokiem.

– Wydaje się to być głupim pomysłem.
– Okazało się, że od pięciu miesięcy popełniam same głupoty. – Wychodzę, ale w drzwiach rzucam: – Więc dlaczego miałbym przestać?

OLIVIA

Po prysznicu wkładam moje normalne ubrania, prawdziwe: znoszone spodnie od dresu i biały podkoszulek. Nie suszę włosów, ale wiążę je w kok na czubku głowy. Czuję, że mam podpuchnięte oczy, które muszą źle wyglądać. Wyciągam walizkę z garderoby i zaczynam się pakować z zamiarem pozostawienia każdej rzeczy, którą dobrała mi stylistka Sabine. I tak wszyscy uważają, że lecę na kasę, niech mnie szlag, jeśli dam im więcej powodów, by tak myśleli.

Kończę i zamierzam udać się do gabinetu sekretarki zajmującej się podróżami, aby załatwiła mi transport na lotnisko i bilet do domu. Moje nogi mają jednak inny pomysł. Niosą mnie przez przejście za regałem do pokoju Nicholasa.

Panuje tu cisza, która zwiastuje, że nikogo nie ma. Na stoliku zauważam szklankę z whisky. Dotykam jej, ponieważ on jej dotykał. Podchodzę do łóżka – wielkiego, pięknego łoża. Biorę do rąk poduszkę Nicholasa i zanurzam w niej twarz, zaciągając się jego zapachem – wspaniałą męską wonią oceanu i pikanterii.

Skóra mnie mrowi, oczy pieką. Myślałam, że już się wypłakałam, ale najwyraźniej byłam w błędzie.

Wzdycham drżąco i odkładam poduszkę.

– Nie ma go, panno Hammond – mówi stojący w drzwiach Fergus. – Wyszedł.

– Powiedział, dokąd się udaje?

– Nie.

Podchodzę do słodkiego staruszka.

– Przez cały czas mojego pobytu tutaj był pan dla mnie bardzo miły. Dziękuję.

Kiedy się odwracam, by odejść, kładzie dłoń na moim ramieniu.

– Jest dobrym chłopcem, czasami potrafi być ostry, ale ma ku temu swoje powody. Proszę dać mu czas, by odzyskał zdrowy rozum. Kocha cię, panienko, z całego serca. Nie uciekaj. Daj mu chwilę na przemyślenie sprawy.

Wracają do mnie słowa królowej.

– Czas nic tu nie wskóra. – Przysuwam się i całuję mężczyznę w pomarszczony policzek. – Żegnam.

***

Jane Stiltonhouse, sekretarka zajmująca się organizowaniem wyjazdów, siedzi za biurkiem, gdy wchodzę do jej gabinetu.

– Jestem gotowa, by wrócić do domu.

Początkowo kobieta wydaje się zaskoczona, następnie się cieszy.

– Cudownie. – Wstaje z fotela i wyciąga z szuflady teczkę. – Mam tutaj bilet na lot w pierwszej klasie do Nowego Jorku, oczywiście zakupiony dzięki uprzejmości pałacu. Poślę dziewczyny do Guthrie House, by spakowały pani rzeczy.

– Nie ma takiej potrzeby. Już się spakowałam.

Jej uśmiech przypomina mi trujący owoc – niebezpiecznie słodki.

– Wszystko wypożyczone przez pałac: stroje, biżuteria i tym podobne musi w nim pozostać.

– Jedyną rzeczą, jaką chcę ze sobą zabrać, jest naszyjnik, który podarował mi Nicholas.

Klaszcze.

– Dobrze, ale naszyjnik również musi tu pozostać.

Te słowa uderzają we mnie z mocą pędzącego pociągu.

– Ale Nicholas zaprojektował go specjalnie dla mnie.

– Naszyjnik zamówił książę Nicholas, który jest członkiem rodziny królewskiej, dlatego biżuteria ta to własność korony. Musi zostać.

– Podarował mi go.

Unosi jedną z wąskich brwi.

– A wkrótce może podarować go jakiejś innej. Ma zostać. Będzie z tym problem, panno Hammond?

Chciałabym pokazać, jak takie problemy rozwiązuje się tam, skąd pochodzę, ale tego nie robię, ponieważ jaką sprawiłoby to różnicę?

– Nie, panno Stiltonhouse, żadnego.

Jej usta układają się, idealnie naśladując uśmiech rekina Bruce'a z *Gdzie jest Nemo*.

– Wspaniale. Kierowca dostanie pani bilet, proszę nie zapomnieć paszportu. Zapraszamy ponownie. – Obrzuca wzrokiem mój strój. – Jeśli będzie miała pani środki.

Nie potrafię dostatecznie szybko opuścić tego pałacu.

ROZDZIAŁ 24

NICHOLAS

Tej nocy, po upiciu się do nieprzytomności w Koźle, nie śnię o mamie, jak ostatnim razem, gdy byłem tak bardzo napruty. Tym razem jestem na statku – drewnianej, skrzypiącej, pirackiej łajbie – z oszałamiającą brunetką o wspaniałych, kremowych piersiach. Szaleje piekielna burza. Rzuca nami na prawo i lewo, aż potężna fala przewraca statek i wypadam za burtę.

Kiedy uderzam głową w twardą podłogę, uświadamiam sobie, że nie jestem na statku, a rzucanie nie było snem, tylko sprawką mojego brata.

Spadłem z kanapy, na której zasnąłem, po czym wylądowałem dupskiem na parkiecie. Kiedy unoszę powieki, widzę, że stoi nade mną niczym anioł porannej zagłady. Obok znajduje się Simon.

– Co, do chuja, Henry?

– Mówiłem, że się mylisz. Mówiłem, że Olivia tego nie zrobiła.

Jego słowa natychmiast przywracają mi pełną świadomość.

Henry patrzy na Simona.

– Powiedz mu.

Simon jest blady, bledszy niż zazwyczaj.

– Co masz mi powiedzieć? – chrypię.

Odchrząkuje.

– Tak, cóż… Widzisz… zacząłem rozkręcać nowe przedsięwzięcie pod szyldem Barristera…

Kiedy milknie, naciskam:
- I?
- To ciasta.
Może mimo wszystko jeszcze śnię.
- Ciasta?
- Tak, świeże i mrożone, które będą mogły być dostarczane w dowolny zakątek świata. Powalimy Marię Callender i Sarę Lee na kolana. I wiesz, jak bardzo smakowały mi ciasta z Amelii, gdy byliśmy w Stanach... więc odkupiłem przepisy od ojca Olivii. Wszystkie.
Żołądek mi się kurczy.
- Za ile?
- Za sześciocyfrową kwotę.
Siadam powoli, przy czym zbiera się we mnie gniew.
- I nie pomyślałeś, że powinieneś porozmawiać o tym ze mną?
Pociera kark.
- Pan Hammond nie życzył sobie rozgłosu. Poszedł na odwyk. Jest w programie dwunastu kroków i w ogóle. Chciał zrobić Olivii niespodziankę, pokazać, że zajął się długiem i załatwił jej pomoc. – Simon się wije. – I do diabła, nie potrafię utrzymać niczego w tajemnicy przed Franny, więc pomyślałem, że będzie lepiej, jeśli... – urywa, wpatrując się we mnie. – Coś ty zrobił, Nick?

Co ja zrobiłem? Świadomość tego, co zrobiłem, jest dla mnie jak kop łosia w krocze.

Natychmiast wstaję i z kołaczącymi się w głowie paskudnymi słowami, które do niej wypowiedziałem, spieszę korytarzem. Mam rozpiętą koszulę i nagie stopy, ale w chwili, w której dotykam klamki, zanim jeszcze otwieram drzwi, wiem. Czuję to.

Olivii już tu nie ma.

Stoję pośrodku jej pokoju – właśnie tak w tej chwili o nim myślę, nie jak o białej sypialni, nie jak o dawnym pokoju mamy. Pokój jest Olivii.

A teraz to pusty pokój Olivii.

Łóżko jest zasłane, białe meble wyglądają nieskazitelnie, szaro i bezdusznie. Sprawdzam łazienkę i garderobę – nie wiem dlaczego, ale prócz ubrań od projektantów zapakowanych w przeźroczyste pokrowce nie zauważam niczego innego. Żadnego jej śladu – szamponu, kosmetyków, gumek do włosów, które wszędzie zostawiała.

Jakby nigdy jej tu nie było.

Wracam do sypialni, w której zauważam coś błyszczącego na komodzie. Naszyjnik z płatkiem śniegu. Był jej, zaprojektowałem go dla niej, dałem, mówiąc, by go zatrzymała.

Żeby zachowała go na zawsze.

Przypuszczam, że nawet to było egoistyczne z mojej strony. Chciałem, by miała coś namacalnego. Coś, czego mogłaby dotknąć, by o mnie pamiętać.

Ale zostawiła to.

Nie mogła dać mi wyraźniejszego przekazu.

Widzę, że korytarzem przechodzi pokojówka, więc warczę na nią:

– Zawołaj Winstona. Natychmiast!

Trzymam naszyjnik w palcach, gdy do pokoju wchodzą Henry, Simon i Fergus.

– Kiedy? – pytam lokaja.

– Panna Olivia wyjechała wieczorem.

– Dlaczego nie zostałem poinformowany?

– Kazałeś jej odejść, książę. Sam słyszałem. Cały pałac słyszał, jak to wykrzyczałeś.

Wzdrygam się.

– Wykonała polecenie. – Jego słowa ociekają sarkazmem.

Nie dziś, starcze.

Do pokoju wchodzi Winston, jego usta rozciągają się w uśmieszku, przez co mam ochotę mu przywalić. Dlaczego wczoraj tego nie zrobiłem? Kiedy zasugerował, że Olivia mogłaby... *Cholera jasna, ależ ze mnie kretyn.*

– Sprowadź ją.

– Jest już w Nowym Jorku – mówi Fergus.

– Więc sprowadźcie ją z Nowego Jorku.

– Odeszła, Nicholasie – podkreśla Simon.

Henry zaczyna:

– Nie możesz tak po prostu...

– Sprowadźcie ją! – wrzeszczę na tyle głośno, że trzeszczą ramy obrazów zawieszonych na ścianach.

– Na miłość boską. – Henry chwyta mnie za ramię. – Mówisz, że mają ją sprowadzić, ale ci ludzie zrobią to z wykorzystaniem wszelkich środków, a w ten sposób do własnego życiorysu dopiszesz „międzynarodowe porwanie". Olivia nie jest kością, Nicholasie, nie możesz rozkazać, by ją zaaportowano.

– Mogę zrobić, cokolwiek zapragnę – syczę.

– Do diabła – klnie Henry. – Tak brzmię na co dzień?

Panika. Dusi mnie, chwytając za gardło, przez co ściskam zawieszkę w palcach, jakby od tego zależało moje życie. Panika sprawia, że mam dzikie myśli i wygaduję bzdury.

Co jeśli... Olivia nie wróci? Co się wtedy stanie? Co bez niej pocznę?

Mój głos zmienia się w popiół.

– Wróci z nimi. Wszystko wytłumaczą. Powiedzą, że popełniłem błąd. Że mi przykro.

Brat patrzy na mnie, jakbym postradał rozum, i chyba w końcu tak się stało.

Simon podchodzi i chwyta mnie za ramię.

– Musisz sam jej o tym powiedzieć.

Odpowiedzialność i honor mają jeden minus – zawężają pole widzenia. Człowiek nie ma perspektywy, nie widzi możliwości, ponieważ wybór nigdy nie leży w jego gestii. Dostrzega się wtedy tylko wyznaczony tor, który prowadzi przez tunel.

Jednak od czasu do czasu każdy, nawet najbardziej niezawodny pociąg, potrafi się wykoleić.

***

– Wasza Książęca Mość nie może tam teraz wejść. – Christopher podrywa się zza swojego biurka, próbując zatrzymać mnie w drodze do drzwi gabinetu królowej. – Wasza Wysokość, proszę...

Otwieram zamaszyście drzwi.

Cesarz Japonii podnosi się natychmiast z miejsca, a jego ochroniarze sięgają po broń. Władca wyciąga do nich ręce. Zauważam to wszystko kątem oka, bo moje spojrzenie utkwione jest w królowej, a gdyby mogła zabijać wzrokiem, Henry właśnie zostałby następcą tronu.

– Odwołuję konferencję prasową – mówię.

Bez mrugnięcia okiem królowa zwraca się gładko do swojego gościa:

– Cesarzu Himuro, proszę przyjąć moje najserdeczniejsze przeprosiny z powodu tego wtargnięcia. Nie ma usprawiedliwienia dla takiego zachowania.

Cesarz kiwa głową.

– Jestem ojcem sześciorga dzieci, Wasza Królewska Mość. Rozumiem, co to zakłócenie spokoju. – Przy ostatnim słowie spogląda na mnie, a ja instynktownie opuszczam głowę i na znak szacunku się kłaniam.

Babcia zerka ponad moim ramieniem w stronę drzwi.

– Christopherze, zaprowadź, proszę, cesarza do niebieskiego salonu. Zaraz dołączę.

– Tak, Wasza Królewska Mość.

Kiedy zostaję z babcią sam na sam, jej grzeczność znika niczym mur, w który uderza kula wyrzucona przez wroga z katapulty.

– Oszalałeś do reszty?

– Odwołuję konferencję prasową.

– Absolutnie nie.

– Lecę do Nowego Jorku, by spotkać się z Olivią. Mocno ją skrzywdziłem.

– To nie wchodzi w rachubę – syczy, a jej spojrzenie jest ostre jak sztylet.

– Zawsze robiłem to, czego ode mnie oczekiwałaś! Stałem się wszystkim, czego pragnęłaś, i nigdy o nic nie prosiłem! Ale proszę teraz. – Coś we mnie pęka i głos mi się łamie. – Kocham ją. Nie potrafię tego tak zakończyć.

Przez dłuższą chwilę wpatruje się we mnie w milczeniu, a kiedy się odzywa, jej głos jest łagodny, choć stanowczy.

– Dokładnie w taki sposób musi się to zakończyć. Masz mnie za głupią, Nicholasie? Myślisz, że nie wiem, co kombinujesz?

Otwieram usta, by odpowiedzieć, ale nie dopuszcza mnie do głosu.

– Sądzisz, że zdołasz odwlec datę ślubu, i być może nawet to zrobisz, ale nie zmienia to tego, że ten dzień nadejdzie i zostaniesz mężem i ojcem. Będziesz królem, a kim będzie wtedy Olivia?

– Będzie moja – warczę. – Olivia będzie moja.

Mam ten obraz przed oczami: uśmiechnięte różowe usta, wbite we mnie spojrzenie. Szczęście – szczęście, którego jestem powodem. Myślę o rzęsach rzucających cienie na kremową skórę podczas snu, o spokoju, kiedy śni w moich ramionach. Przypominam sobie jej czuły dotyk i cudowne zadowolenie, gdy miałem ją przy sobie.

– Słowo „kochanka" nie kojarzy się już tak, jak kiedyś, mimo to nadal nie jest ładne, Nicholasie. A na tym świecie nie istnieją już tajemnice. Masz wyznaczoną rolę do spełnienia, przeznaczenie. Ty otrzymasz podziw i oddanie wszystkich w kraju, a Olivia… pogardę. Prawdopodobnie cały świat będzie się z niej śmiał. Widziałeś już coś takiego. Wiesz, jak to działa. Nianie, które romansują z żonatymi gwiazdami filmowymi, młode sekretarki uwiedzione przez starszych prezesów. Mężczyzna nigdy nie zostaje z tego powodu zawstydzony, zawsze jest to kobieta, ta druga kobieta, którą palą na stosie.

Nie znajduję na to odpowiedzi, ponieważ nie wybiegałem myślami tak daleko. Przyszłość nie ma dla mnie znaczenia, liczy się tylko Olivia, zatrzymanie jej przy sobie, możliwość całowania jej każdego ranka i mówienie każdego wieczoru, jak jest cenna.

Babcia marszczy brwi, jakby była pogrążona w wielkim smutku.

– Naprawdę jesteś aż tak samolubny, mój chłopcze? Takiego życia dla niej pragniesz?

Jakiego życia pragnę dla Olivii?

Chciałbym dać jej cały świat.

Chciałbym go jej pokazać, zwiedzać wszystkie jego zakamarki, trzymając ją za rękę. Chciałbym dać jej gwiazdy, księżyc i niebo, a także wszystko, co pomiędzy.

Przez chwilę myślałem, że naprawdę dam to Olivii. Wierzyłem, że znalazłem sposób.

Byłem głupi.

Franny nazwała mnie kretynem. Podwójnie przeklętym idiotą. Po raz pierwszy muszę się z nią zgodzić.

Kiedy odpowiadam, mój głos jest pusty – wypruty z emocji.

– Nie.

– Daj więc odejść Olivii. Jeśli naprawdę ją kochasz, pozwól się nienawidzić. Tak będzie jej łatwiej. – Kładzie dłoń na moim ramieniu i ściska je z zaskakującą siłą. – I dla ciebie.

Pocieram oczy, nagle jestem bardzo zmęczony.

– Christopher ma listę, którą zawęziłam do pięciu osób. Przejrzyj ją. To wspaniałe kobiety, Nicholasie. Uszczęśliwią cię, jeśli tylko im na to pozwolisz.

Oszołomiony wychodzę z jej gabinetu bez słowa. Zatrzymuję się przed biurkiem Christophera, który podaje mi listę. Jedna strona, pięć nazwisk, pięć ładnych, uśmiechniętych twarzy. Wszystkie takie same, wszystkie nic nieznaczące.

Przełykam z trudem ślinę i oddaję kartkę sekretarzowi królowej.

– Wybierz jedną.

Przeskakuje wzrokiem pomiędzy mną a dokumentem.

– Ja?

– Tak.

– Ale... Którą powinienem wybrać, Wasza Książęca Mość?

Wypowiadam najprawdziwsze słowa w całym swoim życiu:

– Wszystko mi jedno.

ROZDZIAŁ 25

OLIVIA

Miesiące spędzone w Wessco minęły jak z bicza strzelił, ponieważ czas zawsze biegnie szybciej, gdy człowiek jest szczęśliwy. Ostatnie dwa dni wlokły się jednak niemiłosiernie, a każda ich sekunda bolała. Myślałam, że opuszczenie Wessco było najtrudniejszą rzeczą, jaką kiedykolwiek przyszło mi zrobić, ale się myliłam.

Życie bez Nicholasa jest o wiele trudniejsze.

Zadzwoniłam z lotniska do Ellie – powiedziałam, że wracam do domu, i poprosiłam, by po mnie przyjechała, jednak gdy wyszłam z samolotu, nie zastałam jej na terminalu.

Czekał tam tata.

Jego oczy nie były zamglone – stał trzeźwy i wyprostowany. I wszystko wiedział.

Rozpłakałam się, zanim zdążył mnie przytulić. Nawet nie starałam się nad tym zapanować. Powiedział, że wszystko będzie w porządku. Obiecał, że wszystko będzie dobrze. Mówił, że jestem silna – jak mama – i że sobie poradzę. Tulił mnie bardzo mocno.

Mój bohater.

Ale to walka. Muszę walczyć z ochotą zwinięcia się w kulkę i płakania, ponieważ wszystko tak cholernie boli. Serce mi doskwiera, myśli się plączą, zastanawiam się, co by było, gdybym postąpiła inaczej. Moje ciało wyrywa się, by do niego pobiec, naprawić całą sytuację, objąć go i już nigdy nie puścić. Żołądek wydaje się związany w nierozerwalny supeł. Wczoraj mdliło mnie tak, że przeszło mi przez myśl, czy nie jestem w ciąży, co przyniosło przelotną ulgę i radość. Byłby to najgorszy z powodów, by mieć dziecko, ale oznaczałby dalszy kontakt z Nicholasem. Powód, by wrócić i ponownie się z nim spotkać.

Wiem, że wychodzę przez to na zdesperowaną, żałosną kobietę, ale mam to gdzieś. Tak właśnie jest, kiedy ktoś żywcem wyrwie ci serce.

Byłoby zbyt wcześnie na poranne mdłości, a nawet jeśli nie, wiem, że nie jestem w ciąży. Takie magiczne sztuczki pojawiają się jedynie w romansach lub operach mydlanych. W prawdziwym życiu tabletki antykoncepcyjne są boleśnie niezawodne.

– To naprawdę ty! O Boże, mogę zrobić ci zdjęcie? – pyta jakaś dwudziestoparolatka stojąca tuż obok.

– Nie. Przykro mi, żadnych zdjęć – mamroczę, wpatrując się w trzymane w dłoniach brudne talerze.

Interes kwitnie. Kolejka do kasy w Amelii ciągnie się do drzwi i dalej ulicą. Nikt nie przyszedł jednak po ciasto – tata opowiedział mi o ustaleniach biznesowych z Simonem Barristerem. Umowa jest lukratywna, co oznacza, że na dobre pożegnamy się z kawiarnią. I cieszę się z tego. Naprawdę. Cieszę się, że mój ojciec nie pije i ma się dobrze. Cieszę się, że Ellie pójdzie na studia bez żadnych problemów finansowych. Cieszę się nawet z tego, że mogę w tej chwili zrobić, co zechcę, że nie spędzę życia, robiąc coś, czego nienawidzę, tylko po to, by zadowolić moją rodzinę.

Ale Nicholas mówił prawdę. Każdy ma swoją cenę i wszystko jest na sprzedaż.

Tłumy przybywające codziennie do kawiarni wyczekują księcia Nicholasa. Wszyscy chcą zobaczyć stolik, przy którym siedział – Ellie przykleiła tabliczkę do jednego z krzeseł z napisem: „Tu siedział królewski zadek". Obok Marty dopisał: „…i był booooski".

Nie daję autografów, nie fotografuję się z nikim, lecz to nie powstrzymuje ludzi przed pytaniem. Cały dzień pracowałam, starałam się czymś zająć, ale przebywałam głównie na zapleczu. Z dala od chciwych spojrzeń i ciekawskich pytań.

Wkładam naczynia do zlewu w kuchni, napis „Zatrudnię pomoc kuchenną" nadal wisi na drzwiach frontowych. Hałas rozmów ludzi w kawiarni jest tak wielki, że nie słyszę, gdy ktoś staje za moimi plecami. Orientuję się o jego obecności dopiero, kiedy się odwracam i zderzam z twardym torsem.

Logan podtrzymuje mnie za łokieć.

– Przepraszam, Olivio.

Ściska mi się serce, ponieważ wystarcza jedno spojrzenie na jego twarz i wracają wszystkie wspomnienia.

– Dlaczego przyszedłeś, Loganie?

Patrzy na mnie zdezorientowany.

– To moja zmiana. Tommy ma dziś wolne.

– Nie, nie, chodzi mi o to, dlaczego wciąż tu jesteście?

Nicholas się nie odzywał – nie zadzwonił ani nie napisał. Spodziewałam się, że ochroniarze polecą do Wessco w chwili, w której ja wrócę tutaj. Na dobre.

Zaciska usta, w jego oczach gości współczucie.

– Książę Nicholas prosił, bym pilnował twojego interesu i strzegł siostry, więc do wydania nowych rozkazów właśnie to zamierzam robić.

– Może... zapomniał o was?

Logan się śmieje.

– Nie zapomina o swoich ludziach. Skoro jesteśmy tu z Tommym, tego właśnie chce.

Nie mam pojęcia, co zrobić z tą informacją – czy to jakaś ukryta wskazówka na temat intencji Nicholasa, czy też to zupełnie nic nie znaczy. Nie mam czasu na analizę zagadnienia, ponieważ chwilę później do moich uszu dobiega głos siostry.

– Wszyscy wyjść! Idźcie, to pora sjesty, ludzie. Zamykamy na popołudnie. Hej, Marty, pomożesz mi, co?

Przebiegamy z Loganem przez kuchnię. Ellie trzyma otwarte drzwi, pospieszając wszystkich ręką, mamrocząc pod nosem z dezaprobatą, gdy Marty nagania ludzi w jej kierunku jak pasterz owce.

– Twoja kasa na nic się zda – mówi do gościa machającego kilkoma banknotami. – Wróć jutro.

– Co wy robicie? – wołam ponad ich głowami.

Ellie wyciąga palec, czekając na wyjście ostatniego klienta. Zamyka drzwi i na okno wystawowe zaciąga ciemnozieloną roletę.

– Zaraz będzie konferencja prasowa. – Podchodzi do lady i włącza stojący na jej końcu telewizor. – Pomyślałam, że chciałabyś obejrzeć ją w spokoju.

Żołądek ściska mi się, jak robił to wielokrotnie podczas ostatnich miesięcy, choć tym razem tak mocno, że aż boli.

– Nie będę tego oglądać.

– O tak, będziesz, Smerfie Marudo. – Ciągnie mnie za rękę przed telewizor. – W przeciwieństwie do ciebie wciąż mam nadzieję, że Jego Seksowna Mość wyciągnie swoją głupią głowę z tyłka i zmądrzeje.

– Nawet gdyby to zrobił, to już nieważne. Ten związek i tak miał trwać tylko przez wakacje i od początku był skazany na niepowodzenie.

Marty staje za mną i ściska moje ramiona.

– Nawet jeśli to prawda, w ten sposób zamkniesz ten rozdział swojego życia.

Nie znoszę tego słowa. Zamykanie. To potwierdzenie, że ziściły się twoje najgorsze lęki. Trup to trup. Koniec to koniec. Nie ma w tym żadnego pocieszenia.

– Nie chcę oglądać.

Nie szukałam Nicholasa w sieci, nie patrzyłam na zdjęcia paparazzich, które są tak łatwo dostępne. Robiąc to, czułabym się, jakbym wciąż trzymała poparzoną rękę nad rozgrzaną kuchenką – wywołałoby to zbyt wiele bólu, z którym nie umiałabym sobie poradzić.

Siostra krzyżuje ręce na piersiach.

– Kłamczucha.

Dobra, ma rację. Prawda jest taka, że nie mam zamiaru tego oglądać. Nie chcę za nim tęsknić. Nie chcę go potrzebować. Nie chcę spędzać każdej chwili każdego dnia, starając się nie płakać, bo nie potrafię już wyobrazić sobie bez niego przyszłości.

Ale… nieczęsto dostajemy to, czego pragniemy. Przeważnie nigdy. Co mówiła mama, gdy byłyśmy z Ellie małe? „Jak się nie ma, co się lubi, to się lubi, co się ma". Siadam więc na krześle i zaciskam dłonie w pięści, gdy Ellie zmienia kanały na ten transmitujący na żywo konferencję prasową, po czym podkręca głośność.

Nie jestem jedyną, która musi zapłacić za znajomość z Nicholasem. Pomimo tego jak to zabrzmi, znam Nicholasa, znam jego duszę. Wiem, że to, co do mnie czuł, było prawdziwe. Wiem, że niczego nie udawał.

Potrafię wyobrazić sobie jego żal, gdy odkrył prawdę. Wierzę, że gdyby był w stanie cofnąć czas, zrobiłby to. Wierzę, że nawet tego pragnął, bardziej niż czegokolwiek w swoim życiu.

Ale nie możemy zmienić tego, kim jesteśmy – nie zmieni tego królowa ani książę, ani tym bardziej prosta dziewczyna z Nowego Jorku.

Jak powiedział mi pewnego razu: „pochodzenie zostaje z człowiekiem na zawsze".

Kamery pokazują pustą mównicę, królewski herb wyryty w lśniącym drewnie. Nie rozpoznaję tła – dwóch okien ozdobionych ciężkimi, kwiecistymi zasłonami z portretem rodziców Nicholasa zawieszonym pomiędzy nimi. Nie jest to wnętrze Guthrie House – może to jeden z pałacowych pokoi albo inny budynek, o którym mi powiedziano, ale nigdy wcześniej go nie widziałam.

Za kamerą słychać coraz głośniejsze rozmowy, klikanie migawek aparatów, a następnie na podium pojawia się Nicholas. Wzdycham boleśnie, gardło nagle mi się ściska, przez co nie mogę oddychać.

Boże, ależ on piękny.

Ale wygląda bardzo źle.

Granatowy garnitur idealnie opina szerokie ramiona i silną, ciepłą pierś, lecz jego policzki są zapadnięte, a pod oczami widać cienie.

Wygląda na... smutnego.

Łamie mi to serce, ponieważ bez względu na koniec naszego związku Nicholas zasługuje na szczęście. Bardzo go dla niego pragnę.

Henry siada po prawej stronie Nicholasa, podpierając głowę na ręce, trzymając łokieć na stoliku, i wygląda przy tym na zmęczonego. Jest również Simon, zajmuje kolejny fotel, na jego widok myślę o Franny.

Zapewne nazwała mnie już uciekającą zdzirą.

– Ludu Wessco – zaczyna Nicholas, uprzednio wyjąwszy z kieszeni biały notatnik. – Przeszliśmy razem tak wiele. Świętowaliście moje narodziny... – Uśmiecha się półgębkiem. – ... powiedziano mi, że niektóre przyjęcia były naprawdę huczne. Przyglądaliście się, jak stawiałem pierwsze kroki. Byliście ze mną, gdy szedłem do szkoły. Widzieliście, jak po raz pierwszy dosiadłem konia, który miał na imię King. – Odchrząkuje i zwiesza głowę, czarne włosy zasypują mu czoło. – Płakaliście ze mną, gdy wraz z Henrym straciliśmy rodziców. Nasz ból stał się waszym. Troszczyliście się o nas, pocieszaliście, ściskaliście, jakbyśmy byli jednymi z was, i w jakimś sensie tak właśnie było. Widzieliście, jak ukończyłem studia, jak poszedłem do wojska, tego samego, w którym służył każdy z was i w którym starałem się słowem i czynem zasłużyć na waszą dumę. Próbowałem stać się człowiekiem, liderem i księciem, na jakiego zasługujecie. – Przez chwilę wpatruje się w trzymane kartki, następnie z trudem przełyka ślinę. – Mama chciała dla nas wielu rzeczy, tak jak każda matka dla swojego dziecka. Pragnęła, by nasze życie było znaczące, pełne osiągnięć i... miłości. Miłość, która połączyła moich rodziców, była cudowna, sami to widzieliście. Mama i tata zostali sobie przeznaczeni, razem stawali się lepsi. I podobnie jak moja babcia, Jej Królewska Mość, czekaliście, niezbyt cierpliwie, muszę dodać. – Nicholas uśmiecha się, a pośród zebranych rozchodzi się chichot. – Czekaliście, abym i ja znalazł wybrankę serca. – Wygląda, jakby było mu niedobrze. Zaciska usta, jakby nie chciał wypowiadać następnych słów. Patrzy w kamerę i marszczy brwi. – Dziś wasze oczekiwanie ma się zakończyć. Opowiem wam o przyszłości monarchii, mojej przyszłości z kobietą, którą poślubię.

Przygryzam wargę, bo nie wiem, czy wytrzymam. Boże, dlaczego sądziłam, że zdołam to obejrzeć?

– Wiem, że chciałaby być tu dziś ze mną, ale... pewne sprawy... uniemożliwiły to. – Przeczesuje palcami ciemne włosy, pociera kark, ponownie patrząc na trzymane kartki. – Ogłaszam zatem, że... że ja... – jąka się i nie może oddychać. Nie rusza się, przez chwilę milczy. Następnie się... śmieje. To ostry, gorzki dźwięk. Jednocześnie uciska nasadę nosa i kręci głową. – Ale ze mnie dupa wołowa.

Ellie podrywa się z krzesła.

– Wiedziałam! Wyzna prawdę! Wyzna prawdę, ponieważ go zauroczyłaś!

– Cicho!

– Miałem to, co mieli moi rodzice – mówi zaciekle Nicholas, ściskając brzegi mównicy. – Miałem to w rękach. Miłość kobiety, która nie mogła poszczycić się urodzeniem, ale była bardziej szlachetna niż ktokolwiek, kogo znam. Wszystko się dzięki niej zmieniło. Miłość do niej przywróciła mnie do życia.

W tłumie zebranych rozchodzą się szepty, na co Nicholas marszczy brwi.

– A ja ją zdradziłem. Zwątpiłem w jej miłość i szczerość, gdy powinienem przejawiać więcej mądrości. Przepraszam... – Jego zielone oczy błyszczą, kiedy spogląda w kamerę, jakby patrzył bezpośrednio na mnie. – Tak bardzo przepraszam. –

Po chwili wraca wzrokiem do zebranych, a jego głos z każdym słowem przybiera na sile i pewności. – Nie zamierzam jednak powtarzać tego błędu. Nie porzucę marzeń mamy, która chciała jak najlepiej dla swoich synów, i nie zignoruję pragnienia własnej duszy. – Kręci głową. – Ani dla kraju, ani dla korony. – Milknie i zwilża usta językiem. – Miałem stanąć dziś przed wami i zdradzić nazwisko kobiety, która zostałaby waszą królową, ale nie mogę tego zrobić, ponieważ jestem skołowany – prycha. – Po królewsku. – Przysuwa się, na jego twarzy maluje się pewność. – Mogę wam jedynie powiedzieć, mogę przyrzec dziś, że poślubię Olivię Hammond albo nie ożenię się wcale.

Publika wpada w szał.

Cholera.

– Ja pierniczę! – krzyczy Ellie.

Marty sapie.

– Zostaniesz królową, Liv! Jak Beyoncé! – Macha sobie ręką przed twarzą. – Zaraz się rozpłaczę.

Ale... Nie zostanę królową. Nie mogę nią zostać.

– Nie może tak, prawda? – Patrzę na Logana. – Może tak?

Na twarzy ochroniarza gości zmartwienie. Wpatruje się we mnie i kręci głową.

Wstaje jeden z dziennikarzy, w rogu ekranu pojawia się tył jego głowy. Mężczyzna wykrzykuje swoje pytanie:

– Wasza Książęca Mość! Prawo jasno stanowi, że następca tronu musi poślubić kobietę szlachetnie urodzoną lub jeśli chce poślubić zwykłą poddaną, musi ona pochodzić z Wessco. Olivia Hammond nie spełnia tych kryteriów.

Wpatruję się w telewizor, sparaliżowana tysiącem uczuć.

Publika cichnie, czekając na odpowiedź Nicholasa.

– Nie, nie spełnia – odpowiada cicho, zwieszając głowę, następnie ściąga łopatki i ją unosi. – Tak więc dziś ja, Nicholas Arthur Frederick Edward, abdykuję w linii sukcesji, a także zrzekam się wszelkich praw do tronu Wessco. Od tej chwili to mój brat, Jego Książęca Mość Henry Charles Albert Edgar Pembrook, jest prawowitym następcą tronu.

Publika ryczy jak fani brazylijskiej piłki nożnej po zdobyciu gola przez ich reprezentację.

Nagle Henry się budzi. Mruga i unosi głowę.

– Chwileczkę. Co takiego?

Nicholas klepie go w ramię, uśmiechając się promiennie.

– Wszystko jest twoje, Henry. Świetnie się spiszesz. Wiem o tym. – Następnie Nicholas wyciąga ręce. – Koniec pytań. Mam wiele do zrobienia. Dziękuję za poświęcony czas. – Odwraca się, ale sekundę później wraca na mównicę. – Jeszcze jedna rzecz. – Patrzy prosto w kamerę. Czuję, jakby jego wzrok skupiał się na mnie. – Olivio, prosiłaś o ostrzeżenie, zatem oto ono: jadę do ciebie, kochana. – Następnie skubaniec puszcza do mnie oko.

Odchodzi, a dziennikarze ruszają za nim w pościg.

W kawiarni panuje cisza – z głośnika telewizora słychać jedynie podekscytowane głosy. Kiedy tylko Nicholas znika z ekranu, Marty wychodzi na zewnątrz, klikając coś na telefonie, mamrocząc, że facet, z którym się ostatnio spotyka, też powinien się wysilić na tak romantyczne gesty.

Ellie zbiera się z podłogi. Wydaje mi się, że zemdlała gdzieś pomiędzy „Arthurem" a „Albertem".

Odwracam się powoli do Logana.

– Czy to się naprawdę stało?

Chłopak kiwa głową.

– Tak.
– Nie wierzę... Co on właśnie zrobił?
– Poświęcił dla ciebie całe królestwo. – Jego oczy lśnią łobuzersko. – Zawsze wiedziałem, że jest mądry.

Zastanawiam się nad tym wszystkim przez chwilę. Powtarzanie może mi nieco pomóc.

– Przyjedzie.
– Tak powiedział – zgadza się Logan.
– Przyjedzie tutaj... do mnie.
– Tak słyszałem.

Tak wiele trzeba zrobić... Ale najpierw należy ustalić priorytety.

– Przyjedzie tu do mnie, a ja od trzech dni nie goliłam nóg!

Rzucam się w kierunku schodów na zapleczu, po drodze przewracając jeden ze stolików.

Słyszę za plecami, jak Logan mówi:

– Amerykanki są szalone. – Następnie zwraca się do Ellie: – Wstawaj, żabko.

ROZDZIAŁ 26

NICHOLAS

Wyjście z budynku ratusza jest uciążliwe. Ochrona ma pełne ręce roboty, ponieważ prasa, jak i zwykli obywatele pragną się do mnie dostać. Dosłownie – chcą mnie dotknąć, uścisnąć mi dłoń, przytulić, pocałować. Wszyscy wykrzykują gratulacje albo przeklinają, albo pytają, albo wszystko naraz.

Świat całkowicie oszalał.

A ja nie pamiętam, bym kiedykolwiek był tak szczęśliwy.

Tak cholernie wolny.

Czuję, jakbym mógł wzbić się ponad nich. Jakbym mógł latać. Z każdym krokiem jestem bliżej domu. Olivii. Praktycznie mogę ją posmakować. Przysięgam, że każdy oddech, który biorę, pachnie różami i jaśminem.

Na ulicy, tuż przy samochodzie, kierowca chwyta mnie za ramię i krzyczy mi do ucha:

– Królowa nakazała przywieźć Waszą Książęcą Mość do pałacu!

Kiwam głową. Następnie podbijam jego rękę, wytrącając mu kluczyki, po czym je chwytam.

– Lepiej więc, jeśli sam poprowadzę. W ten sposób nie okażesz jej nieposłuszeństwa.

Jąka się:

– Proszę... Wasza Książęca Mość... królowa...

– Przeżyje. Jedziemy na lotnisko. Zadzwoń, jeśli trzeba, ale potrzebuję, by samolot był gotowy do drogi w chwili, w której dotrę pod terminal.

Wsiadam do samochodu. Drzwi wciąż są otwarte, kiedy stają przy nich ochroniarze... i Simon.

– Lotnisko będzie oblegane przez gapiów, Wasza Książęca Mość – spiera się któryś z ochroniarzy.

– Więc powinniście wsiadać, chłopaki. Możliwe, że nie obejdzie się bez waszej pomocy, bym dostał się na pas startowy.

Inny również próbuje mnie przekonać:

– Wasza Książęca Mość, nie może pan...

– Mogę. – Śmieję się niemal obłąkanie. – I to jest właśnie zajebiste!

Kiedy uruchamiam samochód, wszyscy przestają się kłócić i wsiadają. Simon zajmuje miejsce obok mnie z przodu.

– Gdzie jest Henry? Zgubiliśmy Henry'ego?

– Nic mu nie będzie – zapewnia mnie Simon. – Został zasypany pytaniami, ale ma ze sobą ochronę.

Przedostaję się samochodem przez morze ludzi, wciskam gaz do dechy, gdy wyjeżdżam na główną drogę. Odczuwam mieszaninę radości i niepokoju. Napędza mnie determinacja, ponieważ nie mogę się doczekać, aż zobaczę się z Olivią. Aż ją przytulę i pocałuję, a jej zmiękną kolana. Aż wszystko naprawię.

Aż rozpocznę nowe, inne życie.

Z nią.

W pobliżu lotniska trąbię na jakiegoś niedzielnego kierowcę. Komórka wibruje mi w kieszeni już chyba po raz dwudziesty. Nie potrzebuję patrzeć na ekran, by wiedzieć, kto dzwoni. Daję telefon Simonowi.

– Popilnujesz go do mojego powrotu?
Przyjaciel pyta ze znaczącym uśmiechem:
– A kiedy wrócisz?
Ponownie się śmieję.
– Nie wiem.
I to jest piękne.
– Powinieneś lecieć moim samolotem – podsuwa. – Jej Królewska Mość i tak będzie zła. Jeśli uprowadzisz Royal I, może posłać za tobą myśliwce.

Jak dobrze mieć przyjaciół. A jeszcze lepiej przyjaciół posiadających samoloty.

Kiedy stajemy pod terminalem, na komórkę Simona dzwoni Franny. Po chwili zostaje przełączona na głośnik.

– Nicholasie?
– Tak, Franny?
– Nigdy tak bardzo nie cieszyłam się z własnej pomyłki. Wcale nie jesteś idiotą.
– Ee... dzięki?
– Ale przekaż Olivii, że nazwałam ją spieprzającą zdzirą. Choć już jej wybaczyłam. A po waszym powrocie musimy zjeść razem kolację.
– Możesz na to liczyć.

Godzinę później jestem w powietrzu – lecę do Nowego Jorku.

***

Kiedy idę do drzwi, ulica przed Amelią jest pusta – powietrze wydaje się niesamowicie nieruchome i panuje dziwna cisza – jak przed przyjęciem niespodzianką, nim goście wyskoczą z krzykiem, strasząc solenizanta. W środku nie palą się światła.

Może Olivia nie widziała konferencji prasowej? Żołądek mi się kurczy, ponieważ istnieje prawdopodobieństwo, że jej tu w ogóle nie ma. Może... wyszła. Drżę na myśl, że mogła pójść z kimś na randkę. Z mężczyzną, który pomógłby jej utopić smutki w alkoholu i zapomnieć o bólu złamanego przeze mnie serca.

Dzięki tej myśli otwieram drzwi mocniej, niż zamierzałem, i potykam się na progu. Wewnątrz panuje półmrok, ale nie jest zupełnie ciemno – świeci się pojedyncza świeczka. Na stole... przy którym siedzi Olivia.

Odczuwam ogromną ulgę.

Przyglądam się jej przez dłuższą chwilę. Chłonę widok ciemnych, kręconych włosów dziewczyny – lśniących nawet w świetle świecy. Wpatruję się w cienie na jej jasnej skórze i twarz w kształcie serca, wysokie kości policzkowe, różowe usta, które spodobały mi się już na samym początku, i ciemnoniebieskie oczy, które skradły moją duszę.

Ona również mnie obserwuje, milcząc i nie poruszając się, zarumieniona – wystarczająco, bym zdawał sobie sprawę, jak sprośne myśli wtargnęły do jej głowy. Powoli zamykam za sobą drzwi i wchodzę głębiej do pomieszczenia.

– Spokojnie tu – mówię, ponieważ to łatwe w porównaniu do czekających mnie wyznań i przeprosin, które walczą o pierwszeństwo w moim gardle.

Olivia mruga, niemal jakby uświadomiła sobie, że jestem prawdziwy i wcale sobie mnie nie wymyśliła.

– Logan zwrócił się o pomoc do policji. Obstawiono trzy przecznice wokół kawiarni.

Kiwam głową, nie odrywając od niej spojrzenia. Istnieje spora szansa, że nigdy już nie zamknę oczu. Będę spał z uniesionymi powiekami.

– Ach... To tłumaczy tę barykadę.
– Tak.
Pocieram kark, podchodząc powoli do jej stolika.
– Widziałaś... konferencję?
Wyraz twarzy Olivii się zmienia – kąciki jej ust wyginają się lekko, wzrok się rozpala.
– Tak.
Podchodzę o kolejny krok, powstrzymując się, by nie porwać jej w ramiona i nie kochać się z nią przy ścianie, na podłodze i na blacie każdego stolika w lokalu, ponieważ zanim do tego dojdziemy, musimy porozmawiać. Olivia zasługuje, by usłyszeć wyjaśnienia.
Szepczę ochryple:
– Olivio, jeśli chodzi o te rzeczy, które powiedziałem w wieczór twojego wyjazdu...
– Wybaczyłam ci je. – Łzy napływają jej do oczu. Pokonuję resztę drogi do jej stolika, a ona wstaje i rzuca się na mnie. – Całkowicie ci wybaczyłam, już kiedy nazwałeś się „dupą wołową".
Przykładam nos do szyi Olivii i zaciągam się słodkim zapachem jej skóry – miodowo-różanym. Wiodę ustami po policzku dziewczyny, aż docieram do ust, czując przy tym wilgoć jej łez. Już po chwili nasze wargi poruszają się we wspólnym rytmie, z dziką pilnością smakując i zgłębiając się nawzajem. Nie jest to cudowny książkowy powrót. To pierwotna, desperacka potrzeba. Rozłąka i świadomość, że naprawdę mogłem ją stracić, sprawiła, że jestem mniej delikatny niż normalnie. Wsuwam palce we włosy Olivii, drugą rękę kładę na jej plecach, tuląc ją do siebie, odczuwając każde jej drżenie.
Nie jestem w tym odczuciu osamotniony. Olivia jęczy w moje usta, ciągnie mnie za włosy, obejmuje mnie nogami

w pasie i ściska, jakby nie mogła nasycić się bliskością. Jakby już nigdy nie chciała mnie puścić.

I wszystko jest idealne i właściwe.

Po dłuższej chwili desperacja słabnie, pocałunek staje się wolniejszy – nasze usta rozkoszują się sobą nawzajem. Czuję, że delikatne dłonie Olivii głaszczą mnie po twarzy, czoło opiera się na moim. Patrzymy sobie w oczy, oddychamy wspólnym powietrzem.

– Kocham cię – szepcze drżącym głosem, a po jej policzkach spływają kolejne łzy. – Bardzo cię kocham. Nie mogę... Nie wierzę, że wszystko dla mnie poświęciłeś. Jakim cudem zdołałeś zostawić to wszystko za sobą?

Płacze coraz mocniej – uświadamiam sobie, że jest jej mnie żal, ponieważ uważa, że wszystko straciłem.

Stawiam ją na podłodze, odsuwam jej włosy z twarzy i ocieram mokre policzki.

– To była najłatwiejsza rzecz, jaką w życiu zrobiłem. Stałem tam, przed wszystkimi tymi kamerami, i czułem się, jakbym znajdował się na krawędzi. Całe życie przeleciało mi przed oczami. Widziałem też nadchodzące lata, ale nie miały znaczenia, ponieważ brakowało mi ciebie. Kocham cię, Olivio. Nie potrzebuję królestwa. Jeśli będę miał ciebie, będę miał cały świat.

– To piękne – łka. – I naprawdę tandetne.

No i jest – oszałamiający uśmiech, który trafia prosto w moje serce.

I fiuta.

Olivia kładzie twarz na mojej piersi, obejmując mnie w pasie. Trwamy w tej pozycji jeszcze przez dłuższą chwilę, aż w końcu dziewczyna pyta:

– Co teraz będzie?
Całuję ją w czubek głowy i się odchylam.
– Cóż... Jestem bezrobotny. – Odchodzę, by zerwać ogłoszenie o zatrudnieniu z drzwi. – Miałem nadzieję, że praca na zmywaku jest jeszcze aktualna.
Oczy Olivii błyszczą – to najpiękniejszy obraz, jaki w życiu widziałem.
– Zmywałeś kiedyś naczynia?
– Ani razu. – Cmokam ją w usta. – Ale bardzo szybko się uczę.
– A co z nami? Co będzie z nami?
– Możemy robić wszystko, co nam się spodoba. Każdy dzień naszej przyszłości należy do nas.
Siadam na krześle i sadzam ją sobie na kolanach. Bawi się włoskami na moim karku, zastanawiając się nad tym.
– Chciałabym chodzić z tobą do kina i do parku, nawet z ochroną. Chcę też, byśmy cały dzień mogli wylegiwać się w łóżku i zamawiać jedzenie na wynos.
– I chodzić nago po mieszkaniu – dodaję z nadzieją.
Olivia kiwa głową.
– Wszystko, co robią normalne pary, gdy się spotykają.
– To będzie interesująca zmiana tempa.
Masuje mój kark, co jest niesamowite.
– Nie będziemy się więc spieszyć?
Odchylam jej głowę i szepczę do ucha:
– Nie. Nie lubię się spieszyć. I sprawię, że naprawdę spodoba ci się to moje powolne tempo.

EPILOG

NICHOLAS

Osiem miesięcy później...

Powolne tempo nie zdało jednak egzaminu.
– Od tej chwili ogłaszam was mężem i żoną. Możesz pocałować pannę młodą.
Nie trzeba mi dwukrotnie powtarzać.
Unoszę koronkowy welon, obiema rękami obejmuję śliczną twarz i przywieram do ust Olivii. Początkowo ostrożnie, po czym całuję głęboko, wygłodniale. Zatracam się w jej smaku i rozkoszuję tym, że jest teraz moją żoną.
Olivia chichocze przy moich ustach. Henry gwiżdże niezbyt odpowiednio, a Simon chrząka, by to ukryć. Rozlegają się dzwony kościelne, a wszyscy w katedrze wstają, gdy prowadzę lady Olivię nawą główną. Jej suknia nie ma ramiączek, jest uszyta z koronki, obcisła w wąskiej talii i z trenem, który zajmuje niemal całą nawę, a niesie go sześć małych dziewczynek.
Na zewnątrz tłum wiwatuje, macha flagami i białymi kwiatami. Słońce świeci, niebo jest błękitne, a gołębie latają nad naszymi głowami. Nie mogłoby być piękniej.
Prowadzę Olivię po szarych kamiennych schodach ku złotemu otwartemu powozowi konnemu – korzystamy z nich ostatnio jedynie przy szczególnych okazjach. Kiedy Olivia i jej gigantyczny tren znajdują się już w środku, machamy,

przejeżdżając ulicami, świętując naszą radość wraz z całym krajem.

I tym razem kamery mi nie przeszkadzają. Ani trochę.

W końcu podjeżdżamy pod bramę pałacu, gdzie pomagam Olivii wysiąść. Wita nas wojskowy szpaler składający się z dwudziestu żołnierzy w mundurach. Szable połyskują w słońcu nad nami, gdy przechodzimy pod spodem. Wchodzimy na górę do złotej sali balowej – gdzie na szczęście będziemy mogli coś zjeść i się napić, nim oboje padniemy.

Później wyjdziemy na główny balkon pałacu, królowa oficjalnie przedstawi nas rodakom i nada nowe tytuły.

Do tej pory wszystko idzie jak z płatka.

Babcia miała rację co do magii królewskiego ślubu – właśnie dlatego nie sprzeciwiała się ani odrobinę, gdy trzy miesiące temu zakomunikowaliśmy jej, że się pobieramy. Poprosiła jedynie, by to ona mogła zająć się przygotowaniami. Zważywszy na to, że nie wiedzieliśmy, czy w tak krótkim czasie uda nam się wynająć salę w ratuszu, daliśmy staruszce wolną rękę. I wywiązała się z powierzonego zadania spektakularnie.

Prasa miała pełne ręce roboty z pozytywnymi doniesieniami na temat rodziny królewskiej – no bo kto nie cieszyłby się historią abdykacji z tronu dla prawdziwej miłości? Ludzie byli szczęśliwi z tej opowieści. Uwielbiają Olivię – nie tak mocno jak ja, ponieważ to niemożliwe, ale są temu bliscy.

Razem z Olivią i jej tatą zmieniliśmy Amelię w organizację non profit w Stanach. W restaurację typu „zapłać, ile zdołasz", do której każdy może przyjść, by zasiąść i rozkoszować się posiłkiem. Klient może zostawić tyle pieniędzy, ile chce, lub nawet w ogóle nie płacić rachunku – wybór należy do niego. Drugi nasz lokal mieści się w Bronksie, za rok planujemy otwarcie kolejnych dwóch.

Kiedy zarówno obywatele, jak i media znów byli po naszej stronie, parlament Wessco się poddał i przegłosował ustawy, nad którymi pracowaliśmy z babcią. Płace zaczęły wzrastać, bezrobocie spada aż do teraz.

To dla wszystkich szczęśliwe zakończenie.

Cóż... Prawie dla wszystkich.

Widzę, że brat stoi z ponurą miną w kącie. Ostatnio wygląda tylko tak. Nie destruktywnie, jak kiedy przyjechał do domu, jest po prostu nieco na mnie obrażony.

– Okej – mówi Olivia, oddając mi swój kieliszek z szampanem – zanim wyjdziemy na balkon, muszę skorzystać z toalety.

Oboje spoglądamy na kilometrowy tren.

– Pomóc ci? – pytam.

– Nie, druhny się tym zajmą. Kobiety mają naturalny instynkt, jeśli chodzi o radzenie sobie z takimi rzeczami. Chociaż oprócz Franny nie znam tych dziewczyn. A teraz mam przy nich sikać. – Staje na palcach i cmoka mnie w usta. – Bycie twoją żoną jest dziwne.

– Nigdy nie będziesz się nudzić. – Ściskam pospiesznie jej pośladek.

W drodze do drzwi Olivia mija Marty'ego, posyłając mu uśmiech i pokazując uniesione kciuki. Chłopak puszcza do niej oko, następnie wraca do flirtowania z Christopherem, sekretarzem babci, który bezwstydnie odwzajemnia zaloty. Nie sądzę, bym dłużej odgrywał główną rolę w fantazjach Marty'ego.

Kiedy Olivia wraca, podchodzę do brata, opieram się o ścianę tuż obok i krzyżuję ręce na piersi.

– Gratulacje – mówi, wciąż nadąsany. – Draniu.

– Dziękuję.
– Olivia pięknie wygląda. Gnojku.
– Tak. Przekażę jej twój komplement.
– Naprawdę się cieszę, palancie.
Śmieję się.
– Wszystko będzie dobrze, Henry.
Upija łyk z piersiówki i wzdryga się, gdy przełyka.
– Łatwo ci mówić, durniu.
Ściskam jego ramię.
– Kiedykolwiek zamierzasz mi wybaczyć?
Wzrusza ramionami.
– Pewnie tak. Kiedyś. Kiedy wytrzeźwieję.
– A masz pomysł, kiedy to może nastąpić?
– Tu jesteś, Henry! – woła babcia z drugiego końca sali. – Musimy porozmawiać o notatce, którą ci wysłałam...

Henry unosi piersiówkę i kręci głową.
– Nie dzisiaj.

Ellie Hammond dociera do babci, nim ta do nas dochodzi, i zagradza jej drogę. Próbuje dygnąć majestatycznie, ale nadeptuje sobie na rąbek sukni i niemal pada jak długa. Królowa próbuje się odsunąć, ale Ellie przytrzymuje się jej – chwytając królową w talii, trzyma ją jak mały leniwiec matkę.

Christopher wkracza żwawo do akcji, próbując odciągnąć Ellie.

– Panno Hammond, proszę! Nie wolno rzucać się na królową, protokół nie pozwala.

Udaje mu się uratować ją przed wybuchem gniewu babci. Ellie się odsuwa, poprawiając fryzurę, następnie dyga pospiesznie i jednocześnie przeprasza.

Z akcentem.

– Bardzo mi przykro, babuniu.
Chryste.
– Nie zostałyśmy sobie przedstawione, ale jestem Ellie, siostra Olivii.
Babcia spogląda na dziewczynę z wyższością.
– Tak, dziecko, mam świadomość tego, kim jesteś.
Moja szwagierka wrze z ekscytacji.
– I chciałam... Cóż, chciałam podziękować za suknię. – Wygładza materiał koloru starego złota. – Olivia mówiła, że musiałaś dać za nią kupę kasy.
– W rzeczy samej.
Ellie chwyta się za biust i ściska.
– I cycki świetnie się w niej trzymają!
Królowa się odwraca.
– Christopherze, podaj mi proszę coś do picia.
Ellie drżą ręce, gdy zastanawia się, jak kontynuować rozmowę.
– I ja... ee... chciałam... – Następnie po raz wtóry rzuca się na babcię. Chwyta ją za szyję i ściska jak małpka. – Nie wierzę, że od teraz jesteśmy rodziną!
Ponad ramieniem dziewczyny na twarzy babci szok zmienia się w akceptację.
– Ja też nie.

***

Na balkonie rozbrzmiewają fanfary, niosąc się ponad okrzykami zgromadzonych, gdy zostaje zaanonsowany każdy uczestnik naszego wesela z królową na czele. Stoimy z Olivią na końcu. Brigdet podryguje wokół nas, dokonując ostatnich poprawek.
– Żadnej szminki na zębach, welon wyprostowany. Pamiętajcie, nie rozkładajcie palców, gdy będziecie machać. O, właś-

nie tak... – Odgarnia mi włosy z czoła i próbuje spryskać je lakierem.

Odsuwam się i piorunuję ją wzrokiem. Olivia się śmieje. Chwilę później idę więc w jej ślady.

– Gotowa, kochana?

– Jak zawsze.

Zostajemy zaanonsowani, więc podaje mi dłoń w rękawiczce.

– Książę i księżna Fairstone!

Wychodzimy na balkon, w tym samym czasie z nieba spada dwadzieścia tysięcy białych płatków róż. Ludzie wiwatują, wyciągają aparaty i robią zdjęcia. Panuje błoga atmosfera, wszyscy się cieszą i promienieją. Machamy, uśmiechamy się, następnie obejmuję żonę w talii, przysuwam się i całuję ją czule.

Olivia kładzie rękę na moim ramieniu i się odsuwa.

– Chyba nigdy do tego nie przywyknę.

– Masz na myśli całą tę pompę?

Kręci głową z uwielbieniem w oczach.

– Nie.

– Do bycia księżną?

– Nie.

– Do czego więc?

Przysuwa się.

– Do bycia twoją żoną.

Czuję tak wielką miłość, aż serce rośnie i nie mieści mi się za mostkiem. Głaszczę Olivię po policzku, ponieważ jest wspaniała. I moja.

Następnie szepczę:

– Cóż, lepiej żebyś przywykła. Jesteśmy rodziną królewską, co oznacza, że jesteśmy razem... na zawsze.

PODZIĘKOWANIA

Niełatwo stworzyć nową historię. Każdy autor chce napisać coś wielkiego – zabawną, ciepłą powieść, która trafi do serc czytelników, z uroczymi, seksownymi, serdecznymi postaciami pozostającymi z nimi na długo po wielkim finale.

Czasami jednak wyobraźnia robi sobie wolne, zostawiając pisarza z pytaniem: „Co ja dalej pocznę?". Nad tą książką, jak i całą serią, zastanawiałam się przez kilka miesięcy. Miałam parę potencjalnych historii, zarysy możliwych scen, ale nic nie urzekło mnie na tyle, by powiedzieć: „Tak! Spiszę właśnie to". Zmieniła to dopiero rozmowa telefoniczna z moją wspaniałą agentką, Amy Tannenbaum. Często powtarzam, że jako czytelniczka zakochałam się w romansach historycznych, ale pisać lubię o historiach współczesnych. Podobnie jak większość osób, fascynują mnie poczynania współczesnych monarchów – to elita jakże inna od celebrytów (a ich dzieci są takie urocze!). Podczas burzy mózgów z Amy te pasje i zainteresowania stworzyły idealny nurt inspiracji… I narodziła się historia *Księcia w wielkim mieście*.

Kilka dni później wpadłam w szał twórczy. Gorączkowo robiłam notatki, powstawały fragmenty dialogów – nie tylko do tej konkretnej książki, ale też do następnych z serii. Wcześniej tak nie pracowałam. Normalnie pochłaniała mnie dana opowieść – przygoda wybranej pary – a wszystko inne pozostawało w tle. W tym przypadku jednak całkowicie zakochałam się w każdej z par – każdej postaci – a cały świat stał się fantastyczną mieszaniną realizmu i fikcji. Zanurzyłam się w nim w całości.

Przede wszystkim był romans – ekscytująca, zabawna, piękna podróż dwojga ludzi ku sobie, ku miłości i pokonaniu wszelkich przeszkód. Były również inne motywy – natrętne pragnienie publiki, by poznać każdy szczegół życia monarchy, zamysł wypełnienia rodowego obowiązku i poświęcenie dla tych, których się kocha. Urzekająca idea współczesnej rodziny królewskiej – atrakcyjnych, bogatych dwudziestoparolatków, których obowiązują zasady i tradycje mające dosłownie setki lat.

Cieszę się z tego, jak wyszła ta historia. Nie mogłam się doczekać, aż poznacie Olivię i Nicholasa, a także ich przyjaciół i rodziny. Nie mogłam się również doczekać, by dokończyć pozostałe części serii, by podzielić się z Wami tym światem i postaciami, dla których straciłam głowę.

Inspiracja potrafi być podstępna, ale jeśli mamy szczęście, mamy też ludzi, którzy pomogą podnieść się po porażce. Ja mam bardzo wielkie szczęście.

Zatem – jak zawsze – dziękuję agentce Amy Tannenbaum i wszystkim z Jane Rotrosen Agency za nieustanne wsparcie i wskazówki, a także za ciężką pracę nad tą książką.

Dziękuję wydawcy, Danielle Sanchez, i wszystkim z Ink-Slinger PR – cieszę się, że mogłam z Wami współpracować.

Dziękuję mojej asystentce, Juliet Fowler, która trzyma rękę na pulsie i jest dobra w swojej pracy.

Wielkie podziękowania dla Gitte Doherty z Totally-Booked za to, że zawsze mnie rozśmieszała i pomagała, by Nicholas był zawadiacką, seksowną bestią i nie mówił jak Amerykanin.

Zapewne nie tylko ja jestem wdzięczna Hang Lee z By Hang Le Designs za absolutnie cudowną okładkę i piękne grafiki. Dziękuję również Coreen Montagnie za wspaniałą pracę.

Ciepłe słowa i uściski dla Niny Bocci, Katy Evans, K. Bromberg, Marie Force, Lauren Blakely i wszystkich cudownych zaprzyjaźnionych autorów i autorek! Zawsze dobrze usłyszeć, że nie zwariowałam, choć życie pisarza często ociera się o czyste szaleństwo.

Wyrazy miłości i wdzięczności dla mojej rodziny – dziękuję za cierpliwość i zrozumienie, zachętę i wsparcie. Dziękuję, że wierzycie we mnie, a wiem, że nie zawsze jest to łatwe.

Dziękuję również moim cudownym, zdumiewającym czytelnikom – kocham Was! Wasze wsparcie i radość są wspaniałe, sprawiacie mi naprawdę wielką przyjemność. Dziękuję, że jesteście ze mną z książki na książkę, z serii na serię.

A teraz, gdy już przeczytaliście *Księcia w wielkim mieście*... sięgnijcie po kolejną historię! ☺☺☺

O AUTORCE

Za dnia Emma Chase jest oddaną żoną i matką dwójki dzieci. Mieszka w niewielkim, malowniczym miasteczku w stanie New Jersey. Nocą zmienia się w pogromczynię klawiatury, która niestrudzenie, przez wiele godzin, ubarwia swoje postacie i prowadzi je przez niekończące się przygody. Pozostaje także w wieloletnim, opartym na miłości i nienawiści, związku z kofeiną.

Emma jest zapaloną czytelniczką. Przed narodzinami dzieci potrafiła pochłonąć całą książkę w jeden dzień. Pisanie również zawsze było jej pasją. Publikacja debiutanckiej powieści Emmy i możliwość nazywania siebie autorką jest spełnieniem jednego z jej największych marzeń.

Do tej pory nakładem wydawnictwa Filia ukazały się w Polsce następujące tytuły:
– seria Tangled: *Zaplątani, Zakręceni, Zniewoleni, Związani*,
– seria The Legal Briefs: *Unieważnienie, Skazanie, Ułaskawienie*.

A